O ESPAÇO ENTRE NÓS

O ESPAÇO ENTRE NÓS

PHIL STAMPER

TRADUÇÃO
Sandra Martha Dolinsky

Faro Editorial

Diretor editorial: **PEDRO ALMEIDA**

Coordenação editorial: **CARLA SACRATO**

Assistente editorial: **LETÍCIA CANEVER**

Preparação: **DANIELA TOLEDO**

Revisão: **JOÃO PEDROSO E CRIS NEGRÃO**

Ilustração do miolo: **SHUTTERSTOCK**

Adaptação de capa e diagramação: **SAAVEDRA EDIÇÕES**

Dados Internacionais de Catalogação na Publicação (CIP)
Jéssica de Oliveira Molinari CRB-8/9852

Stamper, Phil

    O espaço entre nós / Phil Stamper ; tradução de Sandra Martha Dolinsky. — 1. ed. — São Paulo: Faro Editorial, 2022.

    224 p. : il.

    ISBN 978-65-5957-240-3
    Título original: The gravity of us

1. Literatura infantojuvenil norte-americana 2. LGBTQI+ – Ficção
I. Título II. Dolinsky, Martha

22-5119   CDD 028.5

Índice para catálogo sistemático:
1. Literatura infantojuvenil norte-americana

1ª edição brasileira: 2022
Direitos de edição em língua portuguesa, para o Brasil, adquiridos por **FARO EDITORIAL**

Avenida Andrômeda, 885 – Sala 310
Alphaville – Barueri – SP – Brasil
CEP: 06473-000
WWW.FAROEDITORIAL.COM.BR

Para Jonathas.
Você mantém meus pés no chão e me ajuda à subir.

CAPÍTULO 1

— Em casa, sou o invisível. Na escola, sou o bizarro. Mas para o resto do mundo, sou um jornalista.

Tenho uma sensação específica – um nó no estômago, uma dificuldade de respirar – toda vez que escrevo uma matéria, abro o aplicativo FlashFame e transmito ao vivo para meus quatrocentos e trinta e cinco mil seguidores.

Enquanto desço do trem Q na estação da Times Square e vou até a saída, organizo meus pensamentos. Respiro fundo e sorrio. Segurando o celular na frente do rosto, repasso na cabeça o plano para minha matéria semanal sobre Nova York. Do que falar, por onde andar...

— E aí! — grito para o celular e dou um sorriso, enquanto os passageiros atrás de mim vão desaparecendo. — Sou o Cal, bem-vindos a mais uma atualização de fim de semana. Tudo devagar no front de notícias de Nova York: assassinatos e crianças sequestradas, tudo normal. Mas no noticiário nacional, uma coisa se destaca: a busca pelo vigésimo e último astronauta a ser incorporado ao projeto Orpheu.

Na câmera frontal, vejo a cidade passando: uma massa de outdoors, lojas, táxis e bicicletas. Tento não deixar transparecer a tensão em meu sorriso e recordo a mim mesmo que até os repórteres mais experientes têm que relatar o que seus espectadores mais querem ouvir. E segundo os comentários que recebo, não há dúvida: as pessoas querem saber as últimas novidades. E não é surpresa nenhuma; só se fala disso ultimamente. Seis pessoas vão colocar os pés em Marte, o que despertou um interesse que o programa espacial não recebe há décadas.

— O astronauta em questão será escolhido nas próximas semanas, e depois, irão todos para Houston para disputar um lugar na espaçonave Orpheu V, a primeira missão tripulada a Marte.

Se meu desempenho não for digno de um Oscar, vou ter um ataque. Sabe quando a gente diz que está muito feliz com alguma coisa, mas, no fundo, prefere vomitar em um balde a ter que falar sobre isso? Esse sou eu com as missões a Marte. Odeio esse assunto.

Mas as pessoas estão tão envolvidas com o drama em torno dessa missão que parece até o último episódio de *Real Housewives*. Esse é o meu dilema: quero relatar coisas que interessam às pessoas? Quero. Quero mais seguidores e espectadores? Também.

— Um representante da StarWatch falou sobre a busca hoje — continuo —, mas não há fofocas novas sobre os candidatos.

Após meu breve e obrigatório relatório da NASA, puxo o assunto de volta à cidade de Nova York; ofereço recomendações para os maiores eventos do fim de semana: festas, feiras de agricultores e coisa e tal. Tudo isso enquanto observo o aumento na contagem de espectadores ao vivo.

Já fiz matérias locais, nacionais e até mundiais. Cobri um ano inteiro de eleições estaduais e municipais, participei de comícios de candidatos ao Senado e à Câmara em três estados, inclusive daqueles extremamente incompetentes que achavam que micro-ondas causavam câncer.

Eu me sentia impotente toda vez que abria o aplicativo agregador de notícias, mas fazer reportagens dava uma plataforma para minha voz, e isso repercutia nas pessoas.

Enquanto os noticiários de TV a cabo adaptavam suas matérias para se adequar a seus seguidores e soltavam besteiras sensacionalistas como *Trump é homofóbico? Entrevistamos um eleitor homofóbico de Trump para saber a opinião dele*, minhas matérias cobriam as notícias *reais*. De maneira crua e imparcial.

Como quando o candidato republicano ao senado de Nova York amarelou e se recusou a debater e a falar com a imprensa até a noite da eleição, mas não viu problemas em atacar seus oponentes no Twitter. Um dia, vazou que ele havia sido visto na cidade, então, *eu* dei uma vazada da escola e fiquei esperando em frente ao restaurante onde ele estava.

Comecei incógnito, com meu celular no bolso da camisa, e fiz perguntas leves. Ele respondeu, até que eu trouxe à tona a investigação pendente de peculato, as acusações de assédio sexual e a recente mudança na equipe que poderia estar relacionada a qualquer uma das duas questões.

No final, persegui sua limusine pela Quinta Avenida, e ele me xingou – e também meus cinquenta mil espectadores – ao vivo.

Preciso nem dizer que ele não ganhou a eleição.

Hoje em dia, planejo com cuidado meus vídeos da semana. Um dia notícias nacionais, outro focado nas questões adolescentes, com algumas histórias pessoais polvilhadas aqui e ali. Então, faço as atualizações de Nova York. Mesmo não tendo o maior número de visualizações, são as minhas favoritas. Sou eu, a cidade e quatrilhões de nova-iorquinos e turistas ao fundo.

A câmera frontal começa a mostrar o quanto a umidade está afetando meu cabelo – perfeito antes –, e se eu não encerrar logo, vou parecer um maníaco.

— Nossa, acho que tinha muita coisa para falar hoje, porque — eu afasto a câmera frontal e dou aos meus espectadores uma imagem panorâmica do entorno, o misto de tijolos e concreto dos prédios altos de todos os lados — já estamos na 38 com a Broadway.

Essas transmissões sempre começam na ponta norte da Times Square, e eu costumo andar pela Broadway até não ter mais o que dizer, ou até minha voz começar a falhar. E mesmo no último caso, sou famoso por submeter meus espectadores à verdadeira experiência de Nova York: compro uma água com gás na rua – depois de barganhar o preço até chegar a uma quantia razoável, claro.

— Então é isso. Fiquem de olho na matéria do FlashFame para saber por que vou vasculhar as ruas do Lower East Side.

Abro um sorriso malicioso quando encerro a transmissão e solto um suspiro profundo enquanto deixo minha marca jornalística.

Pego o trem F na 34 em direção ao Brooklyn, que é a única maneira de chegar ao Lower East Side de onde eu estava. Turistas bloqueando as portas do metrô quando o trem faz as paradas de três minutos entre as estações e o ar-condicionado soprando ar morno em meu pescoço faz com que o charme da cidade diminua um pouco.

Chegam as notificações do meu vídeo, que foi assistido ao vivo por cerca de oitenta mil pessoas. Mas, não sei como, o FlashFame sabe quais comentários destacar, principalmente aquele que vai machucar mais fundo meu coração.

JRod64 (Jeremy Rodriguez): Amei! ♡

Quanto tempo leva para superar alguém que a gente mal namorou? Que ironia ele "amar" meus posts, se não pôde nem se comprometer a "gostar" de mim, é o que penso, e a raiva queima dentro de mim.

Mas diminui conforme ando pelas ruas do Lower East Side, onde os altos edifícios do centro da cidade desapareceram, substituídos por prédios baixos de tijolos com escadas de incêndio, elevando-se sobre tudo, desde mercearias abandonadas até padarias veganas artesanais. Confiro de novo o endereço e desço as escadas até uma loja escura e sem janelas.

— Meu Deus, Calvin, aí está você! — diz Deb.

Ela sempre usa meu nome inteiro. Usa o nome inteiro de todo mundo, menos o dela mesma, na real; diz ela que é porque Deborah é nome de velha.

— Estou aqui desde que você encerrou a transmissão. Os donos dessa loja de cassetes gostam *muito mesmo* de falar sobre cassetes, e eu não tive coragem de dizer a eles que estou aqui só para te ajudar. Acho que eles sabem que sou uma fraude.

— Eu pagaria só para ver você fingindo ser fã de cassetes.

Esse pensamento me faz rir.

— Não é difícil, é só repetir as bobagens que você diz: "o som é muito mais suave" e tal. Eu estava indo bem, até que ele me perguntou o modelo e o ano do meu aparelho de som.

Enquanto Deb espera, impaciente, atrás de mim, dou uma olhada na coleção. Prometi a ela um donut vegano – ou uma dúzia – da padaria do outro lado da rua em troca de vir olhar as fitas comigo. Infelizmente, nada aqui me chama a atenção.

Pego umas fitas da banca de um dólar com base apenas na capa – homens com cabelos lindos e esvoaçantes dos anos 1980, trilhas sonoras de filmes com capas antigas estilo VHS – e pago as fitas retrô, sem ironia, usando meu iPhone.

— Finalmente — diz Deb, saindo às pressas da loja de cassetes. — Que lugar estranho! Você é estranho.

— Tenho noção das duas coisas, mas valeu.

Serpenteamos pelo Lower East Side, que não é tão diferente do nosso Brooklyn. Tá, é um pouco mais sujo, e há menos crianças no caminho, mas, por outro lado, dá para ver as semelhanças.

— Adoro esse lugar — diz Deb.

— Pois é, é legal para coisas aleatórias como aquela loja de cassetes — digo, dando de ombros. — Ouvi dizer que vão abrir uma daquelas padarias que a gente gosta aqui.

— Nossa! — exclama. — Imagina se não abririam.

Entramos em uma padaria pequena, com não mais que cinco bancos. Os dois padeiros se espremem atrás do balcão, e começo a ficar com claustrofobia por causa deles. Mas quando olho em volta, vejo vislumbres do bairro em cartazes colados nas paredes. Aulas de ioga, ofertas de serviços de babá, aulas de piano, grupos de escritores. Olhando lá para fora, vejo cartazes de protestos, bandeiras do orgulho LGBTQIA+ de todos os tipos, adesivos de campanha antigos, das últimas eleições.

Nova York consegue fazer a gente se sentir em casa, não importa onde estejamos. Basta sair à rua e algum bairro nos reivindica como um deles.

— Como exatamente se faz uma coalhada de limão vegana? — pergunta Deb, fascinada. E percebo que estou sentindo falta de vê-la assim tão à vontade. Antes que o padeiro possa responder, ela continua: — Este lugar é incrível! Vou levar uma dúzia, acho que quero literalmente um de cada sabor. É demais? — pergunta ela a ninguém em particular.

Eu sou vegetariano, mas ela é totalmente vegana, e está no céu. Veganos têm má reputação, mas Deb sempre foi pé no chão com isso. Ela abraça o veganismo, mas não a ponto de tratá-lo como um culto.

Isso também significa que *temos* que ir a cada novo restaurante vegano, padaria, barraca e festival no instante em que abre. Mas eu não acho ruim.

— Vai dividir comigo, né? — pergunto.

— Meu Deus do céu! — diz ela, depois de morder um donut. — Se forem todos tão bons que nem este de coalhada de limão, não.

Vamos sem pressa caminhando em direção ao Brooklyn, sem nenhum destino fixo em mente. É muito longe para ir andando até o fim, mas o dia está surpreendentemente bom, e eu não estou com pressa. E *sei* que Deb também não.

— Você não deveria ter pagado — diz Deb. — Eu trabalho, cara, você não precisa mais me salvar.

Fico corado.

— Eu sei, não foi por isso. É que deixei você sozinha naquela lojinha de cassetes, tão indefesa que teve que fingir que era uma de nós para não se sentir deslocada. Pelos horrores que você deve ter tido que enfrentar, é o mínimo que posso fazer.

O que não digo é que sei que ela está economizando cada centavo do salário. Deb trabalha mais que qualquer pessoa que conheço. Se eu pudesse ajeitar sua vida doméstica, ajeitaria. Mas enquanto não pudermos fugir de nossas respectivas gaiolas, só o que posso fazer é pagar coisas para ela.

— Um World Trade. Estamos chegando no centro turístico — digo. — Vou tirar umas fotos para a minha matéria do Flash, depois pegamos o trem.

Não dá para ver o sol, uma série de nuvens baixas passa, dividida ao meio pelo edifício brilhante. É uma tarde perfeita em Nova York, mas sinto um aperto no peito porque me lembro do que me espera em casa. Pegamos um trem e trocamos um meio sorriso; sei que estamos pensando a mesma coisa. Há uma grande chance de a noite de um de nós, ou de ambos, ser estragada por nossos pais.

Voltamos ao Brooklyn em tempo recorde. A ansiedade aperta meu peito enquanto subo as escadas até a entrada do prédio, e sei que Deb costuma sentir o mesmo. Para ser bem honesto, eu adoraria ter atrasado por mais alguns minutos as inevitáveis conversas embaraçosas e brigas acaloradas que me esperam em casa. Não que as discussões se dirijam a mim, mas estão ao meu redor. Sempre ali.

Desgastando nossa família.

Me separo da Deb no terceiro andar do nosso prédio. Meus ombros vão ficando tensos – apertados, comprimidos –, enquanto subo as escadas, de dois em dois degraus, até meu apartamento. Antes mesmo de chegar à minha porta com o onze brilhante, ouço os gritos.

Nem sempre foi assim.

Coloco a chave na fechadura e, com um suspiro pesado, giro-a.

Uma carranca cai sobre meu rosto quase na mesma hora. Bato a porta para anunciar minha presença, mas isso não muda as coisas, não impede nada. Quero que estar em casa *signifique* alguma coisa. Quero que... não sei direito. Quero não me sentir impotente quando eles estão assim. Tento escapar em meu celular, mas as notificações são, de novo, cheias de perguntas sobre... os astronautas.

Suspiro enquanto passo por elas.

kindil0o (Chelsea Kim): Oi, sou sua fã. É impressão minha ou você parou de traçar o perfil dos astronautas? Eu adorava suas lives, ainda adoro, mas queria ver mais das suas coisas antigas. Vamos chegar a Marte ou não? Você falou só uns trinta segundos sobre a busca pelo novo astronauta!

Silencio a notificação. Claro que meus seguidores iam perceber que meus conteúdos sobre a NASA são curtos, que meus olhos se afastam da câmera quando menciono a busca pelos novos astronautas.

Todo mundo quer saber por quê, e estou olhando para o motivo: meu pai acabou de voltar de Houston, da rodada final de entrevistas com a NASA.

Se ele conseguir, eu jamais vou escapar dessa missão.

CAPÍTULO 2

— **P**ara de ficar olhando o telefone! — grita minha mãe. — Eles disseram que iam ligar hoje se você fosse escolhido. São cinco e meia. Você usou todos os seus dias de férias e só estamos em junho. Você ficou indo e voltando de Houston por semanas, e isso tomou conta da sua vida. Da *nossa* vida.

Ela aponta para mim, e pronto, sou parte do jogo deles. Um peão deixado de fora visivelmente para atrair um bispo e preparar um xeque--mate. Ela me olha nos olhos, e eu vejo brevemente a exaustão em seu rosto. O pânico, o estresse. Mas afasto o olhar. Não vou lhe dar esse poder. Não vou fazer parte disso.

— Lamento, mas é hora de deixar pra lá essa fantasia — diz mamãe, voltando sua atenção para papai. — Só... pense de forma prática. Não podemos nos mudar. Eu tenho uma vida, um emprego.

— *Todo dia* tem que ser assim agora? — digo enquanto corro para meu quarto.

— São só quatro e meia em Houston — papai limpa a garganta, quase nervoso. — E você faz *home-office*. Pode trabalhar em qualquer lugar. Sei que você não tá nem aí, mas ainda há uma chance. Uma chance *de verdade* de acontecer.

— E o Calvin? — retruca ela. — Vamos tirá-lo da escola antes do último ano? Já contou para ele o que isso significaria para os vídeos dele?

— Espere aí. O que tem os meus vídeos? — Giro de volta para eles, mas ao me virar, as peças vão se encaixando.

Se ele conseguisse o emprego, não só nos mudaríamos para Houston, como viveríamos basicamente na TV.

Cada momento da nossa vida seria monitorado, gravado pela StarWatch para o irritante programa *Shooting Stars*.

Ambos evitam contato visual.

— Olha, não temos certeza de nada — papai começa —, mas tinha uma cláusula na papelada...

— Uma cláusula *clara* — diz mamãe, massageando lentamente as têmporas. — Diz que nenhuma outra transmissão pública de vídeo pode ser feita que inclua as pessoas envolvidas na missão. E como família, seríamos considerados parte da missão.

Dou o fora dali.

— Cal, espera!

Bato a porta do quarto e me encosto nela.

Em segundos, meus pais começam a discutir de novo. Uma parte de mim quer voltar atrás e consertar tudo. Deixar tudo certo de novo. Eles discutiam antes desse negócio de astronauta, mas raramente, e não desse jeito. Aperto os punhos enquanto discuto comigo mesmo, imaginando se valeria a pena arriscar meu pescoço, tentar ajudá-los, tentar *detê-los*.

Mas isso nunca deu certo.

— Estou ficando com medo de voltar para casa, Becca. Toda vez que volto com boas notícias, você surta!

— Eu morei aqui a minha vida inteira!

A voz magoada de mamãe passa por baixo da minha porta. É como se eles conversassem sozinhos. Nenhum dos dois ouve o outro.

— Esta foi a nossa primeira casa. Eu nasci aqui, a minha... família nasceu aqui.

Ouço o que ela não diz – minha tia nasceu aqui também. Ela morou em nossa rua durante anos. Esta rua, este bairro, está todo emaranhado em lembranças dela. Não é à toa que mamãe não quer ir embora.

— Você não teve a decência de conversar comigo antes de...

É tudo que me permito ouvir.

Essa é outra razão de meu pai não poder ser astronauta: é evidente que não somos adequados para ser a família de um astronauta.

A NASA escolheu os primeiros astronautas para as missões Orpheu há três anos, em pequenos grupos — três ou quatro de cada vez. Orpheu I a IV testaram componentes individuais da espaçonave, e cada teste foi mais bem-sucedido que o anterior.

As famílias, porém, tornaram-se estrelas. São impecáveis; suas histórias pessoais e profissionais seguem um arco que nem eu poderia escrever. É difícil olhar para elas e não pensar que têm tudo o que a minha família não tem.

Os astronautas têm discussões acaloradas nas páginas da revista *People* e, com certeza, às vezes um dos cônjuges bebe um pouco demais durante o almoço. Mas eles sorriem para as câmeras. Sabem como fazer suas imperfeições parecerem... perfeitas.

No final, eles estão felizes e solidários — duas qualidades que meus pais não demonstram há algum tempo.

Conecto os fones de ouvido em meu toca-fitas retrô e os coloco nas orelhas. Guardo meus novos achados e vasculho o resto da minha coleção eclética de cassetes: Nirvana, Dolly Parton, Cheap Trick, bandas e artistas que só conheço graças aos meus achados em lojas de usados. Escolho Cheap Trick, a coloco e deixo a guitarra abafar as vozes.

Papai quer ser um deles. Um dos astronautas. Muito mais do que quer ser quem é agora: piloto da força aérea que virou piloto comercial que quer trocar o 747 por uma nave espacial. A NASA anunciou que contrataria os cinco astronautas finais para o projeto Orpheu. Ele se candidatou meses atrás, quando a maioria das vagas já havia sido preenchida.

Não tive coragem de falar com ele sobre suas chances. Cobri todos os candidatos em minhas reportagens: um dos novos recrutados era um astrofísico com redes sociais que se aproximavam dos níveis das Kardashian; a outra, uma geóloga/bióloga marinha que ganhou dois Oscars por seus documentários e até um Grammy por uma leitura do audiolivro dela – que foi um *best-seller*, claro. E esses nem eram os mais impressionantes.

Papai é um bom piloto, tenho certeza, mas não é como eles.

Ele está furioso. Impaciente. Rabugento. Tá bom, tá bom, estou pegando um pouco pesado. Tipo, ele é um bom pai em outros aspectos – é superinteligente e me dá dicas incríveis para a lição de casa de cálculo. Mas é como se tudo que minha mãe diz o machucasse como um ataque físico. Ele retruca, o que desencadeia a ansiedade dela. A briga deles não está pronta para as câmeras. É confusa, é real, crua demais para ser capturada por uma câmera.

Se eles não conseguem representar nem para mim – pelo menos para fingir que está tudo bem, como os pais da Deb fazem –, como poderiam representar para o mundo?

Sentado no chão de olhos fechados, vou passando as faixas. Não há nada além da música. E alguns carros buzinando lá fora. Tá, mais que alguns. Afinal, estamos no Brooklyn.

Depois de um tempo, uma calma toma conta de mim e abafa o medo. Eu me sinto... em paz. Sozinho e não mais preocupado com meus planos futuros. Não me preocupo com o estágio no BuzzFeed que começa semana que vem. Não me preocupo com as centenas de e-mails em minha caixa de entrada — respostas para a semanal Newsletter do Cal (não consegui pensar em um nome melhor, não julgue), de links com notícias importantes que coloco em meus vídeos; um programa voltado para aqueles que não estão nem aí para o mundo.

Penso nessas coisas, mas consigo afastá-las da cabeça por uns minutos, depois mais alguns, até ter que me levantar e trocar a fita. A tensão em meu peito diminui. É meditação. Para mim, é o sistema de autocuidado mais eficaz do mundo.

Isso até eu ouvir uma batida na porta.

Através dos fones de ouvido com cancelamento de ruído e música explosiva, eu ouço. O que significa que não é bem uma batida, é mais um soco. Mas apesar disso, tiro os fones e grito:

— Que é?

Minha mãe aparece no quarto – ela sempre tem medo de me pegar fazendo "algo", e todos nós sabemos o que é esse "algo". Mas eu também não sou idiota e sei muito bem como fazer esse "algo" duas vezes por dia sem nunca ser pego, obrigado.

Então, noto a expressão dela. Está chorando, o que não é bom.

Olha, ela nunca chora. Eles brigam, gritam, tornam tudo muito desagradável para todos os vizinhos, mas não choram. Eles gritam, daí mamãe se afasta do mundo e papai vai dar uma volta. É assim que eles processam as coisas. Brigam como cão e gato, mas não se ofendem a ponto de fazer a dor durar horas.

E... aqui está ela, chorando.

— Eu...

Mamãe entra pela porta. Eu a examino em busca de hematomas, braços cobertos, qualquer coisa. Sei que papai jamais a machucaria desse jeito, mas nunca a vi tão triste, então minha cabeça procura opções.

Até que ela fala:

— Venha para a sala. Seu pai tem novidades.

Novidades.

Minha mente congela. Será que o telefone tocou nessa última hora? Será que a NASA interrompeu a briga deles para dizer que o papai foi escolhido ...

Mas não faz sentido. Não somos como eles. Nunca seremos como eles. A NASA deve ser capaz de descobrir isso, né?

Antes de me adiantar demais, paro a fita, vou até a porta e vejo o espaço vazio onde minha mãe estava. Ela sai depressa, deixando apenas um pedaço de tecido esvoaçante em seu rastro. Está fugindo dessa conversa e também da cara que sei que fiz quando ela disse "novidades".

Como se pudesse significar qualquer outra coisa.

Chego ao meio do corredor quando, *pop,* uma garrafa de champanhe confirma os medos que fluem por meu corpo. Meu intestino vira mingau. Minha frequência cardíaca dobra. Sinto por todo o corpo um choque elétrico que, em vez de causar movimentos bruscos, deixa tudo lento. Meus nervos estão a mil, mas meus membros não cooperam. Tudo está cinza e nublado, os cheiros são fracos, e eu nem consigo inventar metáforas que façam sentido porque...

— Uma taça para cada um, até para você, Cal. É uma ocasião especial. — Papai entrega as taças; seu rosto feliz está imune às expressões aterrorizadas e arrasadas dos nossos. — Um brinde para mim, o mais novo astronauta da NASA.

Levo alguns segundos para absorver essas palavras, e é como se meu cérebro fosse o último a chegar à festa. Aperto os punhos. Não consigo respirar. Sinto a pressão crescendo em todos os lugares, em minhas costas, nas cavidades NASAis, no estômago... minhas pernas doem enquanto repito a palavra em minha cabeça: Astronauta. Astronauta.

Astronauta.

Sabe quando repetimos uma palavra com tanta frequência que ela perde o significado? Não é isso que acontece. A definição fica em meu cérebro, até a etimologia. Astronauta. Explorador do espaço. O que toda criança de três anos queria ser sem segredo nenhum desde 1960.

Bato minha taça de champanhe na mesa e saio, esbarrando em minha mãe. O corredor fica borrado quando entro no banheiro. Não sei o que isso significa para meu pai, minha mãe ou para mim. Mas sei de uma coisa:

Vou vomitar.

SHOOTING STARS
Temporada 1; episódio 6

ENTREVISTA EXCLUSIVA: neste episódio de *Shooting Stars,* a astronauta Grace Tucker conversa com o apresentador Josh Farrow que vai direto à pergunta que mais recebemos de nossos leais fãs da StarWatch (primeira exibição em 15/06/2019).

— Boa noite, StarWatchers, sou Josh Farrow. Esta noite, damos as boas-vindas a Grace Tucker: uma piloto feroz, engenheira brilhante e, acima de tudo, uma astronauta determinada. Quem sabe que papel ela terá no projeto Orpheu? Vai ajudar do solo ou vai deixar a primeira pegada humana na superfície de Marte? Afinal, é apenas seu terceiro mês no projeto, mas ela já é um nome importante. Recebemos Grace no estúdio hoje para falar sobre tudo isso e muito mais. Grace, obrigado por sua participação. Agora vocês são nove, e a NASA anunciou recentemente que acrescentará mais onze ao projeto Orpheu ano que vem.

— Obrigada pelo convite, Josh. Você e eu sabemos que a NASA quer os melhores astronautas. Houve um tempo em que os astronautas da NASA eram só os homens brancos mais duros e rudes. Lembra do Mercury Seven e do New Nine, homens como Deke Slayton, Alan Shepard, Jim Lovell, Pete Conrad? Eram todos muito inteligentes, claro, mas, com o tempo, a NASA percebeu o benefício da diversidade. Diversidade de habilidades, lugar, vida, raça, gênero, identidade e orientação.

— Sim, claro. Mas nós, espectadores do *Shooting Stars*, também sabemos que a NASA nem sempre esteve na vanguarda dessas questões. Como Mae Carol Jemison, a primeira mulher negra a ir ao espaço, que entrou na *Endeavor* no início dos anos noventa. Isso foi uns trinta e poucos anos depois de o programa espacial ser fundado, não é?

— Se me permite interromper, é por isso que a diversidade no programa espacial sempre foi uma de minhas prioridades, e deixei isso claro desde os meus primeiros dias na NASA. Por isso, apoio totalmente a decisão da agência e estou ansiosa para conhecer e voar com os novos recrutas.

— Vou colocar de outra forma: você acha que suas chances de liderar esse voo estão diminuindo, considerando quantos novos recrutas a NASA está levando a bordo?

— Não estou preocupada, Josh. Nada é certo nesse ambiente, você já deve saber disso. Eu posso ser retirada da missão por pegar uma gripe um dia antes do lançamento. O governo pode retirar o financiamento; seus fãs podem perder o interesse. Eu apenas faço o meu melhor todos os dias. É o que qualquer um de nós pode fazer.

~~~~~~

CAPÍTULO 3

Talvez seja o pânico, mas a primeira entrevista na StarWatch de Grace fica se repetindo em minha mente sem parar. É a única coisa em que consigo pensar. A postura ereta de Grace, sua atitude pronta para a câmera, sua sutil preocupação.

Dou descarga no vaso sanitário e me levanto para olhar meu reflexo. Meu rosto brilha de suor, e minha respiração ofegante embaça o espelho. Eu o limpo e começo a escovar os dentes, sustentando meu próprio olhar como se fosse a única coisa que me mantém aqui, com os pés no chão.

Minha cabeça vai se enchendo de mais matérias. Locais, nacionais, fofocas, blogs. O comunicado de imprensa mal divulgado anunciando a realocação de todas as famílias de astronautas para Houston, os rumores de uma missão cancelada — por que gastar dinheiro em exploração espacial, se poderíamos financiar melhores escolas ou infraestrutura?

E me lembro do momento em que tudo mudou.

A StarWatch Network anunciou sua parceria com a NASA e apresentou um *teaser* de *Shooting Stars* com um piloto em um *cockpit* de simulação. O suor escorria pela testa do astronauta, Mark Bannon, enquanto o narrador explicava o teste.

Durante a simulação, quando a nave entrou na atmosfera de Marte, a tela ficou em branco. Quando a superfície de Marte começou a aparecer, Mark resetou os medidores rapidamente. Não deu certo, e ele pegou caneta e papel embaixo do banco. A cena cortou para Mark inserindo coordenadas e novas trajetórias no módulo de comando ainda brilhante. À medida que a nave se aproximava do solo, todos os painéis voltaram à vida, dando a Mark tempo suficiente para fazer os ajustes finais antes do... *baque*.

— A Orpheu v pousou — disse ele, com a respiração entrecortada.

A seguir, apareceu na tela uma mensagem que dizia para sintonizar o canal todas as semanas para assistir ao novo programa da StarWatch: *Shooting Stars*.

O aumento na atenção que as famílias dos astronautas receberam dos fãs foi instantâneo. Para alguns, eles se tornaram heróis americanos; para outros, eram o mais novo reality show. Eles são interessantes. São perfeitos. Não são...

Como nós.

— Calvin? — Ouço a voz rouca de minha mãe.

Meus pais entram depois que ganho forças para destrancar a porta. Mamãe tem exatamente o olhar de uma mãe preocupada: sobrancelhas franzidas e olhar suave. Mas meu pai tem uma expressão diferente. A boca está inclinada, e parece distante de tudo. Não sei dizer se está irritado ou só não consegue tolerar a minha reação. Sim, foi um pouco demais, mas não tenho como controlar quando os falafels que comi de um carrinho na rua decidem fugir do meu estômago.

— Já terminou? — pergunta ele, e todos os meus músculos se contraem ao mesmo tempo.

— Estou bem — digo. — Eu... meio que comi demais.

Papai ri e toma um gole generoso de sua bebida.

— Ah, tá. Então não tem nada a ver com...

— Com como você superou as probabilidades literalmente impossíveis de ser astronauta? — Forço uma risada. — Não, de jeito nenhum. Só para constar, também não tem a ver com o fato de a gente ter que desenraizar a nossa vida daqui a alguns meses. E definitivamente não tem *nada a ver* com o fato de eu não poder mais transmitir as minhas reportagens. É muita coisa para absorver, tá?

— Talvez eles deixem você continuar fazendo os vídeos — diz mamãe. — Por que não pergunta para eles quando for...

— Não acredito que é *disso* que estamos falando agora — diz papai, jogando o resto de seu champanhe na pia do banheiro. — Olha, lamento que você não possa mais brincar nas redes sociais, mas isto aqui é a vida real.

Eu seguro uma risada.

— *Vida real?* Tenho que desistir do meu jornalismo, de *toda a minha vida*, porque um reality show mandou? Acha mesmo que o que eu faço é menos "real" que a StarWatch?

Minha mãe está presa entre nós em nosso banheiro minúsculo. Está torcendo as mãos e olhando de um para o outro. Sem ousar dizer nada. Quando briga com papai, ela sempre sabe o que dizer, nunca recua. Mas, agora, seu rosto está congelado entre o pânico e o desamparo. Sei que isso não é bom para a ansiedade dela e respiro fundo para me acalmar.

Eu me espremo para passar por ela, vou para o corredor e começo a caminhar depressa para o quarto.

— Cal — diz papai, e eu paro. É uma frase curta, não tem nada de doce. Em sua voz há um pouco de pena. — Eu... posso perguntar para eles.

— Não, tudo bem — digo. — Tudo ótimo. Por que eu precisaria fazer a *única* coisa em que sou bom e de que gosto de verdade, se vou poder estar lá curtindo o Estado da Estrela Solitária? Sempre adorei o fascínio do Texas. Tropeçar em conservadores a cada dois passos, tentar manter o vegetarianismo na terra dos *fast-foods* de comida mexicana e dos churrascos de costela é literalmente um sonho se tornando realidade.

Estou sendo egoísta, eu sei. Mas tudo isso nasceu do egoísmo. Papai não nos contou que ia se candidatar. Não explicou o que aconteceria se ele entrasse. Só jogou uma pasta na mesa da cozinha um dia. Era o currículo dele. Não entendi por que seu currículo precisava estar em uma pasta de três argolas, ainda mais se poderia facilmente rabiscar "Delta" em um guardanapo e usá-lo.

E então, esperamos.

Bom, ele esperou. Mamãe e eu nem ligamos, porque era muito mais fácil fingir que nada estava acontecendo do que aceitar que ele poderia conseguir de verdade. Ele poderia mudar nossa vida, fazer de nós *habitués* do *Shooting Stars,* que, apesar de seu início patriótico e unificador, aos poucos foi ficando dramático demais, e agora é um reality show com fome de audiência. Mas ele jamais perguntou se era isso que queríamos.

— Meu Deus! Supere! — diz ele.

Olhando nos olhos da minha mãe, vejo que eu e ela estamos de acordo.

— Vamos deixá-lo um pouco sozinho — diz mamãe, com a voz esganiçada, e o leva embora.

Consigo respirar com mais facilidade, mesmo que só por um segundo, mesmo sabendo o que está prestes a acontecer.

— Não é culpa minha que ele não consiga processar as coisas. Nenhum de vocês parece entender como isso é importante. — Ele ergue a voz. — Trabalhei a vida inteira para isso.

— Não me venha com essa! — diz mamãe, com a voz mais forte. A ansiedade que se dane, ela não aceita as merdas que ele fala. — Estamos juntos há dezessete anos e todos nós sabemos que você adora o espaço, mas você nunca mencionou a possibilidade de ser astronauta até nos dar um tapa na cara com aquela pasta ridícula.

Aproveito para fugir para o quarto. Mas quando estou fechando a porta, papai vem pisando duro pelo corredor.

— Espera!

Espero brevemente. Respiro fundo e dou a melhor resposta que consigo.

— Não consigo ficar feliz por você agora. Tenho que apagar os comentários sem noção do meu vídeo. O meu estágio no BuzzFeed começa na segunda-feira e tenho formulários para preencher. A gente conversa depois.

— Cal, você não entendeu — diz papai. Ele parece nervoso agora. — Não temos tempo para esperar você superar.

Em um segundo, toda a energia da sala é drenada. Minhas pernas ficam bambas. Sinto minha frequência cardíaca disparar e minha mão suada na maçaneta. Respiro, mas de maneira superficial e insatisfatória.

— Precisamos começar a encaixotar tudo hoje à noite — diz ele. — Eles têm uma casa para nós.

— O que você está...

— Vamos *nos mudar* na segunda-feira.

Minhas entranhas param de funcionar. Estou passando por uma falência literal — tá, figurativa — de órgãos agora. Fico só olhando, pisco, olho de novo. Então, eu me afasto e descongelo meu corpo só um segundo. Só o suficiente para apertar a maçaneta com os dedos e bater a porta na cara dele.

Tranco a porta e corro para meus fones de ouvido. Aperto o *play* no toca-fitas e deixo os sons passarem, bloqueando meus gritos, e expectativas, e frustrações.

Bloqueio tudo.

Mas só por alguns minutos. A música não está ajudando. Não consigo me concentrar, e tudo parece barulho e me deixa tenso. Sinto raiva e tristeza, mas não sei qual sentimento traz as lágrimas aos meus olhos mais rápido. Começo a chorar, mas tiro os fones de ouvido antes de me permitir fazê-lo. Não posso deixar que ele ouça.

Meus pais voltam a brigar no outro quarto. Quer dizer, não é uma briga, na verdade. É uma discussão. Ouço números sendo lançados, e palavras como "caminhão de mudança" e "salário", e sei que eles não vão resolver isso tão cedo.

Pego meu celular e mando uma mensagem para Deb.

Posso descer? Preciso sair daqui um pouco.

Ela responde imediatamente.

Pode, ouvimos o barulho. Porta ou janela?

Mando para ela um *emoji* de janela e checo se minha porta está trancada. Eles não se incomodariam se eu descesse para falar com Deb — é só um andar abaixo —, mas não suporto olhar para eles agora.

Imagino-os vindo ver se estou bem e não tendo resposta. Iam pensar que os estava ignorando, ou se usassem aquela chavinha dourada que fica em cima do batente da porta, iam saber que fugi. E iam parar de brigar por um segundo e suspirar, dizendo "eita, merda" ao mesmo tempo. E, pela primeira vez, não seria eu a tentar melhorar as coisas, a resolver nossos problemas.

Finalmente, a atenção se voltaria para mim.

Levanto o vidro e a persiana da janela. Desço pela escada de incêndio e sinto o vento rasgar meu corpo. Gosto da sensação, é refrescante e calmante, e me demoro no patamar. Observo o mundo abaixo de mim, os carrinhos de bebês, e pais, e cachorros, correndo para casa para jantar antes que o sol finalmente se ponha. Bicicletas, carros, caminhões e prédios de tijolos ladeiam a avenida. Mais além, as árvores bloqueiam minha visão dos arenitos.

Esta pode ser a última vez que fico aqui fora.

Este pode ser meu último fim de semana no Brooklyn.

Quando chego ao terceiro andar, hesito diante da janela aberta. As cortinas transparentes estão fechadas, e vejo a silhueta dela se mexendo freneticamente de um lado para o outro – ela deve estar jogando toda a roupa suja no cesto para que eu tenha um lugar para sentar.

Isso me atinge com tanta força que cambaleio para trás e me encosto no parapeito: estou a ponto de dizer à minha melhor amiga que vou embora imediata e indefinidamente. É provável. A menos que haja alguma chance de meu pai estar fazendo uma pegadinha.

Ela abre as cortinas, e eu suspiro. No momento em que vê meu rosto, que deve estar coberto de lágrimas, Deb se espanta.

Sinto uma pontada familiar no peito. Já vi essa expressão antes. *Eu já provoquei* essa expressão antes. Ano passado, quando entrei por sua janela, em pânico, para terminar com ela.

Por alguma razão, não facilitei as coisas falando que deveríamos nos afastar ou ir em direções diferentes, ou que eu queria focar na escola ou explorar outras opções. Havia ensaiado todas essas frases.

Mas ela era minha namorada... e minha melhor amiga. Merecia mais que uma desculpa esfarrapada, por isso fui direto ao ponto:

— Eu beijei o Jeremy.

Conversamos e, meses depois, ela aceitou minhas desculpas. Jeremy era o veterano inatingível, e eu estava contente com Deb. A questão era que ele estava sempre lá no fundo da minha cabeça. E, infelizmente para ela, encontrei algo melhor que contentamento quando mergulhei naqueles lábios e senti o gosto de cerveja em nossas línguas.

Encontrei um fogo, uma paixão, que me faltava. Minha identidade parecia mudar a cada instante, mas eu sabia que era gay — e Deb também sabia. O mais difícil para ela aceitar não foi que eu não gostava de garotas; foi que eu não gostava *dela* desse jeito. E depois de namorar Deb três meses, eu queria encontrar alguém de quem gostasse. E encontrei Jeremy.

Só que, duas semanas depois, Jeremy encontrou outra pessoa.

— Calvin? — Ela pega minha mão e me puxa. — Entra. O quê... Nossa, da última vez que te vi assim, tive que te resgatar de um ataque de pânico para você poder terminar comigo. O que aconteceu, meu amor?

Não consigo respirar direito. Estou sufocando, me afogando no rosa avassalador do quarto dela. O pufe rosa com a almofada peluda rosa e... *por que é que não consigo respirar?* O tapete rosa no qual estou deitado agora, se bem que não me lembro de ter entrado pela janela.

Eu me concentro em um ponto no teto, e não consigo me livrar da sensação. Inspiro. Expiro. Devagar, vou me recompondo. Estou bem.

— Estou bem.

Deb revira os olhos.

— Dá pra ver.

— Vou embora. Na segunda. Meu pai é um astronauta, porra!

É quando ela começa a rir. Tipo, eu ainda estou chorando e ela está se mijando de rir. Estou vendo que ela tenta se segurar – apertando, mordendo o lábio –, mas não dá certo.

— Ai, meu Deus, que merda! Desculpa. — Ela faz uma pausa para pegar meu braço. — É que é tão improvável! Seu pai é a pessoa menos qualificada para esse emprego.

Dou de ombros.

— Mas ele é o piloto, acho.

— Da *Delta.* — Ela reforça a palavra como se tivesse gosto ruim. — Ele deve ser o primeiro não cientista escolhido desde, tipo, os anos setenta.

Decido não contar a ela que o diploma de engenharia aeronáutica do meu pai *faz* dele um cientista.

— Foco.

Estendo a mão para ela, e todo o ar é sugado da sala.

Ela afasta os olhos e começa a mexer no esmalte lascado da unha do pé.

— Vou embora, Deb. Na segunda-feira, pelo visto. Vamos nos mudar para Houston e não sei quando vou voltar. Nem se vou voltar.

É como se o mundo reagisse às minhas palavras. Uma nuvem passa, lançando sombra sobre a janela. O rosa ao meu redor escurece. Ela olha para mim quase fazendo beicinho.

Não está mais rindo.

Pois é, eu não a amava *daquele* jeito. Mas a amo de verdade. Desde o momento em que nos encontramos em frente à caixa de correio no andar de baixo, quando eu estava alucinado por causa da fita vintage do Prince que havia acabado de comprar no eBay. Ela havia acabado de se mudar, naquele dia mesmo, mas isso não a impediu de me zoar implacavelmente por causa da minha obsessão por fitas cassete.

Isso não refreou meu entusiasmo. Comecei a divagar sobre o tema, dizendo que elas tinham um som mais suave, que tinham uma qualidade que ela nunca poderia encontrar em uma cópia digital ou num CD. Falei tanto que meio que esqueci que meu quarto estava um desastre quando a convidei a entrar. Ela se sentou em minha cama, que estava revirada, e ficou só escutando.

Com certeza não entendeu nada daquilo. Desse negócio de cassete. Mas me ouviu mesmo assim.

Nesse ano inteiro, rolou uma amizade fácil com ela. Eu nunca precisava perguntar *se* ela estaria livre mais tarde; só perguntava: "O que *a gente* vai fazer depois?". Passávamos muito tempo juntos, era como se estivéssemos namorando. Passar de amigos para mais que isso também foi fácil. De repente, estávamos namorando, e tudo parecia igual.

Só que igual não era o que eu queria. Eu buscava fogo e tesão, mas encontrei o mesmo relacionamento calmo e confortável que sempre tivemos.

— E o BuzzFeed? — pergunta ela, interrompendo minhas lembranças.

Eu paro. Depois que minha cobertura das eleições foi divulgada pelo noticiário, além de um ano inteiro construindo meus seguidores e minha reputação como repórter, o BuzzFeed News me ofereceu um estágio de verão para ajudar com conteúdo de vídeo para o novo programa deles em Nova York.

Quando entrei na sede de paredes amarelas e sofás por todo lado, soube que estava em um lugar especial. Gente de vinte e poucos anos rindo, com óculos de aros grossos, celulares sempre em cima de notebooks em espaços abertos... Foi um sonho. Era para eu começar semana que vem. Era...

— Não vai rolar.

A ficha cai quando digo isso. Tudo pelo que lutei. Um pé dentro da carreira de jornalismo digital, roubada pelos astronautas.

— Que merda. O que vou dizer para eles?

— Diga que você vai cobrir as missões a Marte. Eles postam sobre as famílias, tipo, todos os dias.

— Na página de entretenimento. Eu ia cobrir notícias da cidade. — Aponto para a janela. — E a StarWatch proíbe que qualquer outro vídeo, ou qualquer coisa, saia de Clear Lake, Texas. Assim que o papai assinar o contrato, vou ser parte do programa. Não vou mais poder fazer os meus vídeos do FlashFame.

— Primeiro, isso não é justo. E segundo, acabei de perceber que você vai estar no *Shooting Stars*. Ai, meu Deus, Josh Farrow vai dizer o seu nome, em voz alta, na TV!

Dou um grunhido.

— Nem consigo assimilar que você ainda assiste a esse programa. São só famílias perfeitas, festas chiques e fofocas mesquinhas hoje em dia. A gente nunca vai conseguir se adaptar a essas pessoas.

A tensão aperta meu peito.

— Primeiro, é um programa fantástico. — Ela enfatiza cada palavra. — É meio mesquinho mesmo, mas eles são divertidos, pelo menos. Até parece que você não curtia, como todo mundo, até descobrir que o seu pai havia conseguido uma entrevista.

— Claro! Falei sobre todos os novos astronautas e relatei o debate de meses sobre o financiamento da Orpheu antes de o Senado finalmente aprovar a lei. Eram notícias interessantes.

— Ué, talvez eu ache que ver astronautas enchendo a cara com champanhe e caindo de cara em um arbusto também seja interessante — brinca ela.

Bom, espero que ela esteja brincando.

De qualquer forma, reviro os olhos.

— Até fiz aquela matéria aprofundada sobre o drama que a NASA causou ao comprar todas as casas à venda em Clear Lake.

Ela balança a cabeça com ar de sábia, enquanto eu divago por minha frustração.

Clear Lake fica convenientemente perto do Johnson Space Center da NASA. Quando os astronautas da Mercury, Gemini e Apollo – e, claro, todas as equipes relacionadas – se mudaram para lá, Clear Lake e algumas áreas vizinhas ficaram conhecidas como o lar dos astronautas. Heróis americanos que se estabeleceram na Hollywood sulina.

Mas havia mais que a atração causada pelas celebridades na época, e o mesmo acontece agora.

— A StarWatch acha que as pessoas não ligam para a parte científica — digo. — Nem para a exploração, para o que isso pode significar para nosso planeta. É muito roteirizado e chato. Todo mundo sabe que há um produtor nos bastidores atiçando fogo ou fazendo perguntas pontuais.

Ela suspira.

— Estamos fugindo do assunto. Esqueça a StarWatch, vamos voltar para *você*. Pelo menos pergunte ao BuzzFeed se você poderia fazer o estágio do Texas. Talvez não perca essa oportunidade, se tentar. Tenho certeza de que eles são mais flexíveis. Afinal, não é o *Times*.

— Vou perguntar — digo. — Assim, vou ter algo para fazer na viagem de carro até o Texas.

Ela ri e me dá um soco no ombro.

— A NASA não vai pagar um jatinho? Não acredito!

— Você sabe que o meu pai não aceitaria. Ele passou a última década levando o carro para lavar duas vezes por semana, mesmo usando poucas vezes por ano. Não vai se livrar dele. Ele vai nos fazer carregar o carro e ir embora. Para todo o sempre.

Ela me puxa e me abraça, e eu passo meus braços ao seu redor, apertando firme.

— O que vou fazer sem você? — pergunta ela.

Sei que a pergunta não é exatamente retórica. Pelo menos uma vez por semana, ela bate em minha janela, quando precisa fugir de sua família. Eles também brigam. Talvez todos os pais briguem, sei lá. Mas com os pais da Deb, as brigas são sempre mais assustadoras. Mais desesperadas. O som de um punho quebrando uma porta volta à minha cabeça.

Eles partem o coração dela e eu o conserto. Sempre foi assim. Seja dividindo um frozen yogurt vegano ou em festas do pijama improvisadas, aliviar sua dor, ou pelo menos distraí-la, sempre me faz bem.

Sinto um arrepio correr por meu corpo quando a verdade se impõe. Às vezes, parece que a única coisa que me mantém estável é o escudo que coloco. Cal, o ator, está sempre preparado. Cal, o amigo, está sempre pronto para resolver os problemas de todos.

Tento, mas não consigo nem imaginar o *verdadeiro* Cal. Aquele sem uma programação de vídeos e agenda de conteúdo cuidadosamente planejadas, aquele que tem uma visão clara de seu futuro, aquele sem ninguém a quem recorrer.

E, particularmente, não consigo imaginar nenhuma versão de mim mesmo em Clear Lake, Texas.

Descanso a cabeça no ombro de Deb e luto contra as lágrimas. Consigo melhorar desta vez, por isso tenho coragem de dizer a ela:

— Vou sentir muitas saudades, Deb.

Indico a escada de incêndio com a cabeça e ela me segue até lá. Sentamos em nossos lugares de sempre, eu uns degraus mais alto que ela, em uma grade de ferro fundido que machuca minha bunda.

O vento é cortante, apesar do dia quente de primavera, e meu cabelo está um desastre.

Tudo perfeito.

O sol está quase se pondo, mas, por mim, podemos ficar ali a noite toda.

— Tudo vai mudar — digo.

Deb solta uma gargalhada.

— E isso é tão ruim?

Ela morde o lábio, e seus olhos brilham e ficam vermelhos. Sei que Deb precisa de uma mudança. A única razão para ela estar bem agora é porque está trabalhando no caixa da Paper Source, o que significa que pode evitar sua família durante a maior parte do dia e da noite, dependendo dos turnos que pega.

Sei que ela fugiria, se pudesse, mas isso não facilita as coisas para nenhum dos dois. Queria poder levá-la comigo, ter alguém nessa viagem que não me enlouqueça como minha mãe e meu pai.

— Talvez não seja tão ruim. Meu Deus, por que estou chorando agora?

Ela esfrega um olho de cada vez na manga.

— Vou te visitar, e você vai voltar quando puder. E vai acabar voltando para o Brooklyn um dia, para sempre, não acha?

— Hmmm, provavelmente.

Nunca pensei em voltar, na verdade, porque nunca pensei em ir embora. É muita coisa.

— É demais para mim — digo.

— Prometa — ela aponta para meu celular. — Prometa que não vai parar, que vai continuar transmitindo as suas matérias. Você sabe como os fãs são inconstantes. Se tirar um ano de folga, acho que quando você voltar para cá, não terá mais ninguém.

Ela tem razão. Suas palavras são como um tapa no rosto, fazem despertar um pouco de fogo em mim. Minha próxima década já está meticulosamente planejada. Tenho os folhetos das faculdades em minha escrivaninha, os cursos preparatórios para as provas agendados. Já sei exatamente como vou começar minha carreira.

Se eu me afastar, mesmo que por um ano, posso perder muito.

— Sei que é contra as regras — diz ela —, mas estou dizendo para você postar tudo o que puder até que a StarWatch tire o celular das suas mãos.

Não há nada que eu possa fazer para mudar a opinião da NASA. Não há nada que eu possa fazer para impedir essa mudança. A única coisa que posso controlar está na palma da minha mão.

Uma faísca de rebelião aquece minha alma. Não é a jogada mais inteligente, e pode colocar minha família em apuros, mas talvez Clear Lake, Texas, tenha uma história esperando para ser descoberta por mim.

SHOOTING STARS
TEMPORADA 1; EPISÓDIO 10

ENTREVISTA EXCLUSIVA: A casa da família Tucker tem a reputação de ser o centro da festa quando acontece a recepção de novos astronautas, homenageando conquistas ou feriados. Neste episódio, visitamos Grace, Tony, Leon e Katherine Tucker para ver a casa deles e saber mais sobre os sacrifícios que a família fez pelo projeto Orpheu (primeira exibição em 17/07/2019).

— Boa noite a todos os nossos telespectadores. Sou Josh Farrow, bem-vindos a mais um novo episódio de *Shooting Stars*. Esta noite, vou levar vocês a um passeio muito especial pela casa da família Tucker. Mas, primeiro, achei que seria legal conversar com a nossa família de astronautas do dia: Grace Tucker, seu marido, Tony, e seus filhos, Leon e Katherine. Já faz alguns meses que conversamos, não é, Grace?

— Sim, nem acredito o quanto tudo mudou em tão pouco tempo. Quero agradecer a todos os espectadores pela ajuda. Sem o apoio de vocês, sem as milhares de ligações e e-mails para os membros do Senado e do Congresso... Bom, vamos dizer que não estaríamos sentados aqui agora.

— Eu não poderia ter dito melhor. Muito bem, da última vez que estive aqui, fizemos uma entrevista rápida com a Grace naquele sofá, mas só conversamos sobre trabalho. Quero saber mais sobre vocês como família. Leon, tendo uma mãe como a Grace, imagino que há altos padrões de expectativas sobre você. Mas parece que você já se destaca de uma maneira única. Todos nós sabemos do seu grande talento para a ginástica. Na verdade, Tony estava me contando sobre o seu treino improvisado de ginástica hoje. Sem pressão, claro, mas alguns fãs querem saber se você vai competir em breve.

— Eu... não tenho tanta certeza. Só voltei a treinar uma vez até agora. Ainda estou procurando o treinador certo. A Kat me arrastou para um centro de ginástica em Houston hoje de manhã, treinei um tempo nas argolas e... caí de cara algumas vezes. Não tenho mais tanta certeza de que posso competir.

— Meu irmão está sendo humilde. Lá em Indiana, o Leon tinha praticamente garantido uma vaga no USA *Gymnastics Elite Squad* na categoria dele. Mas a gente se mudou para cá, e foi difícil para todo mundo entrar no ritmo. Além disso, a nossa escola aqui é muito mais competitiva. Enfim, todos sabemos que ele ainda é bom o bastante para competir.

— Que ótimo! Adoro ver o vínculo de apoio que vocês dois têm. Minha irmã e eu também temos um ano de diferença, mas sempre fomos competitivos demais. Antes de irmos para o intervalo, quero que os telespectadores saibam que adquirimos alguns vídeos enviados por fãs das crianças Tucker no ginásio de esportes. Vocês podem acessar StarWatch.tv para ver esses vídeos. E quando estiverem lá, continuem lendo para saber como a promissora carreira do Leon na ginástica pode ter sido interrompida anos antes de uma possível Olimpíada. Como sabemos, ele não é o único membro da família cuja vida ou carreira foi afetada pelas missões Orpheu. Com a assinatura integral StarWatch, vocês terão acesso a uma nova minissérie que analisa com profundidade os entes queridos dos astronautas e os sonhos que eles deixaram para trás.

CAPÍTULO 4

O fim de semana passa rápido. Rápido demais. Até poucos dias, jamais imaginei que sairia de meu recanto com uma pequena estante de livros, uma cama de solteiro e um toca-fitas. Mas, agora, a realidade se impõe.

Vou embora do Brooklyn.

— Ei, cara — começa papai.

Odeio quando ele me chama assim. Então só continuo olhando para a minha tigela de sorvete. Arrasto meus pés por hábito, sentindo-os grudar de leve no chão de pedra.

Esta sorveteria faz parte da minha vida desde que me lembro, servindo os mesmos quatro sabores de sorvete. Ao contrário de muita coisa no Brooklyn – no novo Brooklyn, pelo menos –, é um lugar sem frescura. Sorvete no verão. Sopa no inverno. E os dois sempre aquecem meu coração.

Hoje, porém, meu peito está muito pesado. Certas dores nem sorvete consegue curar.

— Quero que você saiba... que eu entendo. Sei como é difícil. Eu fui filho de militares, meus pais se mudavam para todos os lugares, e eu sempre odiava. Fiquei ressentido com eles por isso, e sei que você também vai ficar comigo, mas espero que um dia entenda.

— E eu espero... — começo, sem saber como expressar a confusão que sinto no peito... como falar de uma maneira que o faça levar meu trabalho a sério pela primeira vez. — Espero que saiba o que isso está me custando. Sei que você sempre considerou os meus vídeos um hobby, você nem os assiste, não sabe o tempo que dedico a minhas matérias. Não vê as pastas que tenho no computador, os portfólios para me ajudar a entrar em uma faculdade de jornalismo, todas as minhas pesquisas sobre como solicitar bolsas de estudo para ajudar a pagar a faculdade. Deu muito trabalho reunir tudo isso, e ter que abandonar tudo assim... é uma droga.

— Eu sei. — Papai dá uma grande mordida no sorvete, eu faço o mesmo. — Eu deveria ter sido mais honesto com vocês desde o começo.

Assim, você poderia ter levado a mudança em conta no seu planejamento. Sei como você pensa, só não sei de quem puxou o gene do planejamento, visto como sua mãe e eu somos. Vou trabalhar nisso, mas preciso da ajuda da sua mãe e a sua, tudo bem?

Dou de ombros. Um gesto indiferente é tudo que posso oferecer agora.

Deixo de lado o resto do sorvete e dou uma última olhada na sorveteria. Vou sentir saudade do piso pegajoso, do teto manchado de água, da enorme casquinha de sorvete de plástico à frente da porta. A tinta está lascada, mas ainda acende à noite. É horripilante.

Neste momento, o pessoal está carregando o caminhão. Caixas contendo minha vida inteira vão atravessar o país daqui a pouco. Suspiro e, enfim, sinto o frio do sorvete. Então, uma mão firme segura meu ombro.

A voz de papai é quase um sussurro.

— Vou sentir saudades daqui também.

— Ainda não acredito que você vai conhecer os astronautas — diz Deb, enquanto papai coloca nossas malas no porta-malas do carro. — Vai conhecer a Grace Tucker e o Mark Bannon. Tipo, falar com eles. Talvez até tocá-los!

Reviro os olhos.

— Melhor irmos mais devagar, no começo. Afinal, eles têm o dobro da minha idade e estão sempre na mídia.

— Cala a boca! — Ela me dá um tapa no braço. — Você sabe o que eu quero dizer.

Pensar em conhecer Mark Bannon, um dos primeiros astronautas escolhidos para o projeto, imediatamente me intimida. Fiz uma matéria sobre ele que focou em sua defesa do programa espacial, antes mesmo de se saber se a Orpheu V conseguiria financiamento para decolar. Isso me rendeu uma tonelada de novos seguidores — provavelmente os mesmos que estão reclamando que não faço mais *esse tipo* de matéria.

Para mim, ele é tipo um Hulk que, de alguma maneira, parece sempre estar pronto para as câmeras. Tem uma personalidade passional e cheia de vida, que lembra os astronautas da Apollo, e fico me perguntando se os rumores sobre ele e Grace disputarem o mesmo lugar na missão Orpheu V são verdadeiros.

Eu me lembro da entrevista de Grace no *Shooting Stars* – a que só assisti para fins de pesquisa, e talvez porque estivesse um *pouquinho* interessado nessas novas pseudocelebridades –, e saber da sua tenacidade me inspirou. O quanto ela foi sensata quando Josh Farrow tentou fazer que revelasse alguma tensão entre os astronautas.

Talvez haja coisas interessantes nessa missão. Talvez existam *pessoas* reais por trás dessa fachada. Uma história de verdade. O entusiasmo volta a correr dentro de mim. Meu sangue pulsa nas veias.

Abro a última edição da *Time* no celular e vejo os Tuckers sorrindo para mim. Deb, uma notória invasora de espaço, aparece atrás de mim.

— Nossa, eles são lindos! — diz.

Meus olhos se voltam para o filho deles, Leon Tucker. O olhar ardente do garoto faz meu pulso disparar. Ela tem razão.

— Consegue imaginar a gente nessa capa? Eu e os meus pais? A gente nunca vai conseguir. — Pigarreio. — Sabe quando nos filmes ou nos livros o personagem principal muda de escola e fica preocupado com não se adaptar, não fazer novos amigos? Eu não estou... não estou sentindo nada disso.

Ela me olha suavemente, com a sobrancelha arqueada. Continuo.

— Vou fazer amigos; ou não, sei lá. Gente geralmente é um saco mesmo, mas é a minha *família* que não se encaixa. A ansiedade da mamãe está tão grande que ela mal sai de casa, só para passear no Prospect Park. E eles têm brigado muito desde que o papai se candidatou. Os outros astronautas estão em outro nível, e os filhos também. Por acaso sou um ginasta de nível quase olímpico como o Leon Tucker? Eu me sinto assim tão... inadequado.

— Calvin, você tem meio milhão de seguidores no FlashFame! Fez matérias que literalmente ajudaram a influenciar uma eleição. E mesmo que tenha que desistir, você ainda tem a chance de fazer um estágio no BuzzFeed aos dezessete anos; eles não dão uma chance dessas para qualquer um.

Ela passa o braço por meu ombro e deixa suas palavras me penetrarem.

— Você é *mais* que adequado, meu amor. Vocês vão se adaptar. Todos vocês. Mas você vai precisar se abrir para eles também. Você tem que apoiar essa missão; depois do show de merda em que os Estados Unidos se transformaram nos últimos anos, todo mundo tem uma razão para apoiar e se orgulhar. Vamos para Marte, porra! E da maneira que a NASA julgar apropriada, você, a sua mãe e o seu pai vão nos ajudar a chegar lá.

— Eu sei — digo.

E sei mesmo.

Neste momento, só um pouquinho, o brilho da missão me deixa sem fôlego. Fazer parte da história, desempenhar um pequeno papel nesse enorme empreendimento científico...

Falo baixo para que meus pais não ouçam.

— Achei que se eu ignorasse tudo o que aconteceu neste último ano... sei lá, acho que pensei que se eu não botasse fé...

— Seu pai não seria escolhido?

— Não, não é isso. Achei que pudesse manter os pés no chão e fazer todo mundo ver que era irreal, daí eu seria o realista que ajudou a reerguer o meu pai depois que, no fim, ele recebesse um não arrasador.

— Nobre — diz ela —, mas essa não é a sua função.

— É uma compulsão — digo. — Quero que as coisas sejam... certas. Que as pessoas sejam felizes.

— Mas, às vezes, isso te faz mal. Como quando você me contou sobre o Jeremy — diz ela sem hesitar —, e daí fui eu que tive que segurar a *sua* mão e te ajudar a recuperar o *seu* fôlego depois de descobrir que você me traiu. Mas você não foi embora, precisava que eu ficasse bem, precisava salvar o nosso relacionamento.

— Ainda está chateada comigo?

— Ai, meu Deus, você está fazendo de novo! — diz ela. — Não. Eu não seria tão natural se ainda guardasse rancor, Calvin.

Deb joga os braços em volta de mim e sou envolvido por um perfume floral. Não tipo rosas ou lavanda; mais como uma vela com cheiro de outono. É reconfortante. Mas não consigo abraçá-la.

Ela continua:

— Mas você não poderia salvar o nosso relacionamento magicamente. Eu só precisava de tempo. E você não pode salvar os seus pais.

Quando deito a cabeça no ombro de Deb, minhas lágrimas encharcam sua blusa.

— Vamos traçar um plano — diz Deb, depois de um momento de silêncio. — Temos só mais um ano de escola, a menos que você repita, e isso estragaria todo o meu planejamento, então, não faça isso. Dependendo de quando forem as nossas formaturas, talvez a gente possa encontrar um lugar já em maio. Tenho um emprego e talvez a sua família já esteja rica, e a gente pode arranjar um lugar no Brooklyn e morar juntos.

— Que tipo de lugar?

— Sei lá, algum cubículo em Bed Stuy. Por mim, a gente pode morar em Coney Island. Eu só preciso sair de casa.

O desespero em sua voz me atinge.

— Deb, o que foi?

Há uma pausa, e meu coração vai para a garganta. Ela não hesita nunca. Ela não é assim.

— As coisas não estão muito boas em casa ultimamente — diz ela, e tenho a sensação de que é o eufemismo do milênio. Ela baixa a voz. — Estão horríveis, na verdade. Meus pais brigam o tempo todo desde que o meu pai foi demitido. E o seguro-desemprego está acabando.

— Achei que ele ia trabalhar por conta — digo.

O pai da Deb era designer em uma empresa grande e disse que essa demissão era o pretexto perfeito para abrir uma empresa de design.

— Pois é. Ele tem alguns clientes, mandou fazer cartões de visita, está gastando todo o seguro-desemprego comprando computadores e *softwares*, mas não registrou a empresa. A mamãe está sempre brigando com ele, porque ter fonte de renda e ter seguro-desemprego é ilegal, mas, porra, mal temos dinheiro suficiente para viver! — Ela limpa a garganta. — Eles estão usando o meu dinheiro; um pouco, para comida, aluguel e outras coisas.

— Não é justo! — grito. — Você trabalha duro para ter o seu dinheiro.

— Eu sei, eu sei, mas eles meio que têm razão; sou a única com uma renda estável, e eles cuidam de mim há tanto tempo, acho que eu devo ajudar um pouco. Mas, Calvin, nem sei se ainda temos *plano de saúde*!

— E você acha que vai conseguir sair de casa ano que vem? Como vai economizar dinheiro se eles estão pegando?

Ela suspira, longa e lentamente.

— Ainda não sei. Mas vou dar um jeito, nem que eu tenha que abrir o aquecedor do meu quarto e esconder o dinheiro lá.

— Não se preocupa — digo. Sei como posso corrigir essa situação. — Volto assim que puder. Se você puder esperar até eu me formar... vou ter dezoito anos; tenho muitas faculdades na lista. NYU, St. John's, Columbia; eu precisaria de uma bolsa de estudos, provavelmente, mas acho que a gente consegue.

— Cal, querido?

Mamãe se aproxima e gesticula levemente em direção ao carro. Seu rosto está tenso, quase como se estivesse sentindo dor. Sei que ela está triste. Sei que ela odeia ter que deixar a nossa casa. Vejo-a com os ombros tensos e rangendo os dentes.

E odeio como quero implorar para ela ficar aqui comigo, deixar o papai ir sozinho.

— Já está pronto para ir?

— A gente não precisa ir — digo.

É quase um sussurro, e sinto o constrangimento de Deb. Mas tenho que falar.

— A NASA está mandando o *papai* se mudar para lá, não todo mundo. Não é justo, já pesquisou sobre Houston? Aquilo lá é um buraco!

— Vai por mim, eu sei. Clear Lake City é diferente, mas é linda, de um jeito interiorano. E acho que entendo por que estão fazendo todos se mudarem para a mesma cidade onde os primeiros astronautas viveram. Não posso nem entrar no Facebook sem ver todos os meus amigos da faculdade postando sobre eles. E mesmo que eu esteja muito triste por deixar a minha cidade natal, onde vivi quarenta e três anos, é algo que tenho que fazer. É algo que *nós* temos que fazer, pelo seu pai.

Seu cabelo castanho repicado cobre metade de seu rosto. Ela pousa a mão em meu ombro e me abre aquele sorriso que nunca atinge todo o seu potencial.

— Além disso — acrescenta ela —, com o temperamento do seu pai, não dou uma semana para que ele seja expulso.

Rimos, mas quando o riso se transforma em um silêncio constrangedor, sei que é hora de ir. Estamos a uma viagem de carro de distância de uma nova vida – o que significa que tenho três dias e uma viagem de vinte e quatro horas para descobrir como existir na cidade dos astronautas.

Ao lado do carro, dou um abraço e um beijo de despedida em Deb. Ambos são curtos, e constrangidos, em parte por causa da mudança e em parte por causa dos olhos da minha mãe em nós.

— Te amo — digo.

Deb sorri.

— Eu sei.

Me ajeito no banco de trás e abro a janela, saboreando os últimos minutos com a minha melhor amiga. Mas não dizemos nada. O que há para dizer num momento desses? Só adeus mesmo.

Uma vez na estrada, eu me ocupo colhendo todas as informações que encontro sobre o programa Orpheu. Seus objetivos, o que significa para o nosso país – fora o fator entretenimento, claro. A Orpheu V levará seis astronautas a Marte, onde eles construirão uma base temporária, executarão alguns planos elaborados de escavação e realizarão experimentos científicos. Não muito tempo depois, Orpheu VI e VII estarão a caminho, levando suprimentos para Marte para estabelecer uma base permanente, enquanto a Orpheu V voltará para a Terra, carregando uma tonelada de amostras de solo e rochas.

Entro na matéria completa da *Time* e vejo variações do retrato da família Tucker. Seus olhos me encaram; cada rosto esconde a emoção. Onde procuro pânico, vejo uma empolgação reservada. Uma empolgação treinada. Os dois filhos adolescentes de Grace Tucker desempenham bem seus papéis – Leon, o irmão sério que quer participar das Olimpíadas (e é um gostoso do caramba, caso ainda não tenha ficado claro) e Katherine, a irmã precoce.

Isso me faz pensar... que papel vou desempenhar?

A matéria traz mais algumas fotos espalhadas da família reunida, feitas em cenários dos anos 1960. Isso me lembra de algumas revistas antigas que vi. Uma família saudável e sincera, todos em volta da televisão quadrada e pequena com moldura de madeira e aquela antena horrível.

— Você sabe muita coisa sobre os anos sessenta? Tipo, as missões Apollo? — pergunto.

Papai finge dar uma guinada no volante e ofega. Eu reviro os olhos. Mamãe balança a cabeça, mas não puxa briga.

— Você está perguntando sobre os anos sessenta? Está perguntando a mim e não à Siri?

— Pai, ninguém usa a Siri. Mas, tudo bem, vou pesquisar — digo, sabendo que ele com certeza não vai permitir isso, agora que demonstrei interesse.

— Bom, claro, eu não havia nascido, mas os anos sessenta e início dos setenta foram a idade de ouro dos voos espaciais.

Capto seu olhar; dá para ver o brilho.

— Os astronautas se mudaram para Clear Lake e arredores, viviam todos juntos, festejavam juntos, choravam juntos e, um dia, alguns deles levaram os Estados Unidos à Lua e voltaram. Foi uma época única, diferente de tudo que já havia acontecido antes. Sei que você não gosta de *Shooting Stars*, mas já naquela época a cidade estava sempre inundada de repórteres. Não dava para sair de carro na rua nem em uma emergência nos dias de lançamento por causa de todos os caminhões das emissoras e dos fãs. Era como uma Hollywood.

— Você me mostrou esses artigos uma vez, acho.

— Deixei todos os bons guardados no depósito. Não sei para quê. Mas o país estava obcecado pelos astronautas. O país inteiro prendeu a respiração quando a matemática e o brilhantismo absoluto resgataram a tripulação da Apollo 13 da explosão que poderia ter matado todos. E chorou quando a tripulação da Apollo 1 foi queimada viva na plataforma de testes por causa de um fio exposto e uma atmosfera de oxigênio puro.

— O silêncio toma o carro. — Foram os verdadeiros heróis americanos, todos eles.

Eu o ouço falar, estou hipnotizado. Ele se interessa tanto por esse assunto, mas eu não sabia. Quer dizer, eu sabia que ele tinha uns livros sobre isso, que obviamente adorava pilotar aviões... e é também por isso que essa viagem de doze bilhões de quilômetros foi sempre tão confusa para mim. Esse era mesmo o sonho dele o tempo todo? Será que nunca notei?

— Que legal, pai.

— *Você* acha?

Minha mãe ri e pousa suavemente a mão na perna de meu pai. Sinto a conexão no carro. Está quente e, por um momento, todos sorrimos. Nem me lembro da última vez que ficamos contentes juntos. Sem gritos, sem portas batendo, sem música alta para abafar tudo.

Sei que não vai durar. Conheço meus pais, e uma parte de mim se pergunta se isso é felicidade mesmo ou mera aceitação da derrota. Mas curto o momento enquanto abro fotos antigas de *paparazzi* e vídeos de *Shooting Stars*. Começo a observar as expressões de todos: firmes, treinadas, perfeitas. Será que fingem tão bem? Ou acreditam de verdade em tudo isso? Estou procurando um defeito, mas não consigo encontrar a realidade por trás do show. Até que encontro uma foto espontânea de uma das festas – parece mais uma na casa dos Tuckers. Grace está com um vestido de festa vermelho elegante e justo; sua risada parece tão pura que faz a gente querer rir também. Mas ao fundo...

— Leon — digo.

Mamãe olha para trás.

— O quê?

— Nada. — Volto à imagem. — Estou só pensando.

Ele está sentado no sofá, o brilho do celular ilumina seu rosto. Mas está olhando para o espetáculo daquilo tudo, logo atrás da câmera. E há uma preocupação ali que me atrai. *Estou interessado nele puramente do ponto de vista jornalístico,* lembro a mim mesmo, enquanto seus olhos estreitos e mandíbula afiada perfuram meu peito. É fácil se sentir atraído por ele por ser incrivelmente bonito, claro, mas o que mais me atrai é a sua expressão.

Há um fogo que queima por trás daqueles olhos, e me agarro à esperança de que talvez ele seja um cínico, como eu. Ofego e toco a foto. Posso estar imaginando, mas ainda me agarro à esperança de que *alguém* naquele subúrbio possa ser meu verdadeiro aliado.

Ou talvez... talvez algo mais.

CAPÍTULO 5

Um viva para mim, pois sobrevivi a uma viagem de carro de vinte e quatro horas. Passei duas noites em hotéis ruins – pode acreditar, o melhor hotel de Higginsville, no Mississippi, é mais ou menos um hotel três estrelas negativas para os padrões de Nova York. Sobrevivi ficando no mesmo quarto que meus pais – minúsculo, com paredes finas e duas camas de casal.

Foi um inferno figurado, e qual foi a minha recompensa? Chegar ao inferno literal. Clear Lake City, Texas, trinta e três graus de temperatura.

Saio do carro e observo minha nova cidade. O calor é úmido – a umidade gruda em meu corpo, meus pulmões, minhas pálpebras. Vamos a um parque para esticar as pernas enquanto esperamos que um representante da NASA venha nos mostrar nossa casa nova.

Há um balanço, alguns desses cavalinhos que balançam e um velho escorregador de metal sobre um leito de lascas de madeira. Tento imaginar os filhos dos astronautas da Mercury do início dos anos 1960 – Astrokids, acho que os chamavam assim – brincando nesse mesmo parque. Imagino uma mãe perfeita com um bebê no colo enquanto empurra outro no balanço que parece um uniforme de sumô de plástico.

Aqui neste dia pantanoso, fico imaginando o quanto ela e outras tiveram que fingir para as câmeras. Sorrir, retocar a maquiagem entre as trocas de fraldas e as sessões de fotos. Os astronautas tinham seu trabalho – nos levar à Lua –, mas as esposas tinham ainda mais dificuldades. Tinham que se adaptar, criar os filhos, cuidar da casa, do gramado, dos jardins, da comida, do bolo, das festas, tudo isso enquanto se maquiavam.

Os Astrokids também devem ter desempenhado seus papéis – indisciplinados quando as revistas queriam que fossem, calmos e pensativos em outros momentos. Tremo só de pensar em desempenhar esse papel agora.

— Cal! — grita papai. Ele está de bom humor, o que é a única coisa positiva deste pesadelo suado. — O cara da NASA está chegando.

O sorriso de meu pai me lembra de novo da ausência de brigas entre todos nós. É como se tivéssemos voltado à pseudonormalidade de nossos dias anteriores à NASA. Papai tem muitos motivos para estar feliz, mas por que minha mãe também está sorrindo? Será que não quer destruir a frágil felicidade dele? Está reprimindo seus sentimentos? Sua angústia por ser tirada do Brooklyn, sua irritação pelos deveres que serão adicionados às cinquenta horas por semana que ela passa trabalhando como programadora? As esposas dos astronautas atuais não são como as dos anos 1960 – empertigadas, perfeitas, calmas, sóbrias –, mas, mesmo assim, há certa expectativa.

Ou ela está mesmo... feliz? Esperançosa?

Esse pensamento me dá náuseas. Ela deveria estar do meu lado.

O "cara da NASA" sai do carro e logo vai até meu pai. Está extremamente bem arrumado, cabelo loiro curto, mas estiloso, camisa xadrez abotoada até em cima, sem gravata, e calça cinza com botas marrons. O fato de estar usando qualquer coisa, menos um short, faz que eu transpire duplamente por ele. Será que os texanos são imunes ao calor?

Ele aperta minha mão assim que me aproximo.

— Brendan — diz ele. — Você deve ser o Calvin Jr.

Ofereço um sorriso frouxo.

— Ele é o Calvin — digo, apontando para meu pai. — Eu sou o Cal.

— Entendi. E então, querem ver a casa nova? — pergunta ele. — Preparem-se, a NASA tem caprichado em trazer de volta o estilo retrô.

Ele revira os olhos brevemente, mas seu sorriso diz tudo: é meio exagerado, mas vale a pena.

A cidade não é horrível. É bonitinha até. Tem uma história diferente. Uma história *moderna*. Brooklyn tem casas de cento e cinquenta anos – até o nosso apartamento tinha o piso original de madeira do início de 1900.

Paramos diante da casa, e observo o gramado imaculado, que desaparece entre os arbustos podados com precisão ao redor do imóvel. Foi pintada há tão pouco tempo que a tinta ainda brilha. As janelas cintilam, a caixa de correio tem o nosso sobrenome gravado.

Há algo muito real neste lugar, algo que contraria tudo que vi no parque. Vendo as fotos, lendo as histórias, tudo parecia perfeito.

E meio que... *é* perfeito. Observo meu pai absorver tudo, seu sorriso desapareceu e seu olhar agora é de puro assombro.

Se eu estou me sentindo assim, imagine o que deve estar se passando pela cabeça dele.

— Tenho certeza de que vocês sabem... temos um pouco de problemas com a imprensa aqui — diz Brendan enquanto destranca a porta de nossa casa nova e entra. — Principalmente emissoras locais, pessoas à procura de qualquer notícia. Há também amadores que querem vender imagens para a StarWatch, que é outra fera para a qual vocês precisam se preparar. Mas temos regras rígidas, inclusive para a StarWatch: eles têm direitos totais de filmagem dentro da casa dos astronautas, dentro do razoável, claro, e na estação espacial, mas, no mais, a casa é de vocês. Vocês decidem se os deixam entrar, se os mantêm do lado de fora ou se os *expulsam*.

Brendan e eu compartilhamos um sorriso, e há um estranho conforto em ter limites bem definidos e um pouco de controle sobre nossa nova vida.

— E por que não há ninguém aqui agora? — pergunta papai, com a decepção estampada no rosto.

Como se ele estivesse mesmo ansioso para ser atacado pela imprensa. Brendan ri.

— A NASA está dando uma entrevista coletiva agora e mencionou *informações importantes,* aí todas as câmeras da cidade estão lá. O pessoal da imprensa da agência os fez pensar que vamos anunciar o último astronauta, para que eles não cercassem vocês de imediato. Não se preocupem, vamos deixar vocês se instalarem primeiro.

De onde estou, ouço o suspiro de alívio da minha mãe. Quando nossos olhos se encontram, vejo um sorriso esquisito no rosto dela. Mesmo que papai acabe não voando de foguete, isto vai ser uma aventura e tanto.

— Todo mundo que trabalha na NASA tem esse problema? — pergunto.

— Eu não. A imprensa não se empolga muito com as amostras de solo com que eu trabalho — diz ele, rindo e concluindo com um suspiro agudo. — Mas os astronautas têm que enfrentar isso, todos eles. São eles... *vocês...* os interessantes.

— Tipo, mas o solo deve ser interessante, não?

— Minha equipe acha, mas duvido que o público em geral concorde. Ainda não. — Ele dá de ombros. — Os rovers nos mandam uma tonelada de dados ótimos, mas só eles não podem fazer muita coisa. Vamos receber as primeiras amostras após o sobrevoo da Orpheu VI, e aí sim poderemos fazer testes de verdade, estudar o solo no laboratório, essas coisas.

Se há uma coisa que eu sei sobre o "público em geral" é que nenhum autoproclamado profissional de imprensa sabe, de fato, o que o povo quer. Às vezes vale a pena tentar e errar, mas não é de surpreender que a StarWatch prefira glamour e prestígio à... terra.

Depois de segui-lo para dentro da casa, respiro pela primeira vez uma sensação refrescante. O ar frio deixa minha pele toda arrepiada, no bom sentido. O lugar é estéril, novo. Exótico.

Meu pai anda pela sala de estar, onde se vê uma televisão novinha em folha sobre um rack moderno. Há um sofá felpudo de cor clara em frente a uma mesa de centro retrô, ladeada por duas poltronas.

É, a casa é bem legal.

O espaço todo equilibra personalidade vintage com eletrodomésticos modernos. Há um toca-discos em uma estante, com uma coleção de discos antigos ao lado. Eles mergulharam *bem* fundo nessa coisa toda retrô. Se substituíssem aquele toca-discos por um toca-fitas, eu adoraria.

— Vocês é que mandam aqui. Na porta da geladeira está o número especial da polícia daqui. No geral, a imprensa não é *tão ruim*. Mas vai piorar conforme formos nos aproximando do lançamento da Orpheu V.

Aproveito este momento de paz, sabendo que será o último por um tempo, e sigo Brendan até meu quarto. Jogo a mochila em minha cama nova, digo que vou me trocar e fecho a porta. Localizo a cômoda – é onde meu toca-fitas vai ficar, decido –, me reclino contra ela e escorrego até o chão.

Respiro fundo algumas vezes. Admitir que gosto da casa nova, da cidade até, me faz sentir que estou abandonando minha antiga vida.

Pego o celular e abro o app FlashFame. Mas o fecho. Conheço as regras, li o contrato do papai: para manter a consistência com o fio narrativo definido pelo apresentador e pelos produtores do Shooting Stars, nenhum vídeo transmitido ou gravado pode ser compartilhado publicamente sem consentimento prévio e orientação da StarWatch Media LLC.

Ou seja, eles não querem necessariamente que eu encerre minhas contas. Mas querem controlá-las, o que é ainda pior. O nó no estômago se acentua quando digito uma mensagem para Deb.

Acho que vou continuar. Afinal, eu não assinei nada, não é? Eles não podem me processar, né?

...né?

Eu pretendia dizer aos meus seguidores, durante a viagem, que ia me afastar um pouco das redes sociais, mas não consegui fazer isso no carro, e as paradas para descanso e os quartos de hotel não ofereciam muita privacidade. Na verdade, nenhuma.

Mas agora que estou aqui, sabendo que meu sonho corre perigo de se apagar como uma vela, não posso me afastar. Não posso... não, não *vou* deixar a StarWatch me controlar.

Pigarreio e me olho na câmera. Meu cabelo escuro cobre meus olhos, e um remoinho o faz subir atrás. Minha aparência não está das melhores, mas será rápido.

Assim que clico em LIVE, a lista de espectadores começa a subir. Deixo pausado um minuto, para que meus seguidores possam reagir à notificação que receberam no celular antes de eu começar. Sorrio e aponto para meu remoinho com ar cômico, enquanto as centenas de espectadores se tornam milhares. No meio de uma quarta-feira. *Quem são essas pessoas?*, eu me pergunto. *Por que me dão trela?*

Mas não me interessa o motivo de me darem trela, porque eu gosto de ser meio famoso. Sinto um nó no estômago de novo ao pensar em ser forçado a fechar minha conta. Em desistir de tudo pelo que trabalhei. Quando eu voltasse a Nova York, já não teria mais nada.

— Oi, pessoal — digo com a voz esganiçada, quando vejo que os espectadores chegam a 2 mil. — Tenho uma notícia bombástica para todos vocês, aguentem aí.

Sinto a adrenalina correr por mim. Mais uma vez, tenho um furo para dar. E estou fazendo tudo sozinho.

— Vamos cortar a introdução — digo, decidindo arrancar o *band-aid* de uma vez. — Vocês começaram a perceber que eu ando evitando perguntas sobre a NASA e as missões Orpheu, e está na hora de explicar por quê. O vigésimo e último astronauta adicionado ao Projeto Orpheu não é outro senão... Calvin Lewis. Não, não eu, o meu pai, Calvin Lewis *pai*. Estou ao vivo de Clear Lake City, Texas, para onde acabamos de nos mudar. Vocês reconhecem esta cômoda? Este quarto? Não? Pois eu também não, mas se eu conseguir, todos nós vamos vê-los muito no futuro. Então, se preparem.

Eu me levanto, ando pelo quarto e me jogo no colchão de espuma. Seguro a câmera bem acima da cabeça.

— Pois é, dei uma grande notícia agora, mas, se vocês não se importam, preciso transformá-la em uma história pessoal. Meu pai, meio que um piloto de avião que virou astronauta, obrigou a nossa família a fazer uma viagem de três dias de carro até o Texas, em vez de virmos de avião. Também não entendi, mas fiz um *review* bem completo da pousada Higginsville Holiday, na saída da 49, no Mississippi. Por mais que eu adore estar com a minha família — faço uma pausa dramática —, *não aguento* outra viagem como esta.

Passo os próximos cinco ou dez minutos recapitulando minha viagem dos infernos, com todos os detalhes horríveis (chatos), até que minha mãe assoma a cabeça pela porta.

— Você está... — murmura antes de suspirar. — Não importa. Largue isso e venha. Agora.

— Esperem aí, por favor — digo mecanicamente para o celular e espio pela janela.

Há alguns carros alinhados nas ruas e meu pai e Brendan estão olhando para eles.

— Nossa, foi rápido. Eu deveria ter comentado antes, mas talvez eu tenha quebrado muitas regras. Vou dar as informações completas hoje à noite... se a StarWatch não me matar até lá. Torçam por mim.

Paro de transmitir e saio do quarto, ignorando a dor de estômago, porque não estou preparado para o que está por vir.

A atmosfera muda quando saio.

O ar-condicionado que me esfriou antes pelo visto me deu amnésia de temperatura, porque me choco com a massa de calor em que acabo de mergulhar.

Em pé na calçada asfaltada, ao lado de nosso carro, meio atordoado, está meu pai. Fica só olhando para a rua, enquanto os repórteres se agitam em volta de suas vans como moscas, fazendo câmeras aparecerem do nada.

Mamãe suspira forte. Trocamos olhares, noto o estresse nela, a tensão em sua expressão facial.

— Entre, vou buscar o papai — digo e aceno com a cabeça para fazê-la acreditar que consigo lidar com a situação.

Ela corre para dentro.

Não dá para ver a expressão do meu pai aqui de trás, mas noto que fica tenso. Ele nunca foi o centro das atenções, tirando as vezes em que voava como copiloto e passava as informações aos passageiros. E nessas ocasiões, ficava escondido na cabine. Mas ele não pode se esconder ali, onde o sol realça todos os defeitos e acentua todas as dúvidas.

Pelo menos se precaveu e vestiu uma camisa limpa.

— Merda — diz Brendan. — Pois é, normalmente, não sou eu quem cuida disso. Vou fazer uma ligação.

Em ondas, vou caindo na real. *Eu provoquei isso.*

Dei um furo nacional.

Foi um pequeno ato de rebelião, o que não é tão raro assim para mim – como quando driblei os guardas da Prefeitura para participar de uma entrevista coletiva para cobrar o Departamento de Habitação de Nova York sobre um grande volume de elevadores quebrados nos conjuntos habitacionais.

Mas aquilo não foi por razões puramente egoístas. A pontada no meu estômago está queimando. Esta é a minha vocação, e não vou deixar a StarWatch atrapalhar. Às vezes, temos que tomar o futuro em nossas próprias mãos.

E de uma forma ou de outra, foi o que acabei de fazer.

Só que não pensei no que isso representaria para a minha família.

— O que você quer fazer? — pergunto a papai, com uma firmeza na voz que eu nem sabia que tinha. — Quer que eu chame a mamãe? Ou é melhor a gente se esconder lá dentro?

Estou hiperventilando e ficando tonto.

Papai se volta para mim por um segundo, pensando na minha pergunta, enquanto uma jornalista dá início a sua reportagem.

— Estamos aqui na casa do mais novo astronauta do Projeto Orpheu, Calvin Lewis, cujo filho é muito conhecido graças a seus seguidores na rede social FlashFame. Calvin pai é o astronauta final selecionado antes de a NASA dar início aos preparativos para a Orpheu V. Os seis astronautas de sorte da missão, prontos para serem os primeiros humanos a pisar em Marte, ainda vão ser definidos.

Meu estômago azeda, sinto a garra da tensão nos ombros. Precisamos agir rápido para sair daqui sem notoriedade. Um sorriso firme. Um aceno breve. E já para dentro. Mas eles estão gravando, não posso gritar essa instrução para o meu pai, que está paralisado como um idiota, com a cabeça girando entre mim e a câmera.

E vejo por quê.

Sinto um aperto no peito.

Sei que eles viram meu vídeo no FlashFame. Eu era totalmente normal com meu quase meio milhão de espectadores em Nova York. Só que aqui não. Não para essas emissoras pequenas. Eles sabem o que vai acontecer quando publicarem um vídeo meu: todos os meus fãs vão assistir. As câmeras estão em mim.

O que significa que eles não vieram aqui só para ver meu pai.

Vieram aqui por mim também.

CAPÍTULO 6

Q ue se dane a nossa saída elegante, penso, enquanto papai passa correndo por mim e entra em casa, batendo a porta e me deixando preso do lado de fora. *E diante das câmeras!*

Então, sorrio e finjo que estou fazendo um dos meus vídeos. Sorrio porque é a única coisa que mantém a mim e a esta família juntos, e torço para que as câmeras estivessem focando mais em mim e não tenham percebido a birra de meu pai. Se ele perder a calma dentro de casa – o que vai acontecer –, os microfones poderão captar.

Por favor, não grite.

Por favor, não grite.

Sem pensar muito no assunto, entro no modo controle de danos. Forço minhas pernas a se moverem – estão rígidas e doem de tanto eu contraí-las. Colo um sorriso no rosto. No começo é tenso, mas conforme meus membros vão se soltando, meu rosto também relaxa. Quando chego à calçada em frente à garagem, meu sorriso é o mais natural que consigo.

A repórter fica na calçada – ela sabe que não tem permissão para se aproximar – então há alguns metros entre nós. Ela tem aquele visual Hillary Clinton, com um terninho azul impecável e sólido. Seu sorriso é ensaiado, seu braço está estendido.

— Cal Lewis, sou Gracie Bennett da KHOU-TV. Ficamos animados quando soubemos que vocês se mudariam para cá, já que Houston não recebe muitas celebridades. Parabéns a seu pai e à família pela emocionante aventura. Bom, tenho que perguntar: você pretende fazer rondas por Houston aos fins de semana, como fazia em Nova York? Vai nos dar informações privilegiadas sobre a vida dos astronautas?

Dou uma risada – é forçada, mas tudo é forçado agora, por isso, nada de julgamentos. Minha mente luta para encontrar uma maneira de direcionar a conversa de volta a meu pai e à NASA.

— Bom, ainda não sei. Só o que sei é que o meu pai está muito entusiasmado por se somar às fileiras dos grandes astronautas como Jim Lovell e John Glenn, e por morar na mesma cidade que eles. Isso é muito importante para todos nós.

Ela dá aquela inclinadinha de cabeça e aquele sorriso agradável que recebemos quando o outro começa a nos ver como um bichinho de pelúcia. *Que fofo*, vejo-a pensando. Gemo por dentro.

Não sei mais o que dizer, e paro quando percebo, de soslaio, alguém se aproximando das câmeras. Enquanto seus sapatos fazem *clic-clic* na calçada, seu vestido de verão lavanda esvoaça na brisa suave. É Grace Tucker. Ela tira os óculos escuros, e até eu fico meio em choque. Ela se volta para a câmera.

— Olá, Grace! O que você acha do...

Grace intervém.

— Estamos todos muito felizes por receber a família Lewis aqui. Poderíamos conversar mais, mas estou ansiosa para apresentar minha família a eles, não posso esperar mais. Tchau!

Eu aceno e Grace pega meu braço.

— Apareça na emissora quando quiser, Cal! — grita a repórter atrás de mim. — Lembre-se, K-H-O-U!

Deixo Grace me levar para casa, mas paro à porta quando ouço os gritos. Trocamos olhares, e como não quero que isso estrague a primeira impressão dela, digo:

— Desculpa, é que não imaginamos que eles cairiam em cima da gente desse jeito. Meus pais ficaram surpresos demais.

Ela sorri, e fingimos que ela acredita no que digo. Entro e anuncio a papai:

— Temos visitas!

Silêncio.

Reconhecimento.

Constrangimento.

Vejo papai passar por essas fases como se fossem os cinco estágios do luto. Já foram duas vergonhas para ele hoje. Queria poder dizer que não foi minha culpa as câmeras mirarem em mim. Que eu não queria que ele tivesse que dividir a atenção. Eu só queria contar a minha história, sem deixar que o contrato que ele assinou atrapalhasse.

— Grace... hmmm, sra. Tucker. — Meu pai vem até a porta e estende a mão para ela. — Prazer em conhecê-la.

— Igualmente. Por favor, só Grace.

Ela dá uma olhada pela casa e passa o dedo por uma máquina de escrever vintage recentemente polida.

— Estão gostando da decoração? Demora um pouco para se acostumar, mas é linda. Bom, é um prazer conhecer todos vocês.

— É... é melhor do que eu poderia imaginar. — Papai aponta para nós brevemente. — Esta é a Becca, minha esposa, e o Cal, meu filho.

— Becca — repete ela. E se volta para mim e sorri. — E eu conheço você. Minha filha, a Kat, é sua seguidora há anos. Ouvi dizer que a sua família vinha para cá, mas não sabia que seria hoje. Que sorte que a Kat viu o seu vídeo e me contou. Vim o mais rápido que pude. — Ela se volta para os meus pais. — Os *paparazzi,* por falta de um termo melhor, são um inferno por aqui.

Papai me encara.

— Você postou um vídeo? É... por isso que eles sabiam que a gente estava aqui? Você conhece as regras.

— Eu decidi contornar as regras — digo debilmente.

Coro e, de repente, percebo que há três pares de olhos apontados para mim, me julgando. Quero dar uma volta, mas não posso dar uma escapada com tantas vans da imprensa por aí. Talvez eu consiga fugir delas.

— Mas vou dar um jeito. Vou sair e ver se eles ainda estão aqui. De-desculpa.

Quando estou saindo, ouço Grace me avisar para não sair, mas nem ligo, e meus pais, mudos, não protestam. Não posso mais ficar nesta casa.

Sei que posso dar um jeito, mesmo sem ainda saber como.

Quando abro a porta, fico impressionado com o circo midiático em frente de casa. O número de carros, vans, câmeras e repórteres triplicou. Fico paralisado quando todos apontam as câmeras para mim, mas a adrenalina bombeia em minhas veias. É a mesma emoção que sinto quando faço meus vídeos, mas maior, de alguma forma. Por que os Estados Unidos dariam bola para *mim?* Só porque sou o personagem mais novo desse reality show obsceno? Porque meu pai tem uma chance em quatro de chegar a Marte?

Não faz sentido.

— Ei, Cal? — uma voz chama da porta ao lado.

Uma segunda pessoa ofega atrás de mim.

— Ai, meu Deus, é ele mesmo!

Minhas bochechas ficam vermelhas quando me volto e vejo os dois adolescentes do retrato da família Tucker olhando para mim. Ambos são imaculados e preparados para esta vida, com sorrisos fáceis e um andar confiante. Estão com roupas bem passadas, arrumados demais para irem à escola.

— Sou o Leon — diz o garoto, estendendo a mão. A postura dele é muito rígida, sua expressão, muito ensaiada. — Prazer te conhecer.

Ele fala meio alto, mas acho que é para que os microfones captem bem a conversa. Isso me faz estremecer, mas quando ficamos diante da perfeição — mesmo todo suado, sem tomar banho há dias —, só dá para fazer o melhor possível.

— Prazer te conhecer também.

Um silêncio constrangedor se estende entre nós. Estamos nos olhando, e eu estou tão perdido em seu olhar que quase esqueço as cem mil pessoas que devem estar nos observando.

— Viemos assim que soubemos — diz a garota. — Sou a Katherine, prazer te conhecer.

Somos três, mas eles naturalmente se posicionaram de tal maneira que parece que estão em um palco – todos voltados para as câmeras. Neste momento, eu me pergunto quanto treinamento tiveram que fazer para agir assim. Tão certinhos e polidos, um ao lado do outro...

Meu sorriso começa a desaparecer, já que essas não parecem ser as pessoas de quem quero ser amigo.

A adrenalina já passou há muito tempo e só o que resta é uma energia embaraçosa.

— Certo — digo. — Então, já nos conhecemos.

O silêncio passa por nós por mais uma fração de segundo, até que Leon cai na gargalhada. Sua irmã e eu seguimos logo atrás, e por um breve segundo, Leon se curva e coloca a mão em meu ombro. Eu sinto a pressão, mesmo depois que sua mão deixa meu corpo, e apesar do calor, um calafrio desce direto por minhas costas.

— Desculpa — sussurra ele. — Sei que é estranho com todas essas câmeras.

— Enfim — diz Kat, recuperando um pouco a compostura. Sua voz é suave, como se não estivesse mais se apresentando no palco para uma plateia. — Sabe aquela van bem ali à esquerda? É da StarWatch. E vão insistir em entrevistar a família.

A StarWatch está aqui. Demora um pouco para cair a ficha. As câmeras deles estarão sobre mim? Como a mamãe vai aguentar essa atenção constante? O quanto vai demorar para o papai perder a compostura?

— A gente estava pensando — diz Leon —, há um caminho que passa entre as nossas casas que os repórteres não podem usar. Podemos dar uma fugida e nos esconder no parquinho, logo depois da trilha. A menos que você queira encarar a StarWatch já no primeiro dia.

Olho para frente e para trás, e minha cabeça começa a fazer um claro "não" sem que meu cérebro dê o comando. A única maneira de consertar as coisas e devolver o foco ao meu pai é saindo daqui.

E, além disso, só o que quero é sair daqui o mais rápido possível.

— Minha mãe está lá? — pergunta Katherine, e eu concordo. — Vão indo vocês. Vou avisá-la.

Em um piscar de olhos, ela desaparece e eu estou seguindo Leon, contornando minha casa. Seu perfil se destaca no sol, e eu me pergunto como ele não está suando. Leon tem maçãs do rosto protuberantes e olhos brilhantes, poderia sorrir sem sequer mexer os lábios.

— Sou o Cal — digo. — Sei que já nos apresentamos, mas acho que precisamos começar de novo. Porque aquilo foi estranho.

— Leon.

Ele me leva por uma encosta gramada e por uma trilha cercada de árvores. Não é como os velhos bosques dos parques de Nova York, mas é igualmente bem cuidado.

Seguimos a trilha até chegar a uma área com balanços. Ele dá um pulo e se senta em um, imediatamente pegando impulso e voando alto. Eu me sento no outro e balanço para frente e para trás, devagar.

— Sua mãe me salvou dos repórteres. — Chuto um pouco da terra sob meus sapatos. — É muita coisa para encarar.

— Entendo. As pessoas estão obcecadas pela gente. A StarWatch faz a nossa vida parecer tão dramática! Quer dizer, a vida dos nossos pais. Normalmente, eles deixam *a gente* em paz.

Eu rio.

— Talvez por isso não pareciam tão interessados no meu pai. Acho que as chances dele participar da primeira missão são baixas.

— Por quê?

— Ele era piloto da Delta.

Digo isso no tom de sempre, mas Leon fica me encarando.

— E isso é tão ruim assim? — pergunta.

— Não é ruim, é que… todo mundo aqui é tão impressionante. Meu pai é inteligente, claro, mas só sabe pilotar avião.

Ele ri e dá um tapa nas correntes de meu balanço, que se retorce para frente e para trás.

— *Só* sabe pilotar avião? Deve ser difícil impressionar você.

Faço uma pausa, porque apesar de estar me divertindo, quero perguntar se ele acredita mesmo em tudo isso. O verniz rachou um pouco quando ele riu e empurrou o balanço, mas... as capas, as entrevistas, a mudança, a decoração... como ele consegue encarar tudo tão bem, enquanto eu estou tão confuso?

Ou talvez eu esteja confuso porque também consiga encarar tudo muito bem.

— Cheguei. — Katherine salta em nossa direção e estende a mão. — Preciso confessar que assisto aos seus vídeos todo santo dia. Seu programa e a Newsletter do Cal são as minhas únicas fontes de notícias. Comecei a assistir quando você cobriu a eleição, porque você era o único que não me fazia querer socá-lo com as suas análises.

— Ah, obrigado. Acho... que ninguém nunca me disse algo tão legal — digo, com um sorriso.

Ela sacode a cabeça.

— Juro que vou parar de babar logo. É só que... Sério, você é ótimo. Sua entrevista com a mulher que desenvolveu o FlashFame foi a minha favorita, disparado. Eu queria *ser* ela.

Torço meu balanço e meu olhar encontra o de Leon.

— E você, não tem nenhum elogio delirante?

Sorrio, e ele começa a rir.

— Agora você me pegou. É que eu sou o oposto. Simplesmente não suporto as suas análises políticas ou qualquer outra coisa. — Ele revira os olhos. — Brincadeira! Já vi os seus vídeos, mas só por cima do ombro da Kat.

— Hmm, sem feedback — digo. — Você não é muito útil.

Katherine se inclina, diminuindo sua voz a um sussurro.

— O único feedback que já ouvi é que ele acha você um gatinho.

Vou para trás e quase caio do balanço, enquanto Leon dá um suspiro que faz Katherine pular para trás de tanto rir. Ele perdeu a compostura, e aposto que piraria se as câmeras o vissem agora.

— Kat, que merda é essa?

Ela abre um grande sorriso.

— Você tem dois fãs, é o que estou tentando dizer.

— É muita informação — digo, olhando de um para o outro.

Katherine começa a andar, se afastando da nossa casa.

— Os repórteres devem desistir logo, agora que a StarWatch controlou a situação — diz ela. — Vai ter uma festa sexta à noite lá em casa, e a minha mãe vai convidar os seus pais. Venha também, se eles te derem escolha. Você vai conhecer os outros astronautas e, quando ficar mortalmente entediado com o papo científico, vai poder encontrar a gente nos fundos com uma garrafa de champanhe roubada da despensa.

— Kat! — grita Leon.

Eu quase arquejo – os empertigados, equilibrados e sempre corretos adolescentes Tucker! Eu os imagino no quintal, saindo de fininho com uma garrafa de champanhe na mão e olhando para o céu. Isso me lembra as noites de verão com a Deb na escada de incêndio, com qualquer coisa que conseguíssemos tirar do estoque de álcool de nossos pais – geralmente, cervejas artesanais (*eca*), vinho tinto (e*ca* em dobro) ou uísque (quatro vezes *eca*, mas funciona rápido).

— Calma, o Cal é legal! — Kat dá um salto rápido e empolgado e bate palmas. — Essas festas ficam *muito* chatas sem outros adolescentes. Todos os astronautas têm filhos pequenos. A gente só participa porque moramos na casa.

Imagino como seria chato ficar preso com um bando de adultos bêbados.

— Entendo por que você recorreria ao champanhe para curar o tédio — digo com uma risada.

— Ah, que nada — responde ela. — Na verdade, a gente sempre acaba jogando metade fora.

— Sua mãe não notaria uma garrafa faltando? — pergunto.

Os dois ficam me olhando, e pelo sorriso em meu rosto, devem perceber que estou achando muito mais divertido do que chocante a história de roubar champanhe.

— Você vai entender quando chegar à festa — responde Leon.

Eu me levanto e tiro a terra da roupa. Penso em suas palavras e dou uma olhada em Leon antes que ele possa olhar para mim. Também o acho um gatinho. Muito gatinho mesmo.

— A gente se vê de novo, né?

Seu olhar encontra o meu, e uma dor aperta meu peito, me fazendo lembrar de Jeremy, de Deb. De paixões e tombos.

ENTREVISTA EXCLUSIVA: nossos produtores conhecem Calvin Lewis pai, o último astronauta escolhido para as missões Orpheu. Ele está desfazendo as malas para começar a vida nova em Clear Lake City, Texas, e acompanha a astronauta Grace Tucker para conversar com a gente sobre o programa espacial, as chances dele de chegar a Marte e o anúncio que nos pegou de surpresa (novo episódio vai ao ar em 10/06/2020).

— Bem-vindos a uma nova e empolgante, embora apressada, entrevista do *Shooting Stars*. Sou o apresentador, Josh Farrow, e é um prazer trazer a vocês uma entrevista exclusiva com o último astronauta escolhido para as missões Orpheu. E aqui está ele: Calvin Lewis, ao lado de uma colega, Grace Tucker. Bem-vindo a Clear Lake City, Calvin.

— Muito obrigado! Desculpem pelas caixas, chegamos há poucas horas.

— Garanto que os nossos telespectadores não vão se importar. Eles estão interessados em Calvin Lewis; Calvin Lewis *pai,* digo. Muitos dos nossos espectadores, claro, sabem tudo sobre o Cal Jr. Devo dizer que ficamos surpresos com o anúncio dele hoje.

— Acho que todos nós fomos pegos de surpresa. Desculpe por...

— Estamos muito felizes por ter o Calvin conosco na NASA. Também foi difícil para a minha família se adaptar, tirar a Kat e o Leon da escola, a transição de trabalho do Tony... Queremos assegurar que eles tenham uma transição suave e sem *conflitos,* não concorda, Josh?

— É claro! Olha, vou ser sincero. Costumo vir para estas entrevistas muito mais preparado, mas mal tive tempo de revisar o material de imprensa. Então, você pode nos falar sobre a sua experiência? Sei que foi piloto comercial da Delta, não é?

— Sim, trabalhei na Delta por uma década, mais ou menos, mas comecei na força aérea. Foi onde conheci a minha adorável esposa, a Becca. Ela trabalhava em segurança cibernética, então os nossos trabalhos nunca se cruzavam. Mas aconteceu de cruzarem um dia, e faíscas voaram.

— Fascinante. Sabe do que mais gosto nessas entrevistas? É ir fundo e encontrar as partes fascinantes de uma pessoa que o mundo não consegue ver. Espero ver esse seu lado mais tarde, mas estou curioso: qual você acha que será a sua especialidade aqui? O que *você* trouxe para cá que mais ninguém tem?

— Nossa, essa é uma baita pergunta. Parece que estou em uma entrevista de emprego de novo, só que com um holofote sobre mim, literalmente.

— Josh? Se não se importa, gostaria de interromper.

— Claro, Grace, à vontade.

— Estávamos falando sobre as nossas experiências, e descobri que ele é bastante apaixonado e conhece muito a NASA, e mal posso esperar para vê-lo nas simulações de voo com a gente. Durante o tempo em que trabalhou na Delta, ele treinou mais pilotos do que qualquer outra pessoa na empresa toda. Sabe quando você conhece alguém e automaticamente nota que ele fará tudo para alcançar qualquer objetivo? Não vejo esse tipo de determinação por aqui desde que conheci Mark Bannon! Mas também há uma conexão pessoal. Calvin, por que não conta a eles sobre quando descobriu que queria ser astronauta?

— Ah, com certeza. É uma história simples, na verdade. Quando eu tinha uns dez anos, assisti a um documentário sobre a Apollo 11. Todo mundo conhece Neil Armstrong e sabe a glória que aqueles astronautas receberam, mas lembro que pensei que havíamos sido muito inovadores. Disseram que a memória RAM do computador guia correspondia à de um relógio digital, e isso no início dos anos noventa, muito antes dos relógios inteligentes. Olhei para meu relógio, que não fazia nada além de piscar e apitar, e a ficha caiu. Em algum lugar na interseção da inteligência humana pura e da determinação... e um pouco de bravura e teimosia... chegamos à Lua. Não consigo pensar em nada mais inspirador. Nada me dá mais fé na humanidade do que ver algo assim acontecer. Então, sim, trago uma vida inteira de experiência e entusiasmo, mas também valorizo profundamente a história e a tenacidade que fizeram da NASA o que ela é hoje.

CAPÍTULO 7

Papai põe a TV no mudo.

— Olha só, você perdeu uma grande entrevista.

É sarcasmo. E eu mereço. Assistimos na íntegra ao programa, que começou com uma visão surpreendentemente profunda de todos os novos astronautas contratados. Mas o último astronauta, meu pai, mal foi citado.

— Não falaram muito de você, mas deve ter sido porque sabiam que você deu aquela entrevista com a Grace — arrisca mamãe.

Ele ri.

— Gosto do seu otimismo, mas está bem claro que o Josh me odeia. Ele deve ter dito umas três palavras sobre mim.

— Foi muito mais que isso, Calvin. — Ela massageia as têmporas. — Cal, ele entrou bem rápido depois que você saiu com os meninos dos Tuckers. Dava para ver que estava meio irritado, mas suavizou assim que o seu pai contou aquela história. Seu pai ainda tem um charme.

Mamãe acaricia a orelha de papai, divertida.

— Ai, gente. E, já disse, desculpa. Eu estava cansado e mal-humorado. Não pensei no que poderia acontecer. E quer saber? Dane-se o Josh Farrow. Ele tentou fazer você parecer um idiota na frente das câmeras, e você arrasou com aquela resposta.

— Ainda bem que a Grace estava lá e me fez aquela pergunta tranquila — diz papai. — Ela foi muito legal com a gente, não acham?

Mamãe suspira, meio melancólica.

— Não sei como ela consegue. Assim que você saiu, ela entrou no modo treinamento de mídia. Ela nos ensinou muita coisa em pouco tempo. E, graças a Deus, eles não queriam me ver. Eu estava toda desarrumada.

— Mas vão querer um dia — digo com voz suave, mas que suga a alegria da sala. — Eles estarão em todos os lugares que a gente for. Cada evento público, cada festa... Josh Farrow estava tão bravo assim?

— Estava — diz papai. — Já estava na hora de alguém tirar aquele olhar presunçoso do rosto dele.

Isso quebra a tensão por um momento, mas sabemos que ainda não estamos fora de perigo. É o primeiro dia e já irritamos as pessoas erradas. Mas, pela primeira vez, nossa família está mais fortalecida, e talvez seja porque estamos juntos nessa.

Não temos nada com que nos distrair, minha única amiga de verdade está a milhares de quilômetros de distância, e ainda não desencaixotei minhas coisas, de modo que não posso nem me refugiar em minha coleção de cassetes.

Quando vou para o meu quarto vazio, me sinto estranhamente livre. Os nódulos de tensão em minhas costas se desfizeram, minha respiração está mais forte, mais profunda. Entro embaixo dos lençóis e aperto meu cobertor. O peso do dia começa a se manifestar quando ligo o celular.

Mas, antes de desligar o aparelho, vejo um novo e-mail em minha conta "profissional" – aquela que divulgo ao público para que meus fãs e inimigos não entupam meu e-mail pessoal. Leio o assunto e toda a ansiedade volta, contraindo meus músculos e fazendo correr uma dor pelo meu sistema nervoso.

StarWatch Media LLC: notificação extrajudicial para Calvin Lewis Jr.

— Fodeu — digo em voz alta para o quarto vazio.

— Estou sendo processado — digo a Deb, aproximadamente uns milissegundos depois que ela atende ao celular. — Estou sendo processado!

— São sete e meia! Da manhã! — Ela está ofegante. — Está maluco? Eu fechei a loja ontem à noite.

Há um silêncio na linha, e me ocorre que só porque fiquei acordado metade da noite em pânico e relendo o e-mail que recebi não significa que ligações às sete da manhã sejam apropriadas. Mas *estou sendo processado!*

— Explique direito, por favor.

Deb ainda está um pouco irritada, mas decide me aturar, e eu a amo por isso.

— Recebi um e-mail dos advogados da StarWatch ontem à noite. Vou poupá-la do juridiquês, mas basicamente significa que se eu fizer outro vídeo, eles vão entrar com uma ação judicial. O advogado deles tem um papel timbrado oficial e tudo!

Ela suspira.

— Então, você não está sendo processado.

— Bom, ainda não, mas...

— Você não está sendo processado. Você está sendo ameaçado. Fique na sua um tempo e peça para os seus pais darem uma sondada nisso. Talvez eles nem processem. Tipo, não pegaria bem, né? Uma empresa grande da mídia caindo em cima de um adolescente no FlashFame desse jeito?

Avalio seu argumento. Faz sentido, mas como posso arriscar? E a notificação extrajudicial era tão ampla que incluía *QUALQUER* vídeo comigo, não importando o local. Em um minuto, minha carreira simplesmente desapareceu diante dos meus olhos.

— Não posso arriscar transmitir nada agora. Eu sabia que tinham ficado putos, mas não imaginei que fariam uma coisa dessas. Estou muito nervoso, não consigo dormir e não sei o que fazer.

— Que tal correr?

Nós dois rimos.

— Não, sério — digo.

Ainda estou rindo só de pensar em fazer atividade física, ainda mais com esse calor.

— Não sei. Mas eu não entraria em pânico. Você acabou de entrar no radar deles, eles querem te assustar. E... Calvin?

— Diga.

— Nunca mais me ligue tão cedo. Nunca mais.

Eu suspiro.

— Entendido.

Depois de desligar, abro um mapa no celular. Não há muita coisa ao redor, e não estou com vontade de explorar a cidade em nosso carro velho hoje. Estou limitado a uma única opção: o Starbucks a oitocentos metros de distância.

Visto uma regata cavada e larga, bermuda e tênis de corrida e óculos de sol. É um *look* confortável e de lazer, vai ter que servir. Saio, o ar refrescante de uma manhã de verão me atinge. A umidade parece ter desaparecido, a grama ainda está coberta de orvalho e as coisas já parecem melhores.

Enquanto ando, percebo que vou ganhando ritmo, combinando com meu estilo de "caminhante urbano". Mas aqui... não tenho compromisso, tenho todo o tempo do mundo, e o melhor de tudo é que não preciso desviar de turistas. Só coisa boa.

Mas logo diminuo o ritmo e releio o e-mail na mente. O papel timbrado era chique, mas será que foi usado só para assustar? E o palavreado que usaram para explicar qual regra eu quebrei nem se aplicava a mim. A única coisa que assinei foi um formulário dizendo que a StarWatch poderia postar qualquer vídeo ou foto comigo. Isso é exigido de todos.

— E aí, amigo! — grita alguém do outro lado da rua. — Bem-vindo ao bairro.

É Stephanie Jonasson, outra candidata à missão Orpheu V. Não consigo lembrar o que ela faz, mas sei que não tem nada a ver com navegação, por isso não está no mesmo campo que o papai e Grace.

— Oi! Stephanie, né?

— Isso. Este é o Tag — diz ela, apontando para um míni Lulu da Pomerânia, que já está arranhando minha perna. — Dá oi para o Cal, Tag.

Eu me abaixo para acariciar o cachorrinho.

— Ah, é, já vi o Tag. Fizeram um documentário no Animal Planet sobre ele, não foi?

— Viu só, mocinho, você tem um fã! — diz ela para Tag.

Acho estranho quando as pessoas falam com seus cachorros como se fossem humanos, mas não digo nada. Recordo o documentário; foi uma minissérie sobre animais de estimação famosos, e uma quantidade anormalmente grande de tempo foi gasta com Tag, o Lulu da Pomerânia.

— Posso perguntar... a StarWatch reclamou do documentário? Sei que o Animal Planet filmou na sua propriedade.

Ela ri.

— Eles reclamam de tudo. Mas sim, fui proibida de aparecer no documentário; nem a minha voz nem o meu rosto podiam aparecer. Eles têm uma política bem rígida com os astronautas.

— Só com os astronautas? Achei que as famílias também não podiam participar dessas coisas.

— Eles deram chilique, mas a minha esposa, a Heather, é advogada. Ela pressionou até que eles acabaram desistindo, por isso ela apareceu no documentário com o nosso menininho.

Ela faz uma pausa, e viu a compreensão surgindo em seu rosto.

— Ah, já sei! Eles não gostaram do seu anúncio, não foi? Eu assisti ao *Shooting Stars* ontem à noite e quase morri quando aquele idiota tentou ridicularizar o seu pai. Estou louca para conhecê-lo. Ele parece ser um cara gente boa de verdade.

— Ele é.

Sorrio, e o sorriso permanece um pouco enquanto me abaixo para fazer mais uns carinhos em Tag.

— A StarWatch é, digamos, um mal necessário. Eles passam uma boa imagem da gente e atraem muito interesse pelo programa. É mais fácil conseguir financiamento do governo aos projetos quando uma parte do país demonstra paixão por eles. — Ela ri. — Claro que eu gostaria que os americanos se interessassem por razões melhores, mas não vou reclamar. Não se preocupe muito com a StarWatch. Eles latem mais do que mordem.

Vamos cada um para um lado, e eu ainda estou meio apavorado, mas sinto a energia pulsando em minhas veias. É a mesma que senti antes, quando me encostei na cômoda. Rebelião. Se deu certo com Heather Jonasson, vai dar certo comigo. Vai *dar certo* comigo.

Bom, espero que dê.

Movido por uma onda de força interior, pego o celular e abro o FlashFame. Ninguém deve estar acordado ainda, claro, mas quero documentar para que as pessoas possam assistir mais tarde. Olho para a câmera frontal e abro um sorriso confiante.

— Bom dia! Se você ainda não assina a Newsletter do Cal, dê um jeito nisso agora, porque, hoje à noite, vou enviar o texto integral da notificação extrajudicial que recebi da StarWatch. Pois é, isso mesmo. A StarWatch está ameaçando me processar. Mas, infelizmente para eles, eu não assinei nenhum contrato de confidencialidade. — Sacudo a cabeça. — Essa missão já estragou a minha vida o suficiente, não vou deixar que um idiota com papel timbrado me impeça de compartilhar a verdade com vocês. Fiquem de olho, mais atualizações em breve. E se estiverem com disposição para ver as declarações passivo-agressivas sobre mim, fiquem ligados na StarWatch. Eles não gostam de ser contrariados.

CAPÍTULO 8

Embora eu esteja acostumado a uma leve fama, nunca me vi no noticiário fazendo algo tão banal como ir ao Starbucks ou fazer compras.

Poucos dias se passaram desde que desafiei a StarWatch e, desde então, é como se eu andasse com um alvo desenhado nas costas. Minhas corridas diárias ao Starbucks passaram em todos os lugares, desde o noticiário das onze de Houston até na *Teen Vogue*, e cada site tem sua própria versão do "drama" que minha rebelião provocou em Clear Lake City.

O verdadeiro drama é que toda foto que eles tiram me mostra atordoado, com o cabelo um horror. Isso não é uma boa aparência para mim.

Outro *look* igualmente ruim são luvas amarelo-cítrico, jeans sujos de terra e suor escorrendo de meu rosto. A pá que estou segurando guincha de tensão toda vez que a enfio no solo, e não a culpo.

Não é isso que eu considero uma quarta-feira legal.

Kat vem em direção à minha parte da horta comunitária; acho que admira meu trabalho, pelo jeito que olha para ele.

— Este é o canteiro de pimenta? — Ela se abaixa para chegar ao nível de meus olhos e se espanta. — Está... tudo bem aí com você? Parece até que você está com dificuldade.

Limpo o suor da testa com um antebraço igualmente suado.

— Jardinagem não é a minha atividade favorita.

— Dá pra ver. — Ela não consegue disfarçar a risada. — Se isso fizer você se sentir melhor, a sra. Bannon mandou o Leon ver se há fungos nas folhas de melão.

Planto outra muda de pimenta – um minúsculo e insignificante montinho de folhas – e tento tirar a terra de minhas luvas batendo as palmas. Não funciona.

— O Leon está aqui? — pergunto, tentando parecer três partes indiferente e uma parte ansioso, mas acho que não dá certo. — Queria agradecer a ele... bom, a vocês dois, de novo, por intervir e me esconder dos repórteres na semana passada.

— Imagina! E, sim, vou te mostrar onde ele está.

Kat dá um tapinha na terra ao redor da última muda que plantei. Olha a fileira de folhas minúsculas, hesitante, e pega a pá de mim.

— Assim que a gente corrigir isso aqui. É que essas plantinhas estão muito perto. Pelo menos, com base no que a sra. Bannon me disse quando pediu para vir checar o seu trabalho.

— Estão nada. Eu segui as instruções direitinho — digo.

Kat fixa o olhar em mim, e eu confesso:

— Tá bom, talvez eu não tenha prestado atenção a *todos* os detalhes.

— Tudo bem. Vou só tirar as outras e plantá-las mais adiante. — Ela olha para mim à espera de confirmação, mas dou de ombros. — Desculpa, é que estou fazendo um curso de programação na internet e acho que já estou aplicando na vida real. Como se eu estivesse solucionando os seus problemas de jardinagem ou algo assim.

Rindo, cavo com as mãos e ajudo Kat a consertar meu erro, enquanto também tento não machucar nenhuma mudinha.

— Não sabia do curso de programação — digo. — Não sei por que saberia, mas, enfim. Minha mãe é desenvolvedora. Se precisar de ajuda, tenho certeza de que ela vai achar legal.

— Ah, com certeza vou falar com ela. Com esse tipo de coisa a mamãe e o papai não ajudam. Estou tentando começar devagar, mas tenho um monte de projetos que quero experimentar. Sempre anoto as minhas ideias; só tenho que esperar até saber o suficiente para fazer alguma programação.

O calor é sufocante, mas algumas nuvens já desapareceram. Entre isso e conversar com alguém que não fica me gritando instruções, estou um pouco menos irritado.

Um pouco.

— Você costuma fazer isso? — pergunto, apontando para as mudinhas de pimenta. — Meu pai não me disse que ser voluntário na horta comunitária era importante para as famílias dos astronautas.

— É, eles não avisam sobre nada disso — diz ela, rindo. — Mas eu acho ótimo, sério. As cherivias que eu plantei há uns meses devem estar prontas para serem colhidas em breve, se bem que esse negócio nem é — ela hesita — gostoso. Caramba, você tem razão, é um saco.

— Vou parar um pouco — digo. — Se alguém perguntar, diga que estou confirmando o espaçamento adequado entre as mudas ou algo assim. Isso vai me dar uns dez minutos, pelo menos. Preciso só respirar um pouco.

Se ela percebeu que eu *também* quero encontrar o Leon caçando fungos – o que deve ser nojento, mas tenho certeza de que até fungos ele poderia fazer parecerem fofos –, não deixa transparecer.

— Boa ideia. Talvez eu vá falar com a sua mãe. Estou curiosa para saber quais linguagens de programação ela usa — diz Kat antes de nos separarmos.

O parque é extenso para os padrões de Clear Lake City; tem, no mínimo, o comprimento de uns dois campos de futebol. Parece que eles alugam canteiros para uso pessoal, e as colheitas das hortas maiores vão para o banco de alimentos da comunidade.

Chego a um extenso trecho de trepadeiras e vejo um cara inspecionando com atenção cada folha. Leon. Meu coração dá uma batida extra, como se eu já não estivesse ciente de meus sentimentos.

Quando me aproximo, dou o comando de falar à minha boca, mas não sai nada. Fico parado ali, com um sorriso crescendo a cada segundo, como um idiota. Quando ele olha para mim, todo desgrenhado e coberto de terra, tenho certeza de que jamais conseguirei falar de novo.

Por sorte, encontro as palavras.

— Como vão os fungos?

Não são as melhores palavras, mas, ainda assim, são palavras. Sinto minhas bochechas esquentando.

— Nenhum sinal deles ainda — diz ele —, mas a Mara me pediu para checar de novo. Ela acha que a "onda de frio" da semana passada derrubou a temperatura do solo.

— Onda de frio? — Minha risada sai muito alta, bem esquisita. — Chegou a quanto, uns vinte e um graus?

— Vinte e três, talvez?

Leon se levanta e, por um segundo, ficamos sorrindo um para o outro. Há uma paz em estar sozinho com ele, mesmo sem falar muito. As expressões matizadas, a pulsação crescente, tudo provoca uma descarga de energia por todo meu corpo.

Mas a linha entre o doce e o bizarro é ainda mais tênue quando se trata de paixões e, depois de certo limite, duas pessoas juntas, em silêncio, começa a ficar estranho.

— Você está bonito — digo.

— Até parece!

— Pois é, acho que terra combina com você. Ou então eu devo ter uma quedinha por jardineiros. — Paro. — Sou péssimo com essas coisas.

— Está indo bem.

Com um leve sorriso, ele aponta para um local com sombra embaixo de uma árvore, e nos sentamos na grama. Leon pega uma garrafa de água e me oferece. Tomo um gole gelado, mas isso não me refresca nem acalma.

— Ainda não conseguimos conversar direito — diz ele. — É meio estranho conhecer alguém que você já viu vagamente na internet. Minha irmã deve saber todos os detalhes a seu respeito.

— Que nada — resmungo —, ela só conhece uma parte específica de mim. Posto coisas pessoais sobre mim, às vezes, mas o que me interessa são as reportagens. De qualquer maneira, o cara da tela é só... uma versão de mim. A versão que eu quero que as pessoas vejam. Tipo uma marca.

Quero que ele veja tudo de mim.

— Deve ser difícil — diz ele.

— É difícil estar sempre *ligado*. Sempre me sinto pressionado a ter a opinião mais insolente sobre um problema ou a saber tudo o que está acontecendo na cidade. Dá muito trabalho acompanhar tudo, mas acho que as pessoas não percebem porque é "só rede social".

Ele começa a responder, mas estou distraído com uma vibração em meu bolso. Quando pego o celular, suspiro.

— *Merda*!

— O que foi? — pergunta Leon. — Tudo certo?

— Eu ia fazer um estágio no BuzzFeed para cobrir eventos locais em Nova York e aumentar o conteúdo dos vídeos deles. Seria a minha primeira chance de entrar no ramo e fazer algo próximo do que eu quero fazer de verdade.

— *Ia* fazer?

— É claro que vir para o Texas não estava nos meus planos naquele momento. Minha amiga, a Deb, me convenceu a mandar um e-mail para ver se eles aceitariam um estágio remoto ou outro tipo de colaboração. Eu estava desesperado, por isso mandei. E agora, estou com medo de ler a resposta.

Ele se aproxima de mim e, quando seu braço encosta no meu, sinto uma corrente elétrica correr por meu corpo. Sinto o aroma reconfortante de terra e especiarias. Se é o desodorante ou o perfume dele que cobre o cheiro do parque, não sei. O que eu *sei* é que estou tão enfeitiçado pelo cheiro que meu coração está se esforçando para bombear sangue para todo o corpo.

— Ande, leia. O que disseram? — pergunta ele baixinho, animado.

Aperto o celular, ainda virado para baixo. Não estou preparado. Não quero ler aqui, agora. Mas com Leon ao meu lado, encontro coragem para virar o celular e abrir o e-mail.

Ei, Cal. Conversei sobre isso com meu chefe, e com certeza vamos querer trabalhar em algo no futuro, mas, infelizmente...

É o máximo que me permito ler. Eu me levanto, morrendo de vontade de me esconder em algum lugar. Mas não tenho para onde ir. Há câmeras em todas as saídas, astronautas e suas famílias rondam pelas hortas... mais sozinho que agora não vou conseguir ficar.

— Que pena, Cal.

Leon me puxa para si e passa um braço em volta de mim, rápido o bastante para seu cheiro encher meus pulmões, mas não o suficiente para eu reagir e abraçá-lo também.

— Está tudo bem — digo, apesar de não estar. — Eu sabia que isso aconteceria, só não esperava ficar tão chateado.

— Você vai arranjar outra coisa.

— Mas era isso o que eu queria. Esse era o meu plano, o meu caminho.

Ele passa a mão por meu braço de uma maneira gentil, calculada, e sinto o apoio que emana dele.

— Então, é só bolar outro plano.

Rio, porque é mil vezes mais fácil falar do que fazer. Mas respiro fundo um pouco e começo a acreditar. Existem outras maneiras, basta eu descobrir quais são. Foi só um pequeno contratempo. Puxo o ar e prendo a respiração, me fortalecendo.

— Mesmo assim, fiquei bem chateado — digo, soltando a respiração, que leva junto minha confiança.

Ele pousa a mão em minhas costas e me leva de volta à horta. Ficamos fora um tempo, e vão notar se não voltarmos logo. Além disso, parece que estão montando um palco para uma entrevista coletiva improvisada.

Leon limpa a garganta e tira a mão das minhas costas.

— Posso perguntar uma coisa?

— O que quer saber? — pergunto. — Sou um livro aberto. Mais ou menos.

Ele ri e franze as sobrancelhas para parecer compenetrado.

— Então... esse negócio do aplicativo e da fama é por causa disso?

— Quero ser repórter. — Ele fica me olhando e minhas palavras vão saindo. — Mas é mais que isso. Já *sou* repórter, por mais amador que possa parecer. Quero fazer o meu nome, quero que a grande imprensa saiba que essa nova forma de jornalismo é importante e que pode fazer a diferença.

— São boas razões.

— Gosto de contar uma história, de desafiar os pensamentos das pessoas, iniciar conversas. E, sei lá... gosto quando as pessoas ouvem.

— Poxa... deve ser bom saber bem o que quer fazer. — Ele esfrega o ombro com certo constrangimento. — As pessoas se interessam mesmo pelo que você diz.

Ele não olha para mim, e vejo o garoto da foto da revista de novo com o olhar distante e a expressão sombria. O que será que eu fiz ou disse para fazer essa versão dele aparecer? Quero fazê-lo se sentir melhor, mas não sei do que ele precisa.

Estendo a mão para ele, mas um grito estridente sai dos amplificadores que circundam o instável palco montado no centro do parque. Nosso foco muda. Ondas de tensão não resolvida enchem meu peito.

O momento passou.

Depois de um rápido teste de som e umas poses para os fotógrafos, o enorme astronauta Mark Bannon vai até o palco. Em cima, cinco ou seis microfones se entrelaçam, e imagino que seja porque um está conectado aos amplificadores ao redor do palco e o resto vai para todas as emissoras locais ou a StarWatch.

— Falando em e-mails, teve mais notícias dos advogados da StarWatch? — pergunta Leon. — Eu meio que notei que você não parou... nem desistiu.

Dou uma risada e nos sentamos de pernas cruzadas no chão.

— Nada ainda.

— Mas você está preocupado?

Leon quase toca meu cotovelo, mas retira a mão. Mesmo com o calor que está fazendo, os pelos de meu braço se arrepiam por causa da sensação fantasma.

— Eu ficaria — continua ele. — A StarWatch controla a gente de um jeito que nem os maiores, como a CNN e o *New York Times,* fazem.

— Controla? — Minha voz sai fina e toda minha fanfarrice desaparece.

A voz amplificada de Mark Bannon interrompe nossa conversa.

— Amigos, obrigado por estarem aqui. E um agradecimento especial a Mara Bannon, minha esposa perfeita, que tem paciência e energia para coordenar esses dias de voluntariado.

Ouvem-se risadas seguidas de aplausos.

Mark pigarreia.

— Esta é uma ótima semana para a NASA. Após cinco anos de busca, a equipe principal de astronautas do projeto Orpheu foi montada. Finalmente somos uma unidade completa. Mas ainda não sabemos quem serão os seis primeiros escolhidos para a Orpheu V. — Ele se volta para uma câmera à direita. — Sei que os meus amigos da StarWatch estão ansiosos para saber, mas o que sabemos é o seguinte: daqui a doze meses, seis astronautas irão ao espaço e só voltarão após tocar o solo marciano.

Leon se senta mais perto de mim e me cutuca com o cotovelo.

— Se prepara. O Bannon é meio... idealista.

— Enquanto vamos nos aproximando da decolagem, vale a pena pensar por que estamos aqui. Por que estamos fazendo isso. Por que isso interessa a *você*?

A maneira como ele diz "você" parece que está falando diretamente comigo, com cada americano e com toda a humanidade ao mesmo tempo.

Durante a pausa dramática, tenho a impressão de que Leon ri ao meu lado.

— Progresso. É outro salto gigante, sim, mas é mais que isso. Trata-se de desenvolvimento em energia solar, tecnologia médica, pesquisa climática. Levar humanos a Marte para montar a Base Orpheu é o primeiro passo para desvendar todos esses segredos. Quando aterrissarmos, garanto que todos se lembrarão de onde estavam neste dia pelo resto da vida.

Mais aplausos quando ele sai do palco, e Mara quase o derruba com um abraço. Olho para Leon, que está mais expressivo que nunca: revirando os olhos com ar de incredulidade.

Kat volta e se senta ao meu lado.

— Ele sabe como animar uma multidão.

— Só fala bobeira — diz Leon.

Fico calado. Na verdade, senti a paixão de Mark em seu discurso. Meu coração está batendo forte e estou sentindo aquela energia. Entendo esse jeito dele de contar uma história.

Fora do palco, Mark e Mara falam com as emissoras locais, que não se cansam nunca. Quando os Bannons se dão as mãos, até eu sinto vontade de entrevistá-los e participar do frenesi da imprensa.

— Sei lá — digo. — Acho que o Mark acredita mesmo no que diz.

Eles ficam em silêncio, provavelmente porque já mudaram de assunto enquanto eu me distraía. Quando os Bannons se cansam da entrevista e vão embora, as câmeras se espalham para tirar fotos das outras famílias.

Um fotógrafo vai tirar fotos espontâneas de mamãe e papai em uma das hortas. Leon pega meu ombro com força, e quase dou um pulo. Mas quando vejo uma produtora e um cinegrafista da StarWatch vindo em nossa direção, entendo.

Todos nos levantamos e sacudimos a terra, enquanto a produtora dá ordens ao cinegrafista para adiar a gravação por alguns minutos. Ela se volta para mim.

— Você é o garoto das redes sociais ou sei lá o quê, não é?

— Eu... acho que sim.

Ela parece tão desinteressada que não sei se está feliz, triste ou se não tem capacidade de sentir emoções humanas.

— Sou a Kiara. Também sou do Brooklyn.

Ela não pergunta meu nome, mas acho que é porque já sabe ou não interessa. Mesmo com sua atitude, há uma parte dela que me conforta. Ela é bonita e familiar. Bonita tipo Brooklyn, o que faz sentido.

Está com botas de cano curto e calça jeans preta e justa. Uma blusinha branca quase transparente e uma camisa xadrez por cima. Seu cabelo tingido de preto cai sobre os ombros, e ela olha para mim por trás de sombras reflexivas de olhos esbugalhados. É estilosa, e não sei como não está toda suada.

Dá pra ver que essa sua atitude não é direcionada a mim nem a outro qualquer. Ela parece... indiferente a tudo. Tenho que admitir que essa é uma emoção reconfortante, dada a expressividade de todos esses texanos.

— Esses eventos são os piores, não é? — pergunta ela.

— É o meu primeiro evento — digo, dando de ombros. — Mas espero estar convenientemente doente no próximo.

Leon ri, mas não diz nada. Ela ri também, e o acorde sarcástico do Brooklyn que ainda toca dentro de mim harmoniza com o dela.

Kat se aproxima assim que a câmera começa a rodar, e nós três posamos, sem jeito. Depois de um suspiro pesado, a personalidade de Kiara muda. Está no ar. Sorrindo, engajada – estou me afogando em sua paixão.

— Estou aqui com os três adolescentes dos astronautas da Orpheu, que já fizeram amizade desde o primeiro dia: Cal Lewis Jr, Leon e Katherine Tucker. Então, o que acharam desse discurso? — pergunta Kiara. — Incrível, não é?

Hesitamos. Ela estreita os olhos e vejo a verdadeira Kiara por trás deles.

— Ah, sim — digo depressa. — Ouvir Mark é sempre inspirador.

— Tem *toda* razão — responde ela. — Temos algum aspirante a astronauta neste grupo?

Ela sorri e inclina a cabeça como se fôssemos cachorrinhos, o que *com certeza* é condescendente e irritante. Tenho que me esforçar fisicamente para esconder da câmera minha repulsa.

Mas nem mesmo eu consigo formar palavras. Sei que essas entrevistas são falsas; são habilmente cortadas para se adequar a narrativas que eles considerem mais divertidas. Já vi isso acontecer muitas vezes, mas ver a StarWatch fazer isso comigo pessoalmente me dá nojo.

Por sorte, Kat salva o dia. Solta uma resposta que parece preparada, dizendo que se imagina como uma das programadoras da NASA um dia, mas que *jamais* entraria em uma nave espacial.

Ela sorri. Solta uma risadinha. A câmera a devora.

— E o Leon, imaginamos que você não seguirá os passos da sua mãe. Todos querem saber sobre a sua carreira de ginasta. Acha que vai roubar os holofotes da sua mãe e chegar à Seleção Olímpica de Ginástica dos EUA?

A postura de Leon muda; ele desanima, como se estivesse exausto.

— Eu... acho que isso é meio exagerado.

— Tem razão, não é bom ficar todo metido ainda! Você tem um longo caminho pela frente, e é bom saber que pode haver uma família inteira de heróis americanos aqui. E você...

A câmera aponta para mim; eu hesito.

Kat está dentro. Leon está fora.

E eu estou em algum lugar no meio disso.

CAPÍTULO 9

Nas últimas horas, ouvi quatro fitas, troquei três vezes de roupa e ignorei duas discussões acaloradas (papai desencaixotou as coisas da cozinha; mamãe não consegue encontrar nada), tudo para me arrumar para uma festa. Mas é importante. É a nossa festa de boas-vindas.

Mas não consigo encontrar a roupa certa, porque Leon mandou uma mensagem: **Estou ansioso para ver você hoje à noite :)**, e meu corpo derreteu, e agora não consigo nem abotoar uma camisa direito porque estou todo formigando.

Olho tudo que tenho no armário, sabendo que nada do que possuo pode impressioná-lo.

Pego o celular, sem pensar muito, e ligo para a Deb. Se alguém pode me acalmar, é ela.

— E aí, Astrokid?

Ironizo e penso em desligar na cara dela, mas digo:

— Cala a boca. Preciso da sua ajuda. Espera aí, talvez isto sirva. Ou vai parecer que estou me esforçando demais?

— Quer que eu fique na linha ou...

— Sim, espera, desculpa.

A roupa que escolhi é simples. Não simples demais, mas *parece* desencanada. Calça jeans preta com botas puídas. Uma jaqueta jeans clara sobre uma camisa xadrez bege e cinza, além de uma camiseta preta. Cada vez que me olho no espelho de corpo inteiro, sinto a dúvida me atormentar de uma maneira que eu não costumo sentir. Está bom assim? É Brooklyn *demais*? Já abandonei o chapéu John Mayer e o lenço infinito, porque, sejamos honestos, Clear Lake City não está preparada para isso.

— Claro, tudo bem, não tenho nada para fazer mesmo — diz ela.

— O que você poderia ter para fazer agora?

O silêncio do outro lado é palpável; percebo que estou sendo grosso. Sempre pensei nela como minha; nunca precisei fazer planos com a Deb, porque sabia que ela sempre estaria livre (e vice-versa).

— Tá bom, desculpa, estou sendo grosso, mas estou surtando. Nossa primeira festa será hoje à noite. Tipo, com todos os astronautas. A StarWatch estará lá.

— Eles falaram alguma coisa sobre a notificação? — pergunta ela.

— Ainda não. Mas sei que vão falar em breve. Meus vídeos estão ganhando muita força ultimamente.

— Pois é, vi você no noticiário duas vezes desde que se mudou. Foi uma semana agitada.

— Exatamente. Além disso, estou pirando em dobro porque o Leon Tucker disse que me acha gatinho, e eu também o acho gatinho, e não posso correr para os meus pais e falar sobre isso porque, como você deve estar ouvindo, eles estão sempre gritando por causa de alguma coisa.

— Se você queria mesmo que eu dissesse que vai dar tudo certo e que você vai ficar ótimo, a gente poderia ter feito isso por mensagem.

Sua voz é amarga, e isso me lembra das poucas vezes em que nos cruzamos na escada ou nos vimos na escola depois que terminei com ela. Mas assim como nosso relacionamento era inevitável – ela era minha vizinha, com a inteligência e o charme para fazer qualquer um querer ficar com ela –, o mesmo aconteceu com o renascimento de nossa amizade.

Nosso namoro foi tranquilo, até que deixou de ser, pelo menos para mim. Mas nossa amizade sempre parecia transcender nossas brigas mesquinhas ou hábitos desagradáveis.

— Hum... desculpa? — digo.

Um suspiro do outro lado.

— Tudo bem, desculpa. Acho que era a minha vez de ser grossa. É que tenho a sensação de que esta será uma daquelas conversas em que você fala o tempo todo e depois diz "tenho que ir", e sai correndo sem me deixar falar as coisas que eu também tenho para dizer.

— Não é verdade — digo, antes de olhar para o relógio. — Merda, eu...

— Tem que ir mesmo, não é?

— A festa começou há cinco minutos. Não sei quanto tempo vamos nos atrasar. — Limpo a garganta. — Ligo mais tarde, tá bom? Talvez não hoje, mas logo.

— Tudo bem. — Um silêncio. — Cal?

— Diga.

— Vai dar tudo certo e você vai ficar ótimo. Manda uma foto da sua roupa se quiser que eu aprove; coisa que eu vou fazer na mesma hora. Mas me liga mais tarde, tá?

— Tá bom. Obrigado.

Respiro fundo e deixo o ar sair, assobiando por entre meus dentes.

— Te amo — diz ela.

— Eu sei.

Vamos de carro para a festa às 20h15, mas se estiver tão cheia de champanhe quanto me levaram a acreditar, voltaremos a pé.

Paro à entrada e arregalo os olhos. As paredes são todas de madeira com detalhes verde-azulados e dourados. Todos os copos estão em uso, dezenas de taças de champanhe – brilhantes e cintilantes como as caras taças de cristal que meus pais tiram do armário todos os anos no aniversário de casamento. Bandejas de cobre estão passando, com ovos recheados e outros aperitivos de carne mais duvidosos.

Ao lado, ocupando toda uma ilha da cozinha, estão as garrafas de champanhe em uma banheira de cobre cheia de gelo. Leon e Kat estavam certos: ninguém notaria a falta de uma garrafa – nem de dez – nesse suprimento.

Todo mundo está bem-vestido, cada um a seu estilo. De uniformes da força aérea a vestidos elegantes, gravatas-borboleta e blazers sobre jeans. Copos tilintam; o cheiro de velas de baunilha preenche o espaço.

Observo rodinhas de astronautas conversando, suas famílias e a imprensa. Não consigo discernir a música que toca, mas o dedilhar rítmico de uma guitarra inunda a sala. Provém de todos os lados – o som está conectado a um sistema de caixas surround.

Quando me volto, meu pai está entrando e fica paralisado.

— Isso aqui parece... meu Deus!

Lágrimas começam a se formar em seus olhos, mas ele os esfrega depressa. Estamos deslumbrados, mas, felizmente, estão todos amontoados na cozinha, nem nos notaram.

— Lembra daquelas revistas *Life* que mostrei a você — pergunta papai —, com as festas dos astronautas com as famílias? É isso aqui. É real.

Ele pigarreia e uma lágrima rola por seu rosto. Mamãe pousa a mão em suas costas.

Estou sentindo algo. Uma nostalgia bizarra de uma era que veio meio século antes de minha existência.

É tudo lindo. E assombroso.

Até que ouço instruções sussurradas por alguém à minha direita.

— Mais perto — diz a voz. — Gravou a lágrima?

No canto da sala, Kiara está de olho em mim e meu pai, enquanto Josh Farrow — o rosto de *Shooting Stars* — está ao lado com uma prancheta, direcionando cada movimento dela.

Papai não percebe, mas só de estar na mesma sala que a StarWatch fico desconfortável, então me afasto, enquanto mamãe se apresenta às famílias que tiveram a sorte de não participar da jardinagem. Quando chego à cozinha, Kat corre e me dá um grande abraço. Não sabia que já éramos amigos desse tipo. Ou talvez abraços sejam coisa do Texas.

Ela pega um pote plástico cheio de ovos recheados e começa a colocá-los na bandeja.

— Eu que fiz, é melhor você gostar.

— Por que são... verdes?

Ela ri.

— Boa pergunta. É que eu ponho abacate. É meu ingrediente secreto. Se bem que acho que, já que muda completamente a cor dos ovos, não é tão secreto assim.

— Não mesmo.

Pego um, grato por haver pelo menos uma coisa sem carne que eu possa comer. Com o peito apertado à procura de Leon, observo a multidão. Esse não é um sentimento totalmente novo para mim; já senti isso por Deb. E um pouco por Jeremy também.

Mas algo é diferente. Deb era a minha melhor amiga, e acabamos tendo um relacionamento leve. Jeremy era a novidade, empolgante, e estava ali no momento em que eu explorava minha própria sexualidade – algo para o qual eu talvez nunca encontre o rótulo certo.

Mas com Leon, meu peito queima diferente. Com clareza. É como quando passo horas escolhendo cores de fundo para as imagens do teaser antes de meus vídeos – quando chego àquele tom perfeito de verde-azulado que nunca consigo explicar *por que* é perfeito, mas simplesmente é.

Minha paixão por Leon é claramente *certa*.

Toda vez que fecho os olhos e deixo minha mente divagar por tempo demais, vejo seu rosto abrindo aquele sorriso de lado, com aqueles dentes perfeitos. Dentes que as câmeras raramente veem. No parquinho, parecia que ele havia guardado todos os sorrisos para mim, para aquele momento.

E outra coisa – não, não são seus músculos de ginasta absurdamente esculpidos – me atrai nele. É essa qualidade hesitante que a câmera *consegue* ver. O lado que eu vi nas hortas. Todos os outros aqui são seguros de si, confiantes; mas ele é diferente. Real.

Sou arrancado de meu devaneio por uma mão em minhas costas. Me viro e vejo uma mulher de blazer azul-escuro; sua intensa linguagem corporal me pega de surpresa. Ela está perto demais e está estendendo a mão, e eu me pergunto se meu rosto reflete meu choque.

— Donna Szleifer — diz a mulher. — Sou a vice-diretora de redes sociais da NASA, e este é o Todd Collins, que dirige nossa equipe de relações públicas.

Ela puxa um homem de terno, que sorri brevemente.

— Oi — digo, porque não tenho outras palavras para dizer a essas pessoas; porque não deveria interagir com o pessoal da NASA. — Sou o Cal.

— Ficamos surpresos quando vimos que você deu a notícia — diz Todd.

— Mas compartilhamos o seu vídeo imediatamente no Twitter e no Facebook — diz Donna —, e o associamos a nossos comunicados à imprensa. E ele chamou muita atenção, o que é ótimo. Ótimo mesmo.

Esfrego a nuca, só para dar às minhas mãos algo para fazer. Minhas bochechas esquentam e meu corpo dá de ombros sozinho.

— Ah, pois é, olha, desculpem por...

— Calvin Lewis — interrompe meu pai e aparece ao meu lado.

Suspiro por ser salvo de uma conversa potencialmente constrangedora.

— Rebecca Lewis. Mas pode me chamar de Becca — diz minha mãe, oferecendo a mão.

Sua timidez vem com força total, e ela aperta a bolsa contra o corpo como se alguém aqui fosse arrancá-la dela. Mas tomou a iniciativa de se apresentar; está se expondo. Ela está mesmo se esforçando; ou juntando histórias para contar ao terapeuta.

De soslaio, vejo Kat à porta dos fundos. É uma porta corrediça de vidro, que está aberta, mas não dá para ver nenhuma luz acesa. Ela indica a porta com a cabeça e arregala os olhos para me dar a dica.

Escapo da conversa, me lembrando da promessa de champanhe e da companhia de Leon e Kat. Felizmente, não é muito difícil passar despercebido.

Até que sinto uma presença gigantesca atrás de mim, o que me provoca calafrios pelo corpo todo, do tipo que nascem no pescoço e arrepiam os pelos que eu nem sabia que tinha, e depois descem pelas costas, causando estremecimentos.

Esticando o pescoço, reconheço a estrela do dia de voluntariado, o astronauta Mark Bannon. De perto, fica ainda mais claro que ele é o astronauta mais alto de todos os tempos.

Não é exagero. É a sua marca da fama. Ele tem um metro e noventa e cinco, exatamente a altura máxima para um piloto de caça da força aérea, muito mais alto que qualquer astronauta era permitido ser. Mas as cápsulas da Orpheu são maiores, ele tem espaço para existir lá.

Seu sorriso é enorme, imóvel, como se seu rosto fosse feito de pedra. Na verdade, todo o seu corpo poderia ser feito de pedra. Tenho a sensação de que se eu o socasse no estômago, quebraria a mão.

— Mark Bannon — digo, como se ele não soubesse o próprio nome.

— Digo, sr. Bannon, sr. Mark Bannon. Gostei do seu discurso no parque.

— Só Mark — diz ele com uma risada pesada. — Obrigado, obrigado. Você é o filho do Calvin? Desconfio que todos nós vamos nos conhecer muito bem.

— Acho que sim. Talvez você consiga voar com o meu pai, um dia.

Mark ri.

— Isso não é provável.

— O que você...

Ele levanta a mão. Obedeço à sua palma de pedra e paro de falar. Afinal, era só conversa fiada.

— Você sabe há quanto tempo estou aqui, não é? — pergunta ele, um tanto condescendente, como se eu pudesse fazer qualquer coisa além de concordar.

Eu sei. Ele foi um dos primeiros.

— Mas há seis vagas.

— O papel que o seu pai desempenharia em uma missão envolveria principalmente manobrar a nave. Seu pai é piloto, assim como eu e a sra. Tucker. Só um de nós será escolhido para a missão. Os outros dois serão suplentes, de modo que todos nós faremos os mesmos exercícios, dia após dia.

— Ah, sim, que bom — digo. — Foi legal conhecê-lo, mas tenho que encontrar uma pessoa.

Ele me solta depois de um aperto de mão firme (quase doloroso). Quando enfim consigo sair, a música e o barulho da festa diminuem e consigo respirar, apesar da umidade.

O brilho da lua ilumina o quintal, o suficiente para eu ver que não há ninguém ali atrás. Fico andando por ali, curtindo a breve pausa, imaginando quando Kat e Leon vão chegar, quando ouço um barulho.

— Cal! — diz alguém.

Me viro e descubro que há uma trilha para a lateral da casa que eu não havia notado. O quintal deles é cercado, o que forma um recanto para umas cadeiras, uma garrafa de champanhe e um pequeno galpão.

Vou depressa, quase correndo, e paro para sorrir quando vejo Leon. Ele sorri também e me indica a cadeira ao seu lado.

— Bom te ver— digo. — Todo mundo aqui é esquisito.

— Inclusive a Kat?

— Sua irmã colocou abacate nos ovos recheados. Ela não é confiável.

Ele ri. Uma risada suave, mais para tensa que para leve. A lua ilumina suas feições, e franzo as sobrancelhas para combinar com as dele.

— E aí, tudo bem?

Ele me olha nos olhos brevemente.

— Ah, hum, sim. Desculpa, acho que fico meio antissocial nessas situações.

Sua expressão mexe com meu corpo; penso em perguntar a razão dela, mas algo me impede e me diz que ainda não chegamos lá.

Não sei aonde chegamos já, mas estou gostando do caminho.

Pego a garrafa de champanhe aberta e dando sopa no chão, e a levo aos lábios. O líquido ácido e efervescente queima minha garganta quando engulo. O sabor não é nenhuma maravilha, mas eu poderia me acostumar.

— Gostei desse lugar escondido — digo, o que o faz rir. — Não, é sério! Meu quarto no Brooklyn era deste tamanho. É aconchegante.

Ele olha dramaticamente da esquerda para a direita.

— Isto aqui era o seu quarto?

— Tinha teto, mas sim.

Passamos a garrafa, e o sabor vai ficando melhor. A queimação é menos perceptível, pelo menos.

— Alguma coisa divertida para fazer no centro de Houston? — pergunto. — Shows ou algo do tipo?

— Poucas bandas tocam aqui. Às vezes há tours em estádios, mas esses são mais convencionais: Elton John, Nicki Minaj, Justin Timberlake. O pessoal gosta disso. Não deve ser a sua praia. — Ele sorri.

— Como é que é? Acha que eu não gosto de música convencional?

Não falo nada sobre minha coleção de fitas cassete.

Ele dá de ombros.

— Não é culpa minha, mas você tem a vibe hipster do Brooklyn. Quer dizer que não vai a shows indie?

— Eu não disse isso. Lá no Brooklyn, a Deb e eu fomos a uma tonelada de shows indie. Mas por duas razões: primeiro, é o Brooklyn, há shows indie por todo lado. E segundo, os ingressos são baratos. Nenhum dos dois podia se dar ao luxo de ver shows no Madison Square Garden.

Tomo um gole de champanhe e ele começa a rir de novo.

— Você acha que me conhece tão bem — digo, limpando a espuma de meus lábios —, mas aposto que você não foi a um show desde que chegou aqui. Ah, já sei o seu tipo. Você ouve rádio, porque gosta de muitas músicas diferentes, mas não é fã de nenhuma especialmente.

— Nossa, quase nada disso é verdade. — Ele dá um tapinha em minhas costas, condescendente. — Mas foi um bom chute.

— Você é fã de quê, então?

— Meus Deus! Só vou falar se você parar de dizer a palavra "fã". — Ele sustenta meu olhar, e o reflexo da luz da varanda faz seus olhos brilharem. — Não tenho nenhuma favorita, mas não consigo treinar sem a minha playlist de K-pop.

Hesito, e ele deve notar a confusão em meu rosto, porque prossegue depressa, com voz tensa:

— Tipo, eu gosto de música convencional, como SZA, Khalid, e qualquer uma do Calvin Harris que esteja nas paradas da *Billboard* também.

— Não, K-pop é legal, só nunca imaginei que você curtisse. Não ouvi muito, mas já assisti a alguns vídeos. São superdivertidos.

Ele descontrai um pouco, e quando lhe passo o champanhe, aproveito e me aproximo um pouco mais. É um movimento quase imperceptível, mas desse ângulo, nossos joelhos se roçam suavemente. Ele não se afasta, e o calor do corpo dele me faz derreter.

— A música é ótima, há muitos artistas que eu adoro nesse gênero, mas o legal é que cada música tem um ritmo alto e emocionante. O K-pop sabe bater forte, e isso faz eu me sentir invencível. Não ligo para as letras, já que não sei o que dizem.

— Faz sentido.

Ofereço um sorriso genuíno, e ele retribui.

Meu sorriso se alarga, e acabo rindo.

— Do que está rindo?

— É que você e eu somos diferentes em muitas coisas, mas... — divago, formulando meus pensamentos — estamos meio que fazendo o mesmo papel. Temos uma forte presença pública, mas uma vida que o público não vê. Nem dá para acreditar que você é aquela gracinha certinha da capa da revista *Time*.

Ele suspira, e um olhar distante toma conta de sua expressão.

Tenho mais uma dúzia de perguntas que queria fazer a ele, sobre as famílias dos astronautas, sobre a mãe dele, sobre Clear Lake City.. Mas, talvez por vê-lo com a guarda baixa assim, *preciso* perguntar.

— Posso... ser sincero com você um instante? — Solto um longo suspiro por entre os dentes. — Como conseguem fingir ser sempre tão perfeitos?

Vejo o ceticismo em seus olhos e me surpreendo.

— Por que está perguntando? — diz ele. — Não é para os seus vídeos, é?

Evito olhar para ele e sinto o sangue subir à minha cabeça.

— Não, não, claro que não. É só que... a minha família é... sei lá, foi uma pergunta idiota, desculpa.

Ele pousa a mão em meu joelho, e eu inspiro tão rápido que é quase um suspiro. Não é justo que existam tantas terminações nervosas armazenadas em meu joelho que um simples ato como esse me deixe sem fôlego.

Nossos olhos se encontram e, de repente, o inseguro sou eu.

— Meu pai não é como o seu — digo. — Minha mãe não é como a sua. Eu não sou como você. Não conseguimos nos comportar como vocês. Não fomos feitos para lidar com isso, não importa o que meu pai acha.

— Cal, não somos perfeitos. Estamos longe disso.

— Qual é, vocês são, literalmente, o modelo de família americana. Você saiu na capa da *Time*! Todos vocês.

Ele sacode a cabeça.

— Não me trate assim, por favor. Dá para ver nos seus olhos uma admiração pela minha vida perfeita. Ela não é perfeita; só acho que sabemos fingir. Sei fingir melhor do que eu pensava, na verdade. Ou talvez não. Quase no fim daquela sessão de fotos da *Time*, o fotógrafo nos mandou fazer uma pose séria, porque ele disse que o meu sorriso não parecia "certo" nas outras fotos. Consigo fingir seriedade e confiança, mas não consigo fingir felicidade.

Estamos próximos, mas quero me aproximar ainda mais. Sua melancolia se enterra em mim, e quero acabar com ela. Me concentro em seu rosto ao luar, e é quando percebo que quero beijá-lo. Quero acabar com suas inseguranças e fazê-lo se sentir bem, nem que isso dure só alguns segundos. Ou minutos. Mordo os lábios, inconsciente, e ele olha fixo neles.

Mas seria cedo demais, não é? Ele não pode negar nossa conexão. O fogo não é forte, mas há algo ali, ardendo.

Eu me inclino para frente, só um pouquinho.

Mas ele me impede.

Ele pousa a mão em meu peito e me olha quase com pena. Meu peito dói de vergonha, só o que quero é pular a cerca e nunca mais olhar para trás...

— Acho você uma graça — diz ele. — Sei que a gente acabou de se conhecer, mas gosto de você. Mas, primeiro, preciso ter certeza de que você entendeu uma coisa.

Limpo a garganta e olho para além de sua orelha, para qualquer lugar que não seja seus olhos perfeitos.

— Hm, e o que seria?

— Se quer me beijar, me beije porque você gosta de mim, não porque acha que isso vai me fazer feliz.

— Mas eu...

— Você não pode acabar com todos os sentimentos ruins que tenho simplesmente me beijando. Não pode me beijar e me fazer sentir melhor. Acho que você sabe disso, mas... eu tinha que dizer.

Uma parte de mim quer negar, dizer que o acho mesmo uma graça, e superbeijável, e que quero ir adiante. Não que tudo não seja verdade, mas não foi isso que me fez tentar beijá-lo. Eu queria ajudar. Queria beijá-lo e vê-lo sorrir de novo.

Ele não merece isso, por isso digo:

— Desculpa, você tem razão.

— Foi o que pensei. — Ele suspira. — Você me olhou com carinha de dó, de "pobre cachorrinho". Foi fofo, não me entenda mal, mas eu não gosto de ser visto assim. Como se você achasse que eu sou um bichinho machucado ou algo do tipo.

Ficamos em silêncio. Espero o constrangimento se instalar, mas conforme vamos passando a garrafa de um para o outro, fico menos preocupado com o silêncio e gosto mais de sua companhia. Está um pouco mais fresco, uma brisa agradável corta a umidade.

— Desculpa se te causei constrangimento. Normalmente não sou tão aberto sobre a minha... depressão — ele fala com uma voz profunda, baixa e suave, como se fosse uma palavra estrangeira que ele sabe que está pronunciando errado. — É o que estou tentando ultimamente. Nem sempre sou meu maior defensor, sabe?

Meio que entendo...

— Só para constar... eu quero te beijar em algum momento. E não só para te fazer feliz.

Ele sorri e a tensão de meus ombros desaparece.

— Um dia — diz ele.

— Sim, um dia.

Quero dizer que estou aqui, que ele pode conversar comigo, se precisar. Ou que posso ficar sentado aqui, a centímetros dele, ouvindo-o respirar. Inspira... expira... Quero que ele saiba como é incrível que, dos bilhões de pessoas que há no mundo, seja justamente eu quem está sentado ao lado dele, sob as estrelas e a névoa do champanhe. Quero que ele saiba a improbabilidade de duas pessoas se encontrarem assim. Que é surpreendente, não importa o quão inconsequente seja. Claro, estranhos se encontram o tempo todo; é a maneira de o universo dizer que não temos a menor importância. Nada importa.

Nossos olhos se encontram. E é claro que, às vezes, o universo se engana.

Eu quase me inclino para ele de novo, mas ouço alguém abrir a porta corrediça de vidro. É Kat, que em um piscar de olhos ocupou a terceira cadeira e está soltando um suspiro.

— Vocês estão perdendo uma festa incrível! Está todo mundo mamando champanhe. O pai do Cal e a Stephanie Jonasson — ela se volta para mim e explica: — Aquela que traz aquele cachorrinho barulhento às festas estão brigando pelo controle do toca-discos.

— Legal. — Leon ri. — Espero que o quebrem.

Kat se volta para mim.

— O toca-discos veio com a casa, porque tudo *tem* que ter o tema dos anos sessenta e setenta, acho, e a minha mãe ficava trazendo discos para casa depois do trabalho. Ela trazia uns dez por semana. Um dia, ela chegou com uma pilha enorme e o papai ficou, tipo: "O que está acontecendo? Você anda roubando uma loja de discos na hora do almoço?". Primeiro ela riu, porque, sendo *astronauta* e tudo mais, não tem muito tempo para almoçar, e depois disse: "Eles ficam me dando esses discos, não posso recusar".

— Está me dizendo que a NASA está comprando discos para a sua mãe? — pergunto.

— Dezenas — explica Leon. — Eles sabem que os nossos pais dão a maioria das festas aqui, e devem achar que dá o tom, sei lá. Durante um episódio de *Shooting Stars,* eles perguntaram qual era o disco favorito da minha mãe. Ela ficou tão nervosa, foi ótimo! Entendo o apelo retrô, mas não sei por que a NASA não os deixa viver como pessoas normais.

— Há-há, pois é. — Minha voz falha.

— É um absurdo — diz Kat, e logo ofega. — Ah! Desculpa, esse seu lance de cassetes é totalmente diferente.

Baixo os olhos e fico corado.

— O que foi? — pergunta Leon. — O que foi que eu disse?

— Eu... é meio vergonhoso....

Nunca achei vergonhoso antes, até ouvir essas palavras saírem da boca de Leon.

— Eu tenho um toca-fitas. Compro um monte de fitas cassete velhas, e as novas que saem. Tenho uma grande coleção. Acho o som mais suave.

— A gente não tinha a intenção de zoar você. — Kat ri. — Quer dizer, não zoamos antes, agora meio que estou zoando. Quantos anos tem aquele toca-fitas que vejo em todos os seus vídeos? Devo lembrar que você não existia nos anos oitenta ou noventa e, mesmo que existisse, não teria por que colecionar essas coisas.

— Ahhhh — diz Leon. — É um lance *hipster do Brooklyn,* não é? Então, isso significa que eu estava certo.

Eu rio e dou um tapa nele para que pare de me zoar.

— Do que vocês estão falando? — pergunta Kat.

Reviro os olhos, enquanto Leon começa a explicar nossa conversa anterior.

— Ah, e você contou sobre o K-pop? Normalmente, essa informação você só solta no *segundo* encontro.

Eu me volto para ela, estreitando os olhos.

— Pois é — diz Leon —, a gente precisaria de um primeiro encontro para que isso acontecesse.

— Enrolei uns trinta minutos para vocês poderem passar um tempo sozinhos. O champanhe, a lua, as estrelas... para mim, parece cenário de primeiro encontro.

Do jeito que meu coração está batendo, não é um encontro, é algo de um plano totalmente diferente. Quem precisa de um primeiro encontro quando pode se esconder das obrigações de jardinagem junto com ele debaixo de uma árvore, ou os dois se conhecerem melhor sob um céu noturno perfeito?

— Esse negócio de encontro é superestimado — digo. — Eu gosto das coisas do jeito que são.

Kat dá um gritinho, o que faz Leon grunhir. Depois de mais alguns minutos, secamos a garrafa.

— Ah, adivinhem! A mãe do Cal disse que vai começar a me dar aulas de programação — diz Kat enquanto joga a garrafa na lixeira. — Ela é demais!

Eu rio, sabendo que minha mãe morreria de alegria se soubesse que uma adolescente a acha incrível de verdade.

— Que legal! — diz Leon. — Mas temos que entrar, antes que percebam que a gente sumiu.

Quando estamos indo, pego a mão dele e a aperto.

Leon e eu ficamos nos olhando quando estamos em áreas diferentes da festa, conversando com vários astronautas e suas famílias. É um conforto que perdura em mim pelo resto da noite.

Como mamãe foi embora mais cedo, estou esperando papai sair para irmos para casa. Um leve cheiro de tabaco flutua em minha direção, e meus olhos seguem o rastro de fumaça. Estacionada na rua, em frente à casa, está a van branca que reconheço como a da StarWatch. Encostada no carro, sozinha, está a produtora.

— Oi. Kiara, né? — digo.

— Boa memória.

Seu jeito indiferente continua o mesmo.

— Como foi a noite, garoto? Parece que você e os jovens Tucker conseguiram... hmmm, se divertir. Quer alguma coisa para disfarçar esse hálito de champanhe? Espera um segundo.

Ela me puxa para a porta da van e me entrega um chiclete. Depois que o coloco na boca, ela diz:

— Feche os olhos. — E borrifa um spray suave, com aroma de baunilha, em meu rosto e pescoço.

— Vai durar até você chegar em casa. — Ela sorri diante de meu choque. — Não é a minha primeira vez, garoto.

— Obrigado. Como... você sabia?

— Você não é o único repórter aqui, Cal — diz ela, indicando a si mesma. — E eu ouvi vocês conversando lá atrás quando vim fumar o segundo cigarro, pouco antes de alguém jogar uma grande garrafa de vidro no lixo reciclável. E tirei algumas conclusões.

Dou uma risada. Se não estivesse meio tonto, poderia estar mais preocupado. Mas se ela quisesse nos expor, não teria me contado. Preciso acreditar que pode haver um mínimo de dignidade no *Shooting Stars*.

— Você se importa se eu perguntar algo sobre a StarWatch? — digo.

— À vontade.

— Você... odeia o seu trabalho? Notei você na festa, e as suas expressões variaram de desanimada a enfurecida.

Ela sacode a cabeça.

— É complicado. Acho uma parte disso legal, mas é difícil. Passamos alguns episódios nessas festas sendo divertidos e opulentos... movidos a champanhe. Mas o Josh anda me enchendo o saco para arranjar uma história nova ou fazer algum drama. Só que essas pessoas se comportam direitinho diante das câmeras. Conseguimos algumas fofocas muito boas no início da festa, mas o Josh quer guardá-las para mais tarde.

— Ir para Marte não é dramático o suficiente? — pergunto. — Talvez eu seja ingênuo, mas há muitas pessoas trabalhando nesse projeto, fora os vinte astronautas, em quem você poderia focar.

Ela sacode a cabeça.

— Eu só faço o que me mandam. Por isso sou a *assistente* de produção.

A porta da frente dos Tuckers se abre. Atrás de meu pai estão Leon e a mãe dele. Ele acena para mim e eu retribuo debilmente. Minhas bochechas ficam vermelhas. Eu me afasto da van e vou até meu pai. Mas me volto para Kiara.

— Obrigado pelo... você sabe. Espero que encontre a sua história.

— Acho que encontrei. — Ela sorri e olha de mim para Leon e vice--versa. — Mas vamos ver como a coisa se desenrola.

— Quer dirigir? — pergunta papai, confirmando com certeza que não sentiu o cheiro de champanhe em meu hálito nem notou meus olhos meio vidrados.

Sussurro um agradecimento para Kiara.

Olhando para o céu, dou de ombros. As luzes da rua são fracas, parece que dá para ver todas as estrelas dali. Milhares e milhares a mais do que no Brooklyn, com certeza. Papai segue meu olhar para o céu e solta um suspiro pesado.

— Vamos a pé — digo. — Podemos pegar o carro no fim de semana. Assim você pode me relembrar todas essas constelações, faz tempo que não as vejo.

Ele passa o braço em volta de meu ombro e eu sinto o cheiro de seu hálito de champanhe. Sei que ele não está tão bêbado assim; para ser honesto, nunca vi meu pai superbêbado. Mas está se sentindo bem, e eu também. O que me lembra de respirar para baixo, pois não creio que ele vá gostar de eu ter bebido escondido em minha primeira semana em Clear Lake City, e um chiclete só não faz milagre.

— Bom, vamos começar com a mais fácil. Está vendo aquelas estrelas que parecem uma panela?

— Eu conheço a Ursa Maior, pai — digo, rindo.

— E aquelas cinco estrelas que parecem um w?

— Cássio... alguma coisa, né?

Ele faz um grunhido afirmativo.

— Isso, Cassiopeia, e há muito mais que cinco estrelas nela. Mas não dá para ver a maioria agora. E aquele que parece um pentágono é o marido dela, Cefeu.

— Orpheu tem uma constelação? — pergunto.

— Mais ou menos. — Ele olha para mim e sorri. — A constelação Lira está por ali. Mas é pequena, não vou conseguir identificá-la. Representa a história de Orfeu e Eurídice.

— Que é...

— Em resumo, Eurídice morre; Orfeu pega sua lira mágica e vai para o Hades para salvá-la. Ele toca sua lira para Hades, que promete devolver Eurídice com uma condição: ela tem que seguir Orfeu, mas se ele se virar para olhá-la antes de estarem à luz do sol, ela morre para sempre.

— E como acaba? — pergunto.

— Nada bem. — Ele sacode a cabeça. — Mas nos deu um bom nome para o projeto. Orfeu, filho de Apolo. É uma história sobre confiança e seguir em frente. Acho inteligente.

Continuamos andando, papai vai apontando todas as constelações que conhece. Até admite que suas habilidades de reconhecimento de estrelas estão enferrujadas. Mas é um momento gostoso.

— Os astronautas são todos muito receptivos — diz ele. — Os administradores da NASA também. Ficaram fazendo perguntas sobre você, viram o seu vídeo. E o Josh Farrow, ah, cara, como estava *p da vida*.

— Desculpa, não pensei que...

— Que nada! A NASA adorou. Eles querem que as coisas viralizem de qualquer maneira, especialmente para jovens de sua idade. Querem que você continue, já que é melhor do que se nós, velhos, fizéssemos isso.

Minhas bochechas ficam vermelhas, e não por causa do champanhe desta vez.

— Sério? Nem sei se quero cobrir tudo ... isso é coisa sua; é meio estranho. Além disso, não diga "velhos" nunca, por favor.

Tinha esperanças de que isso tirasse um peso de meu peito – eu não coloquei todos em apuros –, mas é como se o trocassem por outro ainda maior. A NASA quer que eu cubra as missões, apesar de a StarWatch estar furiosa?

A ansiedade pulsa em meu peito. Por um lado, não dou a mínima para essa emissora inútil e seus programas, por isso, deixá-los com raiva é divertido. Mas, por outro lado, ter meu conteúdo controlado pela NASA...

— Donna disse que você pode visitar as instalações quando quiser, ver os ônibus espaciais. Talvez eu possa levar você para trabalhar comigo um dia. Ah, tome.

Sinto a pressão começar a aumentar quando ele me entrega o cartão de visita dela. Quando me mudei para cá, pensei que só precisaria encarar uma escola nova, ser discreto durante um ano e achar um jeito de voltar a Nova York e morar com a Deb. Já se passou uma semana e eu tenho que lidar com uma nova paixão (e tudo que Leon parece estar escondendo), com uma melhor amiga chateada (e tudo que ela deve estar escondendo), e agora, com a pressão da NASA e a ira da StarWatch (e tudo que elas devem estar escondendo juntas).

Não quero que meu conteúdo seja controlado por ninguém, mas uma parte de mim quer ajudá-los e jogar isso na cara da StarWatch. É a coisa mais interessante que está acontecendo nos Estados Unidos hoje em dia, e eu tenho um lugar na primeira fila. Agora que meu estágio no BuzzFeed miou e não tenho planos, sinto necessidade de fazer *algo* que me devolva o controle que eu tinha sobre a minha vida.

Ter este cartão na mão parece uma oportunidade. E não vou desperdiçá-la.

CAPÍTULO 10

Acordo com pássaros cantando e, mesmo sem tirar as cobertas do rosto, reconheço o sol do Texas com meus outros sentidos. O calor do verão invade o quarto, empurra o ar fresco do ar-condicionado, e o sinto se espalhar por minha cama. A janela está fechada, mas consigo sentir o cheiro da grama cortada e da umidade.

Depois de um fim de semana sem intercorrências desencaixotando coisas, pedindo comida e analisando sem parar todas as mensagens de Leon, é segunda-feira de manhã. É o primeiro dia de trabalho do papai. E pelo seu ritmo frenético de um lado para o outro, dá para ver que está nervoso.

— Ah, que bom que você acordou — diz ele assim que saio de meu quarto. — Você poderia ir buscar o carro agora? A gente não deveria ter deixado lá na casa dos Tuckers o fim de semana inteiro. A mamãe está em uma ligação do trabalho, eu tenho que preencher a papelada da contratação de manhã e chegar lá ao meio-dia, e estou meio devagar. Não posso me atrasar no primeiro dia.

Concordo, e ele sai. Entro no chuveiro e me preparo para o dia. Sinto um desconforto do qual não consigo me livrar. Será que, por acaso, não estou começando a agir como a mamãe diante das novas situações?

Há algo de calmante em minha rotina matinal. Acordar, tomar banho, redes sociais... Um banho tão quente que até queima, pois é, sei que não é bom para a pele, mas esta é a cruz que tenho que carregar. A seguir, o esfoliante facial, hidratante sem óleo – com FPS, porque minha pele pálida não consegue enfrentar o sol nem em dias nublados –, e depois, mousse de cabelo, o suficiente para manter tudo no lugar.

Não sou obcecado com a minha aparência, que é satisfatória – nariz largo, dentes pontudos que eu gostaria de aparar –, mas gosto desse processo; dedicar tempo a me arrumar me faz sentir melhor comigo mesmo. Pois é, noto mais espinhas assim, mas também sinto minha pele hidratada e consigo levantar o topete. É a minha assinatura.

E é isso que me prende ao Brooklyn. É o mesmo processo. Os mesmos passos. Claro, estou fazendo isso em uma casa maior, a milhares de quilômetros de distância, mas, por enquanto, estou bem. Só bem, mas tudo bem.

Bem.

Ainda não usei meu chapéu John Mayer. É um chapéu pork pie com uma aba tão larga que poderia ser usado em uma igreja batista do sul. Meu estilo já é extravagante o suficiente, mas, um dia, o Texas estará pronto para mim.

Visto uma regata branca justa com listras horizontais azuis e finas e um short jeans enrolado alguns centímetros mais acima do que deveria com minhas sandálias de tiras.

Uma vez vestido, saio pela porta e desço a rua, aproveitando o calor antes que fique insuportável demais. Quando me aproximo da casa, sinto um friozinho na barriga e me lembro de ter tentado beijar o Leon, do quanto queria ajudá-lo, mesmo sem saber como. Sei que é algo além de mim, e me pergunto se ele faz terapia, toma medicação ou faz Reiki, ou qualquer coisa que possa ajudá-lo.

Quando chego ao carro, aceno para Kat, que está sentada na varanda. Ela larga o livro que está lendo e corre até mim.

— Oi! — diz.

Absorvo o espírito dela e tento torná-lo meu. Não sei como ela consegue ser alegre assim tão cedo.

— Eu meio que... bom, obrigada por se dispor a conhecer o Leon melhor.

Essa frase me pega desprevenido.

— Eu gosto muito dele. Por que acha que tem que me agradecer?

— Sei que ele é o meu irmão mais velho, aí é estranho eu estar dizendo isso. Mas ele não... faz amigos com facilidade. Ele gosta de ginástica há anos e tinha amigos na equipe, mas meio que perdeu o interesse antes da mudança. O papai está tentando forçá-lo a continuar treinando, a retomar a vida, mas é como se ele não gostasse de nada nem de ninguém há algum tempo. Talvez ele precise só voltar a treinar, sei lá.

— Nem sei o que posso fazer para ajudar — digo, indicando meu corpo esquelético e minhas roupas, e digo com clareza: — Não sou do tipo atlético.

Penso no convite da NASA para visitar as instalações e fazer uma postagem de lá. É segunda-feira, e costumo fazer um vídeo no início da semana. Desde a minha rebelião inicial, estou ansioso para criar novos conteúdos.

— Quer dar um oi para o Leon? Ele já deve estar acordado.

— Quero, mas tenho que voltar com o carro para a casa para o papai poder ir trabalhar — digo enquanto tiro o cartão de visitas de minha carteira. — A gente conversa mais tarde.

Digito o número que consta no cartão e espero que a mulher das redes sociais da NASA atenda. Deixo tocar, mesmo sabendo que são onze horas da manhã de um dia de trabalho, e ela deve estar ocupada, e não a fim de falar com um cara como...

— Donna Szleifer, NASA, redes sociais.

— Donna, oi. É o Cal Jr, o cara do FlashFame.

Ouço um leve suspiro do lado dela.

— Ah, oi, Cal. Que bom que ligou! Achei que você estava avaliando a minha proposta da festa de sexta-feira, e nem conseguimos falar direito sobre tudo o que planejamos e em que você poderia nos ajudar.

— É para isso que estou ligando, na verdade. Gostaria de saber se eu poderia ir em algum momento esta semana e gravar um vídeo.

— Não quero pressionar, mas você poderia fazer isso hoje? Os astronautas estão ocupados o dia todo e temos algumas postagens agendadas e tal, e o impulso dos seus seguidores seria ótimo. Sei que os abençoados da StarWatch estão fazendo o que podem, mas eles não conseguem atrair atenção no FlashFame, e todo mundo parece sedento por informações depois do seu último vídeo.

— Ah... Bom, eu ia fazer uma postagem semanal hoje, de qualquer maneira, e acho que seria legal fazer aí do centro espacial.

Ela faz uma pausa.

— Perfeito. Simplesmente perfeito. Venha já para cá, e se eu tiver que apagar os incêndios do primeiro dia de treinamento aqui, você pode dar uma volta. Vou preparar um passe de visitante para você.

Olho para a frente da casa e vejo que Kat se foi, e em seu lugar está um sujeito sonolento, tão fofo que sou capaz de derreter aqui e deixar só minha regata hipster e minhas sandálias desmanchadas na calçada quente.

— Posso levar o Leon Tucker? — pergunto depressa. — Preciso de alguém para me filmar.

— Dois passes, então! Venha com o seu pai, vou receber vocês.

Não posso deixar de admirar Leon, todo esbelto e alto, com um sorriso preguiçoso, camiseta amassada e short de ginástica, como se houvesse acabado de sair da cama. Vou até ele, sorrio de leve, e observo a discrepância de nossas roupas. Um sorriso travesso se forma em meu rosto, pouco antes de ele se inclinar e me dar um abraço. Sinto seus braços ao meu redor, e estou tão desprevenido que quase ofego.

Sim, é assim que algumas pessoas dizem oi, mas não é bem o que fazemos no Brooklyn. Por isso fico meio alarmado. E confortado. E querendo que nunca acabe.

Mas, infelizmente, acaba.

— Oi, Cal.

Ele diz meu nome meio arrastado, e eu quase morro com a doçura de sua voz. A paixão é forte. É uma paixão poderosa demais. E será o meu fim.

Ou talvez eu só esteja sendo dramático.

— Vou ao centro espacial gravar um vídeo no aplicativo. Ela disse que posso levar você. Quer ir?

— Ela quem?

— A mulher das redes sociais que conheci na festa.

Há um silêncio estranho enquanto ele me avalia. Estreita os olhos e balança a cabeça de um jeito quase imperceptível, mas em um instante, toda a tensão abandona seu corpo. Ele relaxa e abre um sorriso genuíno.

— Vou sim. Deixa só eu me trocar.

— Tá bom, seja rápido. Tenho que levar o meu pai ao trabalho.

Ele é muito rápido. Tipo, só trocou de camisa e pôs um short e pronto. Não tomou banho, o que é bom, acho. Não está cheirando mal. E a camiseta dele é mesmo uma graça – simples, de um azul-claro e suave, tipo a cor do giz de cera que todo mundo escolhe de uma caixa enorme para usar primeiro. A cor contrasta com sua pele marrom escura.

Sinto o desejo de beijá-lo de novo. Ele não está deprimido agora, e em nenhum lugar de minha mente perversa acho que precisa de um beijo para ficar feliz. Eu o quero, e quero fazer isso por mim. E pela humanidade, até. Quero que o mundo seja muito melhor por causa de nossos lábios se tocando, e sua mão em meus cabelos, e...

Meu coração está acelerando, batendo forte contra o peito e sacudindo meu corpo. Nunca passei tão rápido de perfeitamente contente a alguém com tanto desejo com ninguém antes. É como se eu tivesse um interruptor. E quero que continue ligando e desligando. Ligando e desligando.

Paro em frente à minha casa e chamo papai, que sai vestindo terno e gravata elegantes. Está carregando uma maleta quadrada que eu nunca vi. Acho tudo meio fofo; deve ser assim que os pais se sentem ao levar seus filhos ansiosos e/ou animados à escola no primeiro dia de aula.

Basta trocar a maleta pela bagagem de mão e não estará muito longe de sua época da Delta. Mas com certeza ele anda mais ereto agora. Seu sorriso sai com mais facilidade, e seu entusiasmo toma conta do carro no instante em que ele entra.

— Obrigado, Cal. E bom dia, sr. Tucker.

Leon dá uma risada desconfortável diante do tratamento formal. Olho para papai pelo retrovisor, enquanto ele coloca o cinto, no banco de trás.

Procuro o caminho no celular e vejo que Deb me mandou uma tonelada de listas de estúdios no Brooklyn. Acho que ela não está tão brava comigo assim por ter sido egocêntrico da última vez que nos falamos.

Brooklyn é onde vou morar; Manhattan é onde vou trabalhar e estudar. Texas simplesmente não se encaixa na equação. Mas não posso esconder o fato de que, mesmo tendo caído recentemente neste mundo opulento e bizarro, pensar em partir faz meu peito doer de remorsos.

Paramos ao portão e eu passo a identidade de papai para o vigia. Ele nos deixa entrar, e me pergunto se papai está envergonhado por seu filho estar levando-o ao primeiro dia de trabalho, em uma das profissões mais respeitadas do mundo.

Mas se sente isso, não diz... E ele é o tipo de pessoa que diria.

Papai nos conduz portão adentro e nos mostra os vários laboratórios e a lojinha de souvenirs, e indica a área onde há um museu temporário sobre a Mercury e a Apollo, com peças da velha espaçonave que ele pôde tocar em sua última entrevista.

— Cal!

Pai e filho se voltam – ter o mesmo nome que meu pai é a ruína da minha existência – e veem Donna correndo em nossa direção, com o iPhone balançando precariamente em seu punho solto. Ela sorri para nós três e esclarece:

— Cal Jr., digo.

Papai desanima, mas sorri mesmo assim e faz um aceno rápido com a cabeça para que eu a acompanhe. Quero ficar e me assegurar de que ele sabe que ela não quis dizer que eu sou especial, que ele é importante para essa missão um bilhão de vezes mais do que eu. Mas não fico.

Sei que o magoei. Só por existir. Por ser necessário no único lugar onde ele deveria ser. Pela segunda vez, roubei os holofotes dele.

Leon e eu acompanhamos Donna, que fala sobre o tour que vamos fazer e aponta cerca de cinquenta lugares "realmente especiais" para fazer vídeos. A participação de Leon na conversa diminui até chegar à inexistência, então, quando ela vira uma esquina e ficamos um momento sozinhos, pouso a mão de leve em seu ombro e o aperto.

— É impressionante, né? — digo. — Acho que ela não respirou desde que saímos do saguão.

Ele ri.

— É, ela é... engraçada.

— Humm — digo depois de um pouco de hesitação. — A gente poderia se livrar dela e explorar um pouco por aí, encontrar alguns lugares "realmente especiais" só para nós.

Ele me olha de lado, então eu rio e começo a correr para alcançar Donna, que ainda está tagarelando. Mesmo encontrando meu nicho, mesmo começando a me encaixar por aqui... quando começo a me sentir um pouco feliz, um pouco positivo, esperançoso ou seja lá o que for, penso em meu pai. Seu sorriso hesitante quando Donna fez um show ao me receber... não é justo com ele.

Mas algo em mim quer se agarrar firmemente a isso. Com o BuzzFeed descartado, é tudo o que tenho.

Não posso abrir mão disso, mesmo magoando meu pai.

CAPÍTULO 11

Por sorte, Donna teve que ser arrancada de nós para cuidar de uma emergência de redes sociais – palavras dela, não minhas –, e quase nos empurrou para dentro do elevador com instruções de como voltar para o saguão. No elevador, fica esmagadoramente claro que estamos sozinhos. Quando eu namorava Deb, vivíamos sozinhos, só nós dois, mas aqui parece incomum, raro, estar em um espaço tão pequeno com ele. Sem distrações.

E sinto uma vontade muito, *muito*, grande de beijá-lo agora.

Antes de chegar ao nosso suposto andar – o segundo –, ele aperta o número seis e o elevador desacelera até parar. Ele me pega pelo braço e me puxa para fora.

— Aonde você está me levando?

Ele responde com um sorriso insinuante e cheio de dentes, e eu me sinto desfalecer. Percebo que eu o seguiria a qualquer lugar. Meu cérebro tenta me afastar desse sentimento. Não pode ser normal se sentir assim por alguém em uma cidade onde você não vê um futuro para si mesmo, onde câmeras o seguem sempre que está em público.

Eu o sigo por corredores sinuosos, sem passar por nada particularmente fascinante. As salas são sem graça e idênticas; a única coisa que as diferencia é uma plaquinha com números crescentes.

O piso sob meus pés é de um branco estéril, e tudo tem cara e cheiro de fresco e novo. O odor de produto de limpeza cítrico atinge meu nariz. Esta NASA eu apoio. Prática, que não se importa com elegância e não se apega a uma estranha realidade retrô.

Paramos diante de uma porta rachada. A placa na frente diz Sala de Simulação de Lançamento IV, e posso sentir a empolgação irradiando do corpo de Leon. Ele fica na ponta dos pés e bate com os nós dos dedos na porta. Sua atitude é contagiante; sinto minha frequência cardíaca aumentar e minha respiração se encurtar em profundidade e duração.

Uma mulher abre a porta e sorri ao ver Leon. Ela usa uma camisa de colarinho verde berrante e calças pretas sólidas, e a maneira como se move é pura arte. Passa do pé esquerdo para o direito, deslizando suas curvas com confiança.

— Carmela! — diz Leon. — Tudo bem?

— Garoto! Não vejo você desde a festa de fim de ano! Estava com saudades, menino. Digo para a sua mãe mandar um oi toda vez que a vejo, duas vezes por semana. Espero que ela tenha te avisado.

Ele ri.

— Sim, ela me avisa.

Trocamos um aperto de mãos enquanto ela me olha de cima a baixo.

— Leon, quem é o seu amigo *fashion*? Gostei dele.

— Cal. Meu pai é o novo astronauta.

— Ah, sim! Prazer em conhecê-lo, querido. Verei muito o seu pai. Entrem, entrem!

Ela acena como se estivesse nos convidando à sua casa – o que, de certa forma, é verdade. Do outro lado da porta, o espaço é surpreendentemente grande, adornado com duas mesas finas de metal com MacBooks espalhados. Depois das mesas, fica uma grande cabine envolta em vidro.

— Uau! — digo. — O que é isso aqui?

— É uma sala de simulação — explica ela. — Uma recriação idêntica dos sensores e da cabine da espaçonave. Eu programo a simulação para falhar de alguma maneira, como quebrar um motor ou dar um diagnóstico ruim nos monitores, e os astronautas encontram uma maneira de manter todos vivos. Também treinamos missões bem-sucedidas, mas isso não é tão divertido para mim. Querem dar uma olhada, meninos? Há espaço para dois.

Leon se volta para mim, esperançoso, e minha resposta é um óbvio sim. Mas paro por alguns segundos para olhar o reflexo das luzes fluorescentes em seus olhos antes de responder.

— Mas não apertem nenhum botão — diz ela. — Leva séculos para redefinir tudo, e a mãe do Leon e o seu pai, Cal, chegam às três.

Do outro lado daquele espaço que parece um armazém há uma cabine aberta. Há duas poltronas, uma de cada lado, diante de um monte de painéis e botões do teto ao chão. Quando passamos pela porta de vidro que separa as duas salas e a fechamos, parece que estamos em solo sagrado.

O zumbido das máquinas e o som da atividade do escritório são substituídos por um silêncio bem nítido. Ouvem-se apenas minha respiração. A dele. E nossos passos, cada vez mais próximos.

Estamos sozinhos.

— Era isso que você queria me mostrar? — pergunto.

— Sim. Adoro este lugar. Faz a gente sentir que isso tudo é especial, imenso.

— Achei que você não gostasse muito dessas coisas — digo.

— Não é isso. É só que... não sei o que é. Odeio ter o mundo inteiro nos observando, esperando que a gente faça algo para diverti-los.

Me sento do lado direito da cabine e imagino meu pai aqui, fazendo testes e criando cenários lógicos. Será que ele é mesmo tão foda? Será que ele é capaz de salvar uma nave avariada e levar a tripulação de volta com segurança?

Será que ele é mesmo capaz de tudo isso?

— De que lado dos testes você gostaria de estar? — pergunto. — O da Carmela ou o da sua mãe?

Leon faz uma breve pausa e, por seu leve sorriso, sei que ele já pensou nisso antes e está imaginando agora.

— Eu queria ser a Carmela. Quero criar esses quebra-cabeças de lógica, jogar essas questões cabeludas. Pegar uma situação, encontrar mil maneiras de dar errado e preparar os astronautas para corrigir cada problema em potencial. — Ele faz uma pausa, já menos entusiasmado. — Sei lá, é que eu gosto de matemática e lógica.

— Entendo — digo. — Quer saber quem eu seria?

Ele sacode a cabeça.

— Não precisa dizer, eu sei quem você seria. Você ia querer estar no controle, resolvendo o problema, salvando vidas, obtendo a glória.

Concordo.

— Sou tão previsível assim?

Ele passa as mãos pelos botões entre nossas poltronas. A energia pulsa por todo o meu corpo. Minha respiração é superficial, não estou recebendo ar suficiente. Não consigo me concentrar, não posso mais esperar.

De leve, mas com propósito, eu pego sua mão e Leon ofega com o toque. Ele gira a mão para que seu polegar toque minha palma, enviando arrepios pelas costas, ombros e para dentro do meu peito. Agora nem respiro mais. O ar flui suavemente para dentro e para fora de meus pulmões sem o esforço dramático da respiração. Seria melhor esperar. Eu deveria ser mais controlado. Mas não consigo... Carmela está de costas, estamos sozinhos, e quero fazer valer a pena.

Eu me inclino mais da metade do caminho para Leon, e ele me observa por um instante. Noto que ele está em pânico, mas também quer.

Não posso fazer tudo. Não posso ir até o fim; mas quero tanto, meu Deus! Mas ele tem que me encontrar aqui, no meio do caminho.

E depois de três segundos excruciantes, ele vem.

Seus lábios são macios e perfeitos e puxam os meus como se ele estivesse esperando por este momento desde sempre. Como se estivesse esperando há muito mais tempo do que só uma semana para estar assim comigo. Em segundos, minha boca está na dele e sua mão está em minha nuca. E meu coração está prestes a pular de meu peito.

É rápido demais e quase insuficiente. E acabou.

Nossas testas se encostam e respiro, respiro, respiro. Meus lábios ardem. Então, ele se afasta de mim, e não consigo interpretar sua expressão. Seus olhos estão arregalados, mas seu olhar está em meus lábios. Será que foi demais para ele? Seu desejo parecia insaciável quando ele sugou meus lábios; a mordida de seus dentes me manteve conectado a ele.

Ele desvia o olhar. Seus olhos vão para o colo.

— Eu não deveria ter feito isso — diz. — Desculpa.

— Ah, é claro, por que você não se arrependeria no mesmo instante? Que ótimo. — Faço um gesto indicando a cabine. — Obrigado pelo voo maravilhoso.

Não sei o que fazer, e ele também não. Sei que devo estar piorando as coisas, mas não consigo encarar esse constrangimento. Então, me levanto e vou para a porta, protegendo meu rosto do olhar vazio de Carmela quando passo por ela.

SHOOTING STARS
Temporada 2: conteúdo on-line

ATUALIZAÇÃO AO VIVO: fiquem ligados às 12h30 (horário central padrão) enquanto falamos com Donna Szleifer, chefe de redes sociais da NASA, sobre como os novos astronautas estão se saindo no primeiro dia.

— Desculpa, me deixe arrumar o cabelo. Ah, meu Deus, já estamos ao vivo, não é? Bom, pelo menos podemos dar aos telespectadores uma visão autêntica da vida maravilhosa de uma diretora de redes sociais.

— Boa tarde, telespectadores do *Shooting Stars,* sou o apresentador Josh Farrow, e essa foi Donna Szleifer, chefe de redes sociais da NASA. Como vocês puderam ver, ela está meio maluca hoje, primeiro dia em que a equipe Orpheu foi montada na íntegra. Conta para a gente, como estão os astronautas?

— É uma ótima pergunta. Os primeiros dias não são tão glamorosos quanto pensamos. É mais papelada e orientação... Pois é, até os astronautas precisam passar por isso. Calvin e outros novatos acabaram de se preparar para seus equipamentos, mas como os vinte astronautas se reuniram hoje de manhã, a atmosfera foi especial. Foi emocionante dar início à jornada deles com uma breve cerimônia, que vocês podem ver no nosso Twitter, Facebook e Instagram. Revelamos um novo emblema e logotipo para o Projeto Orpheu e, no estilo da Mercury Seven, apelidamos essa equipe de Orpheu Twenty.

— Ah, mas é um título honorífico perfeito! Os Mercury Seven foram, claro, os sete astronautas originais selecionados pela NASA para saber se os humanos poderiam sobreviver a um voo espacial. Tendo isso em conta, a Orpheu Twenty tem grandes expectativas a atender, não acha?

— Para dizer o mínimo!

— Muito bem, como este é um programa bônus ao vivo, vamos começar com algumas perguntas enviadas pelos nossos telespectadores. Primeiro... ah, interessante. Em relação ao Calvin Lewis Jr., qual é a resposta oficial da NASA às alegações de que ele quebrou uma cláusula do contrato?

— Ah, que interessante e... específico. Direto na jugular, não é? Há-ha, não, tudo bem, eu entendo. Mas analisamos e, tecnicamente, ele não violou nenhuma política da StarWatch nem da NASA. O contrato assinado pelos astronautas não pode ser aplicado às suas famílias, e nossos advogados não veem razão para que o conteúdo dele não possa coexistir com o do *Shooting Stars*. Vamos incentivá-lo a manter o excelente trabalho que ele faz e estamos procurando maneiras de fazer uma parceria com o Cal para um conteúdo muito interessante. Na verdade, é uma ótima notícia para todos nós, não acha?

— Ah, claro. Nossa segunda pergunta é...

— Sabe, Josh, acho que vou encurtar esta nossa conversa. Hoje é um grande dia, e todos os seus telespectadores são mais que bem-vindos, podem entrar em contato conosco por todos os nossos canais se estiverem interessados no projeto Orpheu. E se ainda estão curiosos sobre o Cal Jr., acho que poderão saber mais no canal dele também. Enquanto isso, como nós aqui da NASA dizemos, fiquem de olho no céu, pessoal!

CAPÍTULO 12

— Cal, espera! — grita Leon no corredor.

Meus músculos estão tensos, meu corpo inteiro se encolhe para me proteger. Para proteger meu peito, meu coração.

Ele me alcança quando estou quase chamando um elevador. Quando ele segura meu ombro, eu me viro para ele. O movimento o deixa atordoado, e observo seu rosto chocado ao perceber a minha dor.

— Desculpa — diz ele. — Eu não... não sei o que aconteceu.

— A gente se beijou. Você achou que foi um erro. Eu entrei em pânico. Olha, se ainda está descobrindo as coisas e beijar outro garoto é complicado para você, a gente se vê por aí. Te desejo sorte, mas não posso lidar com isso. Ou se você só não gosta de mim e eu não sou a pessoa que você gostaria de beijar, é só falar. De preferência, não logo depois de um beijo, mas seria ótimo um aviso prévio.

— Cal, não! Tipo, é mais complicado que isso.

— Não quero alguém com um pé dentro e outro fora. Não me entenda mal, não preciso de aliança, de um relacionamento ou de qualquer tipo de compromisso. Mas não posso te ajudar a me aceitar. Nem posso te ajudar a se aceitar.

Ele segura meus dois ombros:

— Qual é o problema?

E isso me cala.

— Cal, desculpa. Fala comigo.

— Já fiz isso antes e quebrei a cara — digo. — Larguei a menina que eu namorava porque beijei um cara de quem eu gostava muito. Mas via arrependimento nos olhos dele toda vez que a gente se beijava. Não posso lidar com isso de novo.

Ele me observa por um momento. Se inclina e me dá um beijo nos lábios. Tudo fica instantaneamente melhor, e odeio nós dois por essa reação. Eu o empurro suave e gentilmente e ignoro as lágrimas que brotam em meus olhos.

— Se eu não pude te beijar quando você estava triste, você não pode fazer isso comigo.

— Não estou te beijando porque você está triste. Estou beijando para mostrar que gosto de você. Viu? Sem remorsos. Eu demoro um pouco para processar os meus sentimentos, claro, mas, por favor, confie em mim.

Nós nos beijamos de novo, e eu quase o empurro contra a parede. Mesmo no Brooklyn, nunca expus tanto os meus sentimentos. Mas eles também nunca foram tão intensos.

Meu peito está em carne viva de pânico. E entendo a razão de eu ter saído tão às pressas.

— Você me assusta. — Analiso minhas palavras. — Digo, eu mesmo me assusto. Esses sentimentos não são normais. Foi rápido demais. Não é normal para mim.

— Você tem razão. Rápido demais, fora do normal. Mas uma parte de mim também gosta dessa nova versão de normal.

Eu sinto a mesma coisa. Não digo em voz alta, porque odeio a sensação dessas palavras fervendo em meu estômago. Meu rosto está corado. E eu deveria voltar ao normal, procurar uns nerds para entrevistar e pegar um táxi para casa como se tudo fosse totalmente normal, mas não sei como.

Caminhamos em silêncio até o elevador, descemos até o segundo andar e atravessamos os corredores para encontrar nosso primeiro entrevistado. Seguimos as instruções de Donna – dadas na forma de uma mensagem apressada e cheia de erros de digitação – e procuramos Brendan, o cara que nos ajudou na mudança para a nossa nova casa.

— E aí? — diz ele. — Prazer em vê-lo de novo. Já estão instalados?

— Mais ou menos. Então, a Donna já informou sobre o que eu vim fazer aqui? — pergunto.

Ele ri.

— Como de costume, aquela cabeça de vento mal me dá informações, então tive que procurar o seu FlashFame. Assisti a alguns vídeos seus e acho que sei o que você quer. Mas... tem certeza de que alguém vai se interessar?

Não tenho certeza de nada, penso, mas isso nunca me deteve.

— Não vamos saber se não tentarmos.

Respiro fundo algumas vezes para oxigenar meu sangue. Estalo o pescoço, alongo os braços e, de soslaio, vejo o sorriso de Leon se alargar. Quando o encaro, ele fecha a boca.

E cai na gargalhada.

— Você tem todo um processo, né?

— Só... me deixa trabalhar em paz — digo, revirando os olhos. — Brendan, se prepara, vou entrar ao vivo. Leon, passo o celular para você depois de me apresentar. Preparados? E... lá vamos nós.

Marcar o vídeo como uma live no Johnson Space Center da NASA fez a contagem de espectadores aumentar, chegando a números de cinco dígitos.

— E aí — digo para a câmera. — Hoje, vamos ter uma entrevista especial com um cientista aqui do centro espacial, o Brendan Stein. Vou passar o celular para o famoso Leon Tucker. — Inverto a câmera do celular. — Dá um oi!

Ele sai do foco imediatamente, fazendo Brendan rir. Enquanto entrego o celular para Leon, que está com uma cara azeda, sussurro:

— É isso que dá tirar sarro do meu *processo*.

Ele sorri e nos avalia no foco da câmera. Nós dois estamos sentados em banquinhos, com o branco brilhante do laboratório de pesquisa da NASA às nossas costas.

— Já conversamos antes — digo —, e você estava me dizendo que o seu trabalho é brincar com terra, é isso?

— Há-ha, digamos que sim — diz ele, dando de ombros. — Se tudo der certo, um dia vamos analisar diferentes tipos de solo marciano, bem aqui nessa sala atrás de mim. Na verdade, aqui. — Ele se levanta de um salto e eu o sigo até uma mesa sobre a qual há um cilindro de vidro fino e selado.

— Leon, consegue dar zoom nisso aqui? Como podem ver, um dos nossos geocientistas está trabalhando em uma amostra da Terra. Este tubo de sedimentos foi perfurado e levado de um e oitenta a um e noventa e cinco de profundidade. Vejam, o sedimento tem uma cor vermelha marmorizada por toda a extensão, exceto por essa linha cinza sólida de dois centímetros e meio de comprimento que a atravessa.

Enquanto a câmera foca no sedimento, eu me inclino para trás para ver quantas pessoas estão assistindo ao vivo. Pisco com força, só para ter certeza de que estou lendo direito, mas está bem ali, mais de setenta e cinco mil pessoas estão vendo Brendan falar, e esse número está crescendo.

E ele achava que ninguém ligava para terra!

— Esta é uma camada de cinzas de uma erupção vulcânica de cerca de sete mil anos, e onde o sedimento fica mais escuro e mais compacto, esta linha aqui embaixo indica que houve algum tipo de inundação prolongada. Se conseguirmos algumas amostras de Marte, poderemos saber muito mais sobre o passado, presente e futuro do planeta.

Seus olhos brilham para a câmera, e um sentimento se agita dentro de mim. O mesmo tipo de paixão que tomou conta de mim durante o discurso de Mark Bannon. É o que me motiva, e é por isso que quero ser – por isso que *sou* – um jornalista.

Vou até Brendan de novo.

— E todas essas análises são preparatórias para os tipos de solo que ainda vão demorar anos para chegar?

— Quando o solo marciano entrar na nossa atmosfera, queremos saber exatamente como vamos analisá-lo. Vamos pular de cabeça e começar a saber imediatamente do que Marte é capaz de verdade. — Ele ri. — Sei que parece estranho, mas Marte pode ser parte integrante do futuro da Terra, de uma forma ou de outra.

Ele nos mostra o laboratório, parando em outras estações semelhantes e apontando testes de infravermelho, de pH e muitos mais. Em cada estação há um MacBook e um bloco de notas, pelo visto contendo as etapas exatas para a análise do solo. Antes que eu perceba, trinta minutos se passaram e meu canal ganhou milhares de novos seguidores.

Faço um gesto para Brendan encerrar. Não há dúvida de que meus fãs o deixariam falar durante uma hora, se ele quisesse, mas sempre gosto de deixá-los querendo mais. Não a ponto de que pensem que estou brincando com eles, só o suficiente para mantê-los interessados.

— Parece que o tempo acabou — diz ele, rindo, e pisca para a câmera. — Logo agora que eu ia mostrar um equipamento *muito* legal!

— Foi demais! — digo a Brendan quando nos despedimos. — Achei que seria coisa de cinco ou dez minutos, mas a gente tinha cerca de trezentas mil pessoas assistindo ao vivo o tempo todo. Quase ninguém saiu! Deixa um comentário se quiser que eu marque você no vídeo.

— Obrigado. Nossa, foi muito bom! Sei que foi só eu falando para um iPhone, mas parecia mesmo que alguém estava ouvindo. O pessoal da imprensa fica implicando com os nossos comunicados de imprensa. Não quero culpar a StarWatch, mas...

— Talvez a gente possa mudar isso — diz Leon, e nós três concordamos em silêncio.

— Mas, enfim — prossegue Brendan —, vou compartilhar o seu vídeo com os meus colegas, baixar o aplicativo e ver se consigo descobrir como mexer nele. Nossa, tenho só vinte e cinco anos e já não consigo acompanhar a tecnologia.

Enquanto Brendan nos leva ao refeitório para nos encontrarmos com Donna, pergunto:

— Você postaria mais vídeos? Por que não os publica você mesmo?

— Se você me perguntasse ontem, eu teria rido na sua cara, mas foi divertido... Acho que posso tentar. Mas como você arranja seguidores?

Dou de ombros.

— É só ficar postando conteúdo de que seus seguidores gostem. Vou marcar você e dizer às pessoas para verem a sua página para saber mais. Vamos ver se isso ajuda.

— Bom, é aqui que nos despedimos — diz ele, nos entregando a Donna.

Vamos caminhando, e noto que Donna está um pouco mais errática que o normal. Parece exausta, está com o rosto corado e o cabelo desgrenhado.

— Desculpem, meninos, acabei de ter uma... entrevista difícil, digamos assim.

Já um pouco mais calma, ela fala com a gente sobre suas campanhas nas redes sociais. Fico meio interessado, porque parece um trabalho legal, mas estou com muita energia por causa da entrevista e não consigo me concentrar direito.

— O fato é que somos financiados pelo Congresso. Sem interesse público, não há programa. Mas a *StarWatch* acha que as pessoas só querem saber de drama, reality shows, essas coisas. Aí você apareceu. Eu dizia isso o tempo todo, Cal, acho que você vai fazer maravilhas por este programa. Continue fazendo esses vídeos. — Ela segura meu pulso e nossos olhos se encontram. — Mostre a todos o que este programa espacial é de verdade.

Quando o táxi chega à minha casa, dou uma apertadinha na mão de Leon antes de descer.

— Obrigado por... você sabe. — Inspiro de leve para aplacar o frio na barriga. — Foi bem... legal.

Ele levanta meu queixo e me olha nos olhos.

— Vejo você logo mais?

Eu me inclino e dou um beijo em seus lábios (em um táxi, no Texas!). É gratificante dar um beijo de despedida em alguém. Só o fato de ter alguém em quem dar um beijo de despedida já é especial, e espero nunca deixar de valorizar isso.

Quando nossos lábios se separam, ele sorri, e eu saboreio seu hálito uma última vez antes de sair do carro.

Os passos que dou até a minha casa nova são mais leves. E sinto a vida da cidade me fazendo trocar de pele.

Quando entro em casa, vejo mamãe no sofá, enrolada em um cobertor bem grosso, jogando Nintendo DS. O ar-condicionado está no máximo, mas ela passaria a vida inteira debaixo de um cobertor, se pudesse. Sei que não devo estragar seu ritual de autocuidado pós-trabalho, por isso dou um rápido oi e vou para meu quarto.

A ansiedade da mamãe sempre esteve presente, mesmo com a terapia e vários medicamentos em dosagem baixa. Ela sai cedo das festas, e as viagens e o trânsito lhe dão um pouco de pânico, mas ela consegue.

Uma hora de silêncio por dia é o seu objetivo. Um tempo para ela. Até o papai respeita isso, não importa as brigas que tenham e os gritos que, provavelmente, neutralizam toda a meditação dela.

Assim que coloco meus fones de ouvido e uma fita nova, mamãe dá uma olhada para o meu quarto. De tão longe, ela parece tranquila. Ela me olha de um jeito agradável do outro lado da sala, por isso devolvo um sorriso sem jeito.

— Quer pedir comida hoje? Não estou a fim de cozinhar e não há nada em casa. E o seu pai vai voltar tarde, vão começar os testes de voo.

— Já? No primeiro dia?

Estou acostumado à ausência de meu pai algumas noites, ou a vê-lo chegar incrivelmente tarde. Afinal, ele era piloto de avião. Mas chegar atrasado porque está preso no Colorado por causa de uma nevasca faz muito mais sentido que isso.

Ela dá de ombros.

— Acho melhor a gente ir se acostumando. Você sabe que o seu pai não vai dizer não a nada, ainda mais tão cedo. Vai ser pior se ele for escalado para essa missão, Deus me livre.

Concordo em pedir comida e sugiro um mexicano do qual Leon me falou enquanto bebíamos champanhe. Ela sorri e sai da sala. Se ela está feliz, e papai está feliz, e eu ainda posso fazer meus vídeos...

Talvez Clear Lake City não seja tão ruim assim.

SHOOTING STARS
TEMPORADA 2; EPISÓDIO 7

Neste episódio de *Shooting Stars*, o astronauta Mark Bannon acompanha o apresentador Josh Farrow para falar sobre os novos candidatos, bem como seu futuro nas missões Orpheu (novo episódio vai ao ar em 17/06/2020).

— Meu caro Josh, como você está?

— Astronauta Mark Bannon, é um grande prazer tê-lo com a gente de novo. Para quem acabou de chegar, bem-vindos ao *Shooting Stars*. Temos uma entrevista exclusiva com Mark Bannon esta noite. A última vez que conversamos só nós dois foi... acho que foi na Flórida, na temporada anterior.

— Sim, verdade. No lançamento da Orpheu IV. Pensando bem, eu pareci nervoso? Eu estava uma pilha de nervos, porque havia passado uma semana tensa. Se a IV não houvesse sido um sucesso tão evidente, acho que não teríamos a Orpheu V no horizonte. Foi como a Apollo 7 para a nossa Apollo 11. Um erro e todos nós estaríamos desempregados agora.

— É verdade, Mark. A temporada passada teve um tom diferente, não é? Foi logo depois que a Grace Tucker veio, pouco antes de o Senado aceitar nos financiar para, presumivelmente, chegarmos a Marte. Mas, naquela época, simplesmente não sabíamos se as pessoas iriam querer investir no futuro dos voos espaciais.

— Você tem razão. É legal ver aquelas velhas entrevistas. Você chegou e aumentou o interesse no programa, Josh. Não sei onde estaríamos sem você.

— Achamos que seria uma oportunidade muito interessante, se me permite a honestidade. Vimos isso como uma maneira de unir o país, de reacender o patriotismo que nos faltava nos últimos anos. Nossos telespectadores talvez não saibam, mas essa foi uma das primeiras questões realmente bipartidárias desde as eleições para governador, quando o Congresso, muito polarizado, não sabia como agir e as divisões partidárias pareciam difusas.

— É verdade. Então, apelaram aos eleitores, que ligaram em massa, exigindo que os fundos fossem reservados para concluir o projeto Orpheu. E é por isso que nós, do Orpheu Twenty, podemos nos aproximar cada dia mais de Marte.

— Então, vamos falar sobre os novos recrutas. Você trabalhou com eles esta semana inteira. Alguma estrela no bando?

— Você sabe quantos milhares de candidatos a NASA recebeu? Todos eles são estrelas!

— Bom, vou fazer a pergunta mais cabeluda, Mark, que é a mais feita por nossos fiéis telespectadores. Havíamos falado sobre se você ou a Grace Tucker assumiriam a liderança na Orpheu v, mas, agora, temos outro piloto de jato nas fileiras. Por acaso Calvin Lewis pai seria uma ameaça?

— Fizemos testes de voo a semana toda, e não estou mentindo quando digo que tenho orgulho de trabalhar com pilotos tão brilhantes. Mas quero esclarecer uma coisa. Não é uma competição, não há ameaças. Não estamos em 1968. A Orpheu v provavelmente ficará para mim ou para a Grace porque conhecemos melhor a nave, mas isso não tem nada a ver com habilidade. Todos nós *temos* a habilidade. E haverá a Orpheu vi, a Orpheu vii. Essas missões também precisarão de pilotos, e a NASA vai escolher a melhor pessoa para cada trabalho, assim como selecionam com cuidado todos os outros cientistas. Olha, vou ser honesto: acho que o trabalho de vocês, na StarWatch, é muito bom, e sou o primeiro a dizer isso, mas o projeto não é uma competição de reality show. Os riscos já são altos o bastante, não dá para ser mais *real* que a vida ou a morte. É um prazer para todos nós fazer nossa parte.

— Eu entendo. E espero que os nossos telespectadores também.

CAPÍTULO 13

Levo uns trinta segundos para perceber que há algo errado. Minha mãe está andando, pisando forte, do outro lado da porta, e a casa treme a cada passo dela. Uma olhada no relógio confirma o que eu já sei: é cedo demais. Ou tarde demais.

A adaptação nesse novo ambiente fez com que os dias se estendessem mais que os de Nova York. Já se passaram três longas semanas desde que nos mudamos para cá, mas toda vez acordo com aquela desorientação momentânea. Onde estou? Quem substituiu a minha parede de tijolos expostos por essa coisa horrível rebocada? *Por que minha cama é tão grande?*

Me sento e deslizo as pernas para fora da cama. Olho o relógio: uma e meia. Papai já deve ter pousado na Flórida para visitar a plataforma de lançamento com os outros astronautas. Alongo os dedos dos pés no tapete e estalo o pescoço antes de localizar um short para vestir. Saio do quarto no instante em que a cauda da camisola da mamãe esvoaça ao virar a esquina para a sala de estar.

— E aí, o que você *pode* me dizer? — exige ela.

— Mãe? — digo e suspiro ao vê-la.

Seus olhos injetados e lacrimejantes se afastam de mim, enquanto seu peito sobe e desce rápido demais para ser saudável. Uma profunda inquietação toma meu peito, tornando minha própria respiração mais superficial.

— Você não pode esconder informações desse jeito! — grita ela ao celular.

Quando ela por fim olha para cima e me nota, sua raiva diminui. Mais lágrimas brotam em seus olhos e ela me abraça apertado.

— Você pode voltar para o quarto, Cal?

Quero questioná-la, mas não digo nada. Embora eu passe a maior parte do dia batendo de frente com meus pais, quando algo parece sério, quando algo profundamente perturbador acontece, volto a ser uma criança obediente.

Volto para o quarto e, quando consigo me livrar do pânico inicial, corro para o celular. Olho, mas não há nenhuma mensagem. Preciso de respostas, por isso começo a abrir aplicativos.

Quando abro o FlashFame, vejo que meu *feed* está recebendo uma quantidade surpreendente de tráfego, apesar de eu não ter feito nenhuma transmissão nem postado nada hoje. Observo as reações e comentários e tento juntar tudo e descobrir o que está acontecendo.

Destroços... um jatinho sobre o Cabo Canaveral... um jatinho particular transportando cinco funcionários da NASA não identificados. Três devem ser astronautas. Um foi declarado morto no local, dois foram levados às pressas ao hospital. Mas, em minha página, é tudo boato. Clico em links de notícias locais que confirmam a história; olho para cima e vejo minha mãe no corredor.

— O que está acontecendo, mãe?

Um morto.

Estremeço, e o medo corre de novo por meu corpo. Fica enterrado em meus ossos e me diz que nada vai ficar bem de novo, que o único morto com certeza é papai, que o sonho dele acabou. Que inútil foi tudo isso se era para ele morrer no primeiro mês de trabalho...

— Papai sofreu um acidente — responde mamãe. — Mas ele está bem. Teremos mais detalhes quando a NASA considerar *apropriado* nos contar.

Suspiro e sinto a liberação imediata da tensão em todo o meu corpo.

— Vi que foi um acidente com três astronautas a bordo.

— Sim, tudo o que sei é que o Mark e a Grace estavam naquele jatinho.

— Eu descobri mais informações. — Engulo em seco, torcendo para que as palavras sejam mentira. — Um morreu, mãe.

Um fogo toma meus pulmões e queima minhas entranhas. Uma inquietação sobe por minhas pernas e meu corpo trêmulo. Preciso sair daqui. Preciso saber se foi Grace. Não consigo imaginar um programa espacial sem ela.

De repente, percebo que Leon deve estar tendo esta mesma conversa com sua família. Ou uma conversa muito diferente.

— Mas o papai está bem? Você sabe disso? — pergunto.

— Sim. Ele está no hospital, em observação, mas está bem. Não tenho permissão para saber porr... desculpa... Quer saber, é porra nenhuma mesmo. A NASA não quer contar onde ele está nem quando posso falar com ele.

Ela está segurando o celular entre a orelha e o ombro e torcendo as mãos. A vibração da impaciência dela é contagiante, e sinto meu estresse se agravando.

— Ele está bem, pelo menos sabemos disso — repito. — Mas tenho que ir ver o Leon. Preciso ter certeza de que a Grace está bem também.

Mamãe olha o relógio, e vejo a inquietação tomar conta de seu rosto.

— É logo aqui no fim do quarteirão. Aqui não é o Brooklyn; não vou passar por outro humano pelo caminho. É seguro, por favor!

— Você não pode só ligar para ele?

— Vou ligar no caminho. Mas, tipo, e se for ela?

A compreensão toma conta de minha mãe quando ela vê esse meu lado desesperado e ferido pela primeira vez. Ela me dá um sorriso suave.

— Ah, querido, eu não sabia que vocês estavam... vai, vai — diz ela. — Eu estou bem. Prefiro que você não esteja aqui quando eu xingar aquela representante da NASA. Isso se eles me tirarem da espera.

Coloco meus tênis de corrida, pego o celular e passo correndo pela porta.

A noite úmida de Houston gruda em meu rosto tão forte quanto durante o dia. Está um breu, exceto pela pouca luz da rua ou das varandas, e já estou suando – mas, para ser justo, metade é de pânico. Meus pés rangem dentro dos tênis de corrida, e eu estremeço a cada passo. Devia ter calçado meias.

Um dos astronautas está morto. É uma possibilidade que paira no fundo de minha cabeça. É claro que astronautas já morreram – acidentes de avião durante o treinamento, o incêndio da Apollo 1, o desastre da *Challenger*. Muitas vezes as mortes marcaram a história dos voos espaciais americanos. Mas...

Nunca pensei que poderia ser alguém que eu conhecesse.

Nunca pensei que pudesse acontecer tão cedo.

Enquanto corro pela calçada, o ar atravessa minha camisa e meu cabelo, e sinto um tipo diferente de umidade deslizando por meu rosto. Uma lágrima. E outra. Estou me aproximando da casa dele e começo a soluçar, então tenho que parar. Não sei o que está causando isso. Medo? Pânico?

Pelo menos estou sozinho aqui. Posso chorar sem medo de que alguém me veja. Acordar no meio da noite, descobrir que seu pai pode estar morto, depois saber que seu alívio significa que uma pessoa querida pode estar sofrendo...

Por favor, que a Grace esteja bem.

De repente, não estou mais sozinho. Passos vêm em minha direção, e tento me recompor às pressas, embora esteja ofegante e me apoiando nos joelhos. Estou um caco, e a luz da rua amplifica a cena.

Talvez passem reto. Pode ser...

— Cal? — ecoa a voz de Leon, atravessando a noite, e de repente recupero o fôlego.

Ou talvez eu simplesmente tenha parado de me preocupar com o oxigênio.

— Cal? Não me diga! Foi o seu pai?

Ele corre até mim e me envolve em um abraço. Eu o puxo mais e sinto seu corpo quente colado no meu. Sua orelha está perto de minha boca, então sussurro que papai está bem. É tudo que consigo dizer.

— Fiquei com medo de que fosse... — Paro. Estamos ofegantes em uníssono, então me afasto para respirar mais fundo. — Achei que fosse a sua mãe e fiquei preocupado com você.

— É por isso que eu estou aqui também.

A luz fraca ao nosso redor parece se reunir e amplificar em seus olhos. Vejo o pânico onde não o percebi antes. Ele pisca duas vezes e meu corpo estremece, mas desta vez não é de medo. É... algo mais. Não sei o que é, mas sei que nunca senti isso antes. Meu peito dói fisicamente, e sinto um anseio por ele, mesmo o tendo aqui comigo.

— Você está lindo hoje. — Uma risada escapa de seus lábios enquanto ele enxuga as lágrimas do rosto. — Nunca vi você assim; geralmente você anda tão bem-vestido, até naquela vez que ajudou na horta comunitária.

— Não tive tempo — digo.

Puxo minha camiseta para baixo, sem graça, e tento disfarçar minha vergonha por estar vestindo algo assim na frente do garoto de quem gosto. Ele me pega pela camiseta e eu o deixo me puxar para si mais uma vez.

Meu nariz toca o dele.

— Foi o Bannon. O pessoal da NASA deixou escapar que um astronauta morreu, então se não foi o seu pai, deve ser ele. Meu Deus, que triste! Mara... a família dele vai... Isso vai mudar as coisas?

Dou de ombros.

— Você acha que *eu* sei? Acabei de chegar aqui.

Ele sacode a cabeça como se estivesse tentando arrancar uma lembrança dali.

— Você leu as matérias, né? Os rumores diziam que a mamãe seria a principal piloto da missão a Marte, e o Bannon suplente dela.

Paro e penso um instante.

— Você acha que o meu pai vai substituí-lo? Acha que ele poderia mesmo ser suplente nessa missão?

No silêncio retumbante, acho que tenho minha resposta. As chances de papai fazer parte da Orpheu V dispararam.

— Preciso ir ver se a mamãe tem mais alguma informação — digo.

— Estou muito feliz por sua mãe estar bem.

— Digo o mesmo pelo seu pai. Mas, antes de ir...

Ele me puxa e me beija. Não é um beijo tão apaixonado, tão faminto, mas faz minhas entranhas se retorcerem da mesma maneira. A força carinhosa de seus lábios, de suas mordidas, faz com que eu perca o controle de meu corpo e me deixa tonto.

— Gosto de você — digo, como se tivesse quatro anos de idade, e nada mais sai de meus lábios.

Ele ri e me puxa para seu peito. Seu desodorante já se foi faz tempo, mas inalo seu cheiro. Quente e azedo, que me envolve e me aproxima dele.

— Eu também gosto de você.

STARWATCH NEWS
NOTÍCIAS DE ÚLTIMA HORA: REPORTAGEM AO VIVO

— Aqui é Josh Farrow, da StarWatch, com notícias de última hora. Se você acabou de chegar, aqui vai o que sabemos até agora. Um jatinho transportando os astronautas Mark Bannon, Grace Tucker e Calvin Lewis pai, além de dois cientistas da NASA, estava a caminho do Kennedy Space Center em Cabo Canaveral no início desta manhã. Mark Bannon, que pilotava o jatinho, notou falhas no painel quando ia pousar a aeronave. Um mau funcionamento mecânico parou os motores direito e esquerdo logo depois, além de todas as luzes. O sinal de rádio foi cortado nesse momento, por isso não sabemos exatamente o que aconteceu a seguir. Mas o que sabemos é que o trem de pouso do jato não desceu. Voando a uma velocidade perigosamente alta, Mark desviou o avião para o oceano para fazer um pouso de emergência na água. Acabamos de receber a notícia de que Mark Bannon, parte integrante do projeto Orpheu, morreu com o impacto. Mas, graças a seu raciocínio rápido, as outras quatro vidas foram salvas. Grace Tucker e Calvin Lewis pai permanecem no hospital sob observação rigorosa, mas ambos estão estáveis. Entramos em contato com a NASA e informaremos quando tivermos a resposta oficial deles. O episódio de amanhã à noite será substituído por uma homenagem a Mark Bannon. Esperamos ter mais respostas até lá.

CAPÍTULO 14

— Você precisa levantar, meu amor — diz mamãe.

Não são nem seis da manhã ainda; uma parte de mim volta ao modo terror, pensando que o papai está mais ferido do que se imaginava, que tudo está desmoronando ao meu redor, até que mamãe pousa a mão em meu ombro e sorri. Relaxo. Respiro.

— São 5h40. Por quê... Por quê? — dou um grunhido e caio de volta na cama.

— Lamento, querido, mas o pessoal da StarWatch está a caminho da casa da Grace para falar sobre o acidente, e nós temos que estar lá também.

— Mas a Grace está na Flórida.

— Sim, mas o marido e os filhos estão aqui.

Resmungo, porque isso não só significa que tenho que abrir os olhos. Tenho que me levantar. Tomar banho. Me vestir. Aparecer e fazer cara de orgulho, ainda que pesaroso, e falar sobre a morte, sobre minha gratidão por papai estar vivo e ter saído ileso.

Estou sentindo isso tudo, claro, mas não preciso mostrar ao público.

Mas quando penso em Leon, minhas entranhas se desmancham, e fica claro o quanto quero vê-lo de novo. Faz poucas horas que nos encontramos, que nos beijamos, mas quero seus lábios nos meus de novo. Quero puxar seu corpo para mim. Quero... meu Deus, quero fazer tanta coisa... Mas nada que o pessoal da StarWatch deva ver.

Quando olho o celular, vejo dois *emojis* – um coração e um foguete – na tela, em uma mensagem de Leon. Rio e solto um suspiro pesado.

Isso é o que me tira da cama, depois de uma noite sem dormir e do pânico que ainda se contorce entre meus ossos. Uma pessoa conhecida morreu. Uma pessoa que o país conhecia, em quem depositava esperanças, morreu.

Por volta das quatro da manhã, conversei com o papai, o que acalmou um pouco meus nervos. Ele está "arrebentado", mas não quebrou nada.

O que significa que está bem, mas o país estará de luto, e eu tenho que fazer a minha parte. Tudo isso embrulhado para presente pela StarWatch em forma de homenagem a Mark Bannon.

Corro para o chuveiro e me arrumo o mais rápido que consigo. Quando saio de meu quarto, o cheiro de ovos e salsicha vegana atinge meu nariz. Respiro fundo; percebo que estou morrendo de fome depois de uma noite tão bizarra.

— Vamos ter torta? — pergunto, sabendo que a resposta é sim.

— O pessoal de Comunicação da NASA disse que eu deveria levar algo.

— Torta é a sua especialidade.

Ela tira a assadeira do forno, e preciso me controlar para não pegar um garfo e atacar. É uma receita simples, mas, meu Deus, deliciosa. É a melhor comida afetiva. Pegamos o carro e fazemos a curta viagem até a casa de Leon. Acho que mamãe secretamente gosta da conveniência, mas, para mim, entrar no carro para uma viagem de três minutos não vale a pena.

Estacionamos, mas antes de eu sair do carro, mamãe pega minha mão.

— Que foi? — pergunto.

Mas já vi isso antes. Seu corpo fica visivelmente tenso, e eu não entendo como ela consegue ser tão animada às vezes – nas brigas com o papai, ou quando está falando sobre os videogames de que nós dois gostamos – e ficar assustada quando se trata de interação social.

— Ele nunca me perguntou se eu conseguiria — diz ela. — Ele sabe o quanto essas coisas me afetam. Não posso aparecer na *televisão.*

— Você vai se sair bem, mãe. A StarWatch é uma merda mesmo — digo, mas, pelo menos, estou acostumado a me apresentar diante de uma câmera. — Mas sei que deve ser bem mais difícil para você.

Ela sacode a cabeça.

— Eu vou ficar bem, vou sobreviver. É que odeio isso. E não encontrei um bom terapeuta, e o antigo que me atendia por vídeo julga demais para o meu gosto, e… e você não está nem aí. — Ri.

— Enquanto não encontra, você pode falar comigo. Ou talvez a Grace possa te dar algumas dicas, ela é muito legal.

— É engraçado — diz ela —, bom, não exatamente engraçado, mas quando eu era pequena, conversava com a Tori sobre isso. Achava que ela era a única que entendia de verdade o que eu estava passando.

Sorrio. Tia Tori tinha uma atitude nem um pouco sensata e uma personalidade turbulenta e barulhenta. Era o oposto da mamãe em muitas coisas. Ela entrava em uma mercearia, falava com todo mundo, esquecia metade da lista de compras, mas saía com cinco novos amigos.

— Sabe aqueles arbustos esquisitos que ela ajudou a plantar no Prospect Park?

— Claro — digo. — Ela sempre me levava lá. Como eram feios!

Mamãe ri.

— Ela adorava aqueles arbustos retorcidos, espinhosos e bizarros. Mas eu ia lá enquanto você estava na escola e o papai estava... voando em algum lugar. Embora fosse em um dos maiores parques do Brooklyn, eu ficava sempre sozinha lá. Era o meu espaço particular para estar com a Tori.

Tia Tori morreu de câncer no pâncreas há alguns anos, mas a ferida ainda é muito presente. O Brooklyn estava cheio de lembranças dela: comprando uma fatia de pizza em sua pizzaria favorita, barganhando com vendedores ambulantes (com notável sucesso) para comprar todos os seus presentes de Natal.

Mamãe olha para as mãos, que estão cruzadas em seu colo.

— Eu sempre sentia uma conexão com ela lá. Podava os arbustos e falava com ela.

— Ah — digo. — Foi por isso que você ficou tão brava com o papai por tudo isso?

— Em parte. — Ela dá de ombros. — Ele simplesmente não pensa nisso. Podemos chegar à mesma conclusão, mas ele chega em trinta segundos e está pronto para mudar a nossa vida; eu demoro um pouco mais. Eu já disse adeus para a Tori uma vez, achei que não teria que fazer isso de novo.

Saímos do carro e vamos devagar até a porta. A morte da tia Tori foi lenta e rápida ao mesmo tempo, mas se o papai morresse naquele acidente, teria sido repentino e quase impossível de encarar.

Para nós dois.

Quando chegamos à porta da casa de Leon, pego a assadeira dela, porque sei o que nos espera. Olho para ela e percebo que está completamente despreparada para o que vai acontecer, ainda mais no estado emotivo e vulnerável em que está. Ela vai bater na porta, e eu digo:

— As câmeras estarão em cima da gente assim que sairmos, vão nos seguir. É só você se mostrar triste, mas aliviada.

Meu estômago se revira quando a porta se abre e a luz brilhante da câmera pousa em meu rosto. Minha aparência é equilibrada, mas não consigo ver como mamãe está; ela vai ter que aguentar um pouco mais. Assumo a liderança.

Entro, cumprimento Tony e aceno para Kat e Leon, que estão na sala de estar. Há uma tensão no ar. Sempre há tensão quando a StarWatch está presente, mas agora é algo mais sombrio. Diferente.

— Pegou a entrada deles, né? — diz Josh Farrow para Kiara, que está segurando a câmera como eu seguraria um recém-nascido. Desconfortável, hesitante.

— Peguei — diz ela, e o flash da luz desaparece de meus olhos.

Pisco algumas vezes, e quando minha visão volta, vejo o rosto de Kat. Percebo que nunca a vi assim: subjugada, quase arrasada. Ela fica torcendo as mãos na frente do corpo, puxando o vestido em intervalos aleatórios. Deve ser um tique nervoso.

Leon está olhando para o chão, paralisado.

Não demoro muito para ver por quê. Sentada ali – no meio do chão – está uma mulher que conheço. Alguém que eu deveria saber que estaria aqui: Mara Bannon.

— Ah, meu Deus — diz mamãe. — Mara, querida, sinto muito!

Enquanto mamãe instintivamente se agacha ao lado dela, deixo a assadeira no balcão e logo me volto para os Tuckers.

— O que está acontecendo? — pergunto.

— A StarWatch pediu para ela vir — diz Kat. — Ela não queria ficar sozinha.

— Estava tudo bem antes de as câmeras chegarem — diz Tony, se remexendo desconfortavelmente na cadeira. — Começaram a fazer perguntas muito incisivas sobre... o acidente. Ela aguentou o máximo que pôde.

— Precisamos tirá-los daqui — diz Leon em voz baixa, quase rosnando. — Não podemos simplesmente mandá-los embora?

Seu pai cobre o rosto cansado com a palma da mão.

— Isso é com a Mara, é complicado. E ela quer que eles fiquem.

— Como é que é? — A raiva começa a queimar em meu peito. Talvez seja a falta de sono, ou o pânico geral da sala, mas não posso aceitar essa resposta. — Ela perdeu o marido *horas* atrás e eles a estão manipulando. Ela não vê isso? Nem eu deveria estar aqui, muito menos essas câmeras.

Mara Bannon começa a chorar alto, o que interrompe nossa conversa. Pego duas xícaras da mesa e sirvo café para mim e para minha mãe. Quando me volto, vejo o rosto suave, mas preocupado, de minha mãe enquanto consola Mara.

Kiara encontra o melhor ângulo para a câmera capturar o rosto de ambas, e isso me dá nojo. Claro, ela sempre foi meio apática, mas isso é simplesmente cruel.

— Tudo bem, foi um grande momento, Becca — diz Josh Farrow à minha mãe. — Sente-se com o Tony e comecem a conversar como cônjuges preocupados. Mara, acha que está pronta para mais perguntas?

É como se a sala se encolhesse. A raiva que queimava devagar dentro de mim explode em chamas. Fervendo, dou um passo em direção a Mara. Dane-se a StarWatch. Se Tony não tem coragem de expulsá-los, eu tenho.

— Mara — digo.

— Ah, Cal. — Ela vê o olhar em meus olhos. — Não, não... eu... acho que consigo terminar a entrevista. É o que o Mark gostaria que eu fizesse.

— Me avise se mudar de ideia — diz Tony.

Ela concorda, e mais lágrimas escorrem de seus olhos. Alguém pousa a mão em minhas costas e me leva para o outro lado da sala. É Kiara.

— Calma, garoto. Ela quer isso, e estamos com um prazo apertado. Rio com ironia.

— Não é o que parece. Parece que ela se sente obrigada. Você está me dizendo, com toda a honestidade, que ela quer chorar pelo marido na frente do país inteiro?

Ela se encolhe. Aí está a minha resposta.

— Tudo bem — diz ela —, vou abrir o jogo. A Mara não está à vontade. Sei que ela quer ir embora, e eu me sinto nojenta. Mas os Bannons sempre foram fãs do que o Josh fez pelo programa espacial. Acho que ela só quer dar essa entrevista em homenagem ao marido.

— Você acha ou *sabe*?

— Eu não *sei* de nada. — Ela sacode a cabeça e sussurra, conspiratória: — Como o Tony disse, é complicado. Não há clareza sobre o que é certo ou errado.

Mara e Tony estão sentados um ao lado do outro agora, e Josh está conversando com eles sobre a próxima gravação como se fosse uma cena de um filme e eles fossem os atores. A expressão de Mara fica vazia, e seu rosto está gravado em minha mente. Vejo-o mesmo quando olho para longe.

É quando percebo que discordo de Kiara. Pode não haver clareza sobre o que é "certo", mas o que a StarWatch está fazendo é claramente errado.

— Se não se importa — prossegue Kiara —, preciso voltar a filmar uma mulher de luto por dinheiro, antes que eu inevitavelmente vá para o inferno.

Solto uma risada. O delírio da falta de sono justaposto a seu humor direto faz meus ombros e pescoço relaxarem. Estou começando a pensar com clareza. Já sei o que posso fazer.

Mark gostava da StarWatch e participava do *Shooting Stars* mais que qualquer outro astronauta, é verdade. Mas em sua última entrevista, mostrou muita irritação com Josh: *"...o projeto não é uma competição de reality show. Os riscos já são altos o bastante...".*

Mas isto aqui *é* um reality show, que lucra com a dor dos outros. Respiro fundo, já decidi.

Kiara se volta, mas eu a seguro pelo ombro antes que saia da sala.

— Vou fazer uma *live*. Preciso expor essa história.

— Acho que não há história nenhuma aqui, campeão.

— Não me chame de campeão, *colega*. E acho que há uma história, sim. — Indico a sala de estar. — Acho que os meus seguidores vão gostar de conhecer os bastidores de toda essa operação.

Ela ri.

— Se você derrubar a StarWatch, vai derrubar a NASA. Até você sabe o que fizemos para despertar o interesse no programa. Acho que não seria uma jogada inteligente.

— Não quero derrubar a StarWatch. Quero... colocar o foco em algo importante. Vocês despertaram interesse no programa mostrando o Mark Bannon em simulações de treinamento e fazendo com que as pessoas ficassem politicamente ativas. — Jogo as mãos para cima. — Eu postei um vídeo de trinta minutos do Brendan falando sobre o solo de Marte e ele teve duzentas mil visualizações em um dia. Ainda é uma das minhas gravações mais populares. As pessoas se interessam pelo *programa,* não vê? Não se interessam pela StarWatch. Pelo menos, não por isso em que ela se transformou.

— Para falar a verdade, também não gosto da StarWatch. Mas o meu trabalho é fazer as coisas parecerem mais dramáticas. Nosso ibope está caindo, e isso está enlouquecendo o grande Josh Farrow. E aí, ele desconta em *mim*. Eu odeio o meu trabalho, mas gosto de ter um emprego.

Faço uma pausa para pensar.

— Consegue fazer o Josh perder as estribeiras quando eu começar a transmitir? Acho que consigo manter você fora dessa, e "a cara do *Shooting Stars*" nunca saberá o que o atingiu.

A hesitação atravessa seu rosto, mostrando um raro momento de vulnerabilidade dela. Em segundos, ela responde, sorrindo:

— Consigo.

Kiara e eu voltamos para a sala. Mamãe me encara com um olhar confuso e meio preocupado. Eu apenas sorrio e sacudo a cabeça. Ela vai saber em breve. Todo mundo vai saber.

CAPÍTULO 15

Pego o celular e lhe dou um leve beijo. Nunca fiz algo assim antes. Vou mudar a forma como o mundo vê esse lançamento espacial. A NASA fica divulgando os anos 1960 como uma era perfeita, mas *não* foi. Papai sempre falava com raiva de uma entrevista de meados dos anos 1960. Quando o astronauta Gordon Cooper foi questionado sobre a possibilidade de contratar astronautas mulheres, ele se referiu aos primeiros voos de teste que a NASA fez com chimpanzés, dizendo que eles poderiam ter enviado uma mulher em vez disso.

Os anos 1960 foram brilhantes, reluzentes e *brancos*, e a NASA acha mesmo que as pessoas gostavam daquelas famílias porque eram fabulosas e perfeitas. Mas aquelas famílias reforçaram o machismo e o racismo que, com poucas exceções, marcaram toda a década.

No toca-discos, puseram uma música triste e comovente, que deve ter sido escolhida pela StarWatch para definir o clima e fazer referência à época. Rio com escárnio.

A nostalgia é uma venda nos olhos das pessoas.

Aquelas famílias eram fabulosas e perfeitas porque a mídia dos anos 1960 exigia isso delas. Os astronautas eram amados porque eram exploradores corajosos. Por trás de tudo isso, porém, eles uniram nosso país em um único objetivo, enraizado na ciência e na inovação. É isso o que está faltando no projeto Orpheu.

Esta não é a primeira vez que a NASA transforma isso em um reality show, mas, se eu conseguir, será a última.

Hesito antes de apertar o botão LIVE. Por trás da tela, vejo Leon e Kat parecendo constrangidos. A sra. Bannon voltou a se sentar em uma cadeira, se afastando do local inicial. Minha mãe toma seu café devagar e metodicamente. Mostra-se equilibrada e polida. Em cada rosto dá para ver que estão tristes e o quanto não querem estar ali, enquanto Josh divaga sobre como será a próxima "cena". Ele nos dá temas para conversar, mas manda manter a naturalidade. As pessoas só querem ver todo mundo se unindo.

— Farei perguntas enviadas pelos nossos telespectadores — diz ele. — Respondam com honestidade, mas mantenham o tom uniforme.

E começa a fazer sentido: a expressão preocupada de Grace em todas as entrevistas, a irritação de Mark Bannon por ser colocado contra o papai e a Grace, a tensão que todos carregavam em cada entrevista... É tudo pela maneira como a StarWatch trata os astronautas e a missão.

— Porra. A última foto ficou embaçada — diz Kiara dramaticamente. — Estragou o vídeo todo.

Essa é a minha deixa. Respiro fundo e começo a live.

— Não podemos entrar ao vivo sem essa foto — retruca Josh. — É o *teaser*. Como isso aconteceu?

— *Deve ser* porque você me fez assumir a câmera depois que o nosso cinegrafista foi embora — diz Kiara, mas deixo seu rosto fora do vídeo. — Não faço ideia do que estou fazendo com essa coisa.

— Alguém aí assiste à cobertura da StarWatch? — sussurro para a câmera. — Porque vocês vão ver agora o que realmente acontece por trás dessa máscara.

A tensão na sala é palpável. Olho ao redor e vejo Kat segurando o braço de Leon. Mamãe pressiona a mão no peito. A adrenalina percorre meu corpo, tornando difícil evitar que a câmera de meu celular trema. Preciso que dê certo.

— Temos que fazer de novo — diz ele. — Tudo. Mara, sei que este é um momento muito difícil para você, mas poderia voltar ao chão e chorar mais alguns minutos?

Silêncio. Kat olha para o pai com cansaço, e eu travo meu olhar no de Leon.

— Você... você quer que eu faça o *quê?* — diz Mara.

— Eu sei, eu sei. Mas só precisamos de alguns minutos de vídeo. Será um episódio muito especial, vamos até dedicá-lo ao Mark, em memória a ele. Por isso preciso que você mostre a sua emoção para as câmeras de novo. Não acha que você deve isso ao Mark?

O silêncio cai sobre nós como um cobertor molhado. Os pelos de minha nuca se arrepiam diante de tamanha audácia. E em alguma parte triste de meu coração, nem estou surpreso.

— Já está na hora de você ir embora — diz Tony, com voz fria e uniforme, mas o fogo em seu olhar diz o contrário. — Você se aproveitou de três famílias abaladas e de luto hoje.

— Perdão — diz Josh em um tom incomumente educado —, mas temos o direito de filmar em suas casas, e as *pessoas* querem ver isso. Tenho uma lista de perguntas aqui dos nossos telespectadores. Isso é como uma jornada para todos os...

— Chega. — Tony limpa a garganta. — Não é estranho que toda vez que você tem uma pergunta direta, ofensiva ou desagradável para nós, mencione que é "dos nossos telespectadores"? Estou tirando o seu direito de invadir as nossas casas assim. E cuidado com a sua resposta: é você quem está sendo filmado desta vez.

Tony faz um movimento com a cabeça em minha direção e algo em Josh explode. Ele se aproxima de mim e eu levanto a câmera para o rosto dele. Ele é jovem também, e por um momento me sinto mal por atrapalhar sua carreira logo agora, que ganhou seu próprio programa. Mas mantenho a força. Não tenho medo dele.

— Você vai nos chantagear agora? Acha que vamos hesitar em processá-lo no momento em que esse vídeo for ao ar? Sem nós, sem *mim*, a NASA não existe.

— Acho que o que o Tony quis dizer foi *live*, não vídeo. — Olho para a tela e fico impressionado com os números, tão cedo em uma manhã de quinta-feira. — Oitenta e cinco mil, e subindo.

— E quanto tempo leva para viralizar? — intervém Tony.

Reviro os olhos de leve, me perguntando se alguém com mais de trinta anos entende como as coisas viralizam e o que essa palavra significa.

— Não muito — digo para tranquilizá-lo e viro a tela para a câmera frontal. — Vou encurtar este vídeo por motivos óbvios. Nossas famílias estarão juntas neste momento tão difícil. A StarWatch não pode mais ficar aqui, então meu trabalho está feito.

Kiara e eu trocamos um "toca aqui" no corredor antes de ela pegar sua câmera e sair da casa.

Depois que eles vão embora, um silêncio cai sobre a sala. Então, como se houvéssemos ensaiado, todos, menos Mara, entram em ação. Leon e Kat trazem vários sucos, Tony pega a caneca de café de Mara para enchê-la de novo e mamãe começa a cortar a torta.

O controle da StarWatch começa a se desfazer diante de mim. Copos de cristal são colocados de volta nas prateleiras e substituídos por copos simples, enquanto a porcelana retrô é trocada por pratos de papel. O toca-discos fica mudo.

Enquanto todos estão ocupados tornando a casa um ambiente mais aconchegante para o luto, eu me sento ao lado de Mara. A culpa me atormenta, tenho medo de ter cometido um erro. Ela está arrasada, mas sua expressão é ilegível.

— Desculpa — digo. — Acha que fui longe demais?

— Fizemos tanto pela StarWatch, Cal. — Ela sacode a cabeça. — Sabia que antes que a NASA os contratasse para o *Shooting Stars,* eles quase só podiam atuar na internet?

Nego com a cabeça, e ela continua:

— Quando eu era mais nova, lembro que assistia ao canal StarWatch para ver *todas* as notícias e fofocas das celebridades. Eles faziam a vida de Hollywood parecer tão glamorosa! Mas, com o passar dos anos, mudaram a programação tantas vezes... reality shows, desfiles de moda, programas de culinária de celebridades... que virou mais uma disputa por audiência do que qualquer outra coisa. Acho que eles perderam de vista o... aspecto aspiracional do programa. Essa era a parte que eu adorava.

Os outros voltaram e se juntaram a nós; o cheiro de torta permeia o ar, e todos estão atentos à história de Mara. Menos Tony, que sai da sala para atender a uma ligação.

— Mas, quando começamos a trabalhar com eles — um sorriso cruza seu rosto —, eu me via no programa, bebendo naquelas taças de champanhe chiques ou liderando a horta comunitária, e isso trazia de volta todos os sentimentos que eu tinha quando era criança.

— Parecia que o Mark os adorava também, por um tempo — diz Kat, sorrindo. — Ele estava sempre diante de uma câmera.

Mara funga e leva um lenço de papel ao nariz.

— Ele nunca gostou do estilo fofoqueiro deles, mas adorava ser o centro das atenções.

Minhas entranhas começam a se agitar e me pergunto se poderíamos ter encontrado outra maneira de pôr a StarWatch nos eixos.

— Eu não deveria ter feito isso — digo, pousando a mão no ombro de Mara. — Não me dei conta de que...

Sua risada tensa me interrompe.

— Ah, Cal, não, meu querido. Alguém precisava cortar as asas deles, fico feliz por ter sido você. Eu ia acabar fazendo o que eles queriam. Ia mesmo.

Tony volta, e algo em sua presença nos faz olhar para ele.

— Foi rápido — diz Tony. — Era a Donna Szleifer, e ela está furiosa. Proibiram a StarWatch indefinidamente de entrar na casa de qualquer um de nós, e ela disse que a NASA está pensando em rescindir o contrato com eles por completo.

Leon pega o espaço vazio no sofá ao meu lado, puxa meu ombro e me dá um abraço de lado.

— Você conseguiu, gato — sussurra em meu ouvido.

Uma desagradável onda de tristeza toma conta de mim quando imagino Kiara desempregada e a NASA perdendo a StarWatch. Mas sei que ela também não é inocente. Penso em todas as entrevistas que Leon foi forçado a dar e nas perguntas que ela ficava fazendo sobre a carreira de ginasta dele. Penso nas perguntas diretas dirigidas a meu pai, à Donna, à qualquer pessoa ligada a essa missão.

Os seguidores – pelo menos os *meus* seguidores – são mais inteligentes. Eles levam a sério. Estão empenhados nessa missão e em tornar este país o melhor que pode ser. Mas não podem fazer isso sem informações *verdadeiras*.

Os Estados Unidos merecem coisa melhor.

Mas uma coisa me faz hesitar: a expressão de Josh quando saiu, de pura fúria e repulsa, aparece várias vezes em minha cabeça, e tomo consciência da terrível consequência.

E se a StarWatch manipular a NASA?

CAPÍTULO 16

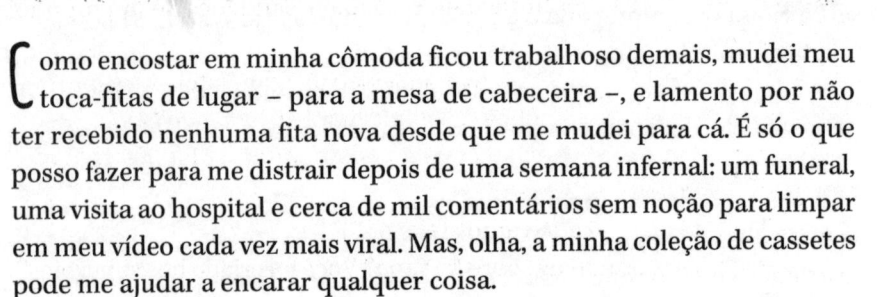

omo encostar em minha cômoda ficou trabalhoso demais, mudei meu toca-fitas de lugar – para a mesa de cabeceira –, e lamento por não ter recebido nenhuma fita nova desde que me mudei para cá. É só o que posso fazer para me distrair depois de uma semana infernal: um funeral, uma visita ao hospital e cerca de mil comentários sem noção para limpar em meu vídeo cada vez mais viral. Mas, olha, a minha coleção de cassetes pode me ajudar a encarar qualquer coisa.

Herdei todos os cassetes da tia Tori quando ela faleceu. Ou seja, eles não tinham *mais nada* para me dar, e papai queria jogá-los fora, como se não tivessem muito valor para ela.

Claro, comecei com sua enorme coleção de Dolly Parton e REO Speedwagon, mas isso foi só o pontapé inicial. Eu tropeçava em fitas a cada semana no Brooklyn, em liquidações e feiras livres. Em poucos meses, eu me afeiçoei à cultura do cassete – sim, isso existe.

Mas hoje, não está ajudando.

Estou inquieto. Minha perna treme sem que meu cérebro dê o comando. Sinto uma comichão quase insuportável no peito. São 19h30 e já estou na cama. Penso em Leon. Mal nos vimos durante a semana toda – só um beijo roubado entre as atividades do funeral.

Penso em seus lábios, seu gosto, seu...

Tenho que ver o Leon. Escrevo uma mensagem sem dar à minha mente a chance de me convencer a desistir.

Está acordado?

São 19h35 — responde ele. — **De quantas horas de sono você acha que eu preciso?**

Um sorriso se forma nos cantos de meus lábios. Mais uma vez, minha mente transmite que preciso vê-lo. Então, pergunto se ele quer dar uma volta.

Em poucos minutos, e com um pouco de persuasão sobre minha mãe, estou no Corolla de meu pai. Saio da garagem e abro as janelas todas. Meu braço se transforma em uma asa de avião, cortando o céu noturno tão depressa que quase posso ver o vento se curvando ao redor dele.

Mas como moramos tão perto, esse sentimento dura apenas um segundo.

— Oi — digo quando Leon entra no carro.

— Cal.

O jeito como ele diz meu nome é como eu sempre quis que as pessoas o dissessem. Com emoção, quente e melado.

Pego a estrada e dirijo pelos subúrbios de Houston. Estrelas perfuram o céu noturno, e sinto um buraco no estômago, saudades de um mundo que nunca tive.

— Quantas visualizações tem o seu vídeo da StarWatch até agora? — pergunta ele. — Milhões? Zilhões? Vi links para ele *em todo lugar*.

— Viralizou tanto que mal consigo acompanhar. Mas, de verdade, não quero falar sobre isso agora.

— Tudo bem. E do que vamos falar?

— Pode me contar mais sobre Indiana? Você foi criado nos subúrbios? — pergunto. — Assim, com as estrelas e gramados enormes?

Ele ri.

— Mais ou menos. Os subúrbios de Indiana são meio diferentes. Quintais maiores, casas de tijolos sem graça. Mas a mesma quantidade de Olive Gardens.

Um dos únicos Olive Gardens perto de mim era o da Times Square, com refeições de quatrocentos dólares na véspera de Ano-Novo. Mas não digo isso a ele.

— Deve ser relaxante — digo. — Ainda não estou acostumado a dormir sem estranhos gritando embaixo da minha janela ou carros buzinando sem parar.

— Nova York é tão clichê assim?

— Brooklyn é incrível e horrível ao mesmo tempo. Dá para pedir comida chinesa vegana maravilhosa à meia-noite, mas mal conseguimos ver as estrelas no céu. O Brooklyn nunca dorme. E Manhattan é ainda pior.

Ele pousa a mão em minha perna, provocando faíscas. Não consigo respirar direito, mas continuo falando.

— Mal posso esperar para voltar, talvez tentar outro estágio no BuzzFeed. Primeiro, achava que queria estudar jornalismo, mas alguns cursos universitários parecem meio desatualizados e fora de alcance, aí já não tenho certeza. E eu teria que fazer um baita empréstimo ou poderia tentar monetizar o meu canal para pagar a faculdade. — Uma pausa. — O futuro é difícil, né?

Ele aperta minha perna.

— Não é tão difícil se você se recusar a pensar nele. Eu não faço ideia do que quero para a minha vida. Isso é ruim?

— Não! — digo, mas sai forçado e rápido demais para parecer sincero. A questão é: como alguém pode *não* saber o que quer fazer? — Tipo, é que são tantas opções! O que você quer fazer? Qualquer trabalho parece legal? Vai voltar para a ginástica? Dá para ser profissional nisso? Já procurou faculdades?

— Ei, ei, devagar, meu bem. Sei lá. Qualquer uma dessas. Acho que vou saber quando perceber o que quero fazer.

Acho melhor deixar para lá. Mas sinto uma comichão na pele – uma necessidade de colocá-lo no rumo certo antes que seja tarde demais. *Estamos quase idosos já!* Respiro. Posso deixar para lá.

— Mas e se não acontecer? — pergunto, pelo visto não deixando para lá.

Sei que posso ajudá-lo.

— Você não precisa se preocupar comigo — diz ele, como se estivesse lendo minha mente. — Não estou perdido, só indeciso.

— Bom, vamos pensar logicamente. E a sua ginástica? Você ainda vai ao ginásio de esportes de vez em quando, não é? Mesmo que não queira competir, há muitas bolsas de estudo por aí, tenho certeza, e imagino que as faculdades tenham equipes de ginástica, não é? Devem existir essas coisas.

— Sim, existem essas coisas. Mas... não é a coisa de que eu goste de verdade.

— Sabe, eu assisti aos vídeos da sua última competição, antes de você se mudar para cá. Você foi incrível.

— É, acho que fui. — Ele suspira. — Mas foi como se um dia eu tivesse acordado, tipo, acordado *de verdade*. E percebi que havia dedicado treze anos da minha vida à ginástica. Tempo que nunca vou poder recuperar. E isso me pegou muito forte: aquilo não me fazia mais feliz. Eu... fingi estar doente nesse dia e cancelei o treino.

— Isso tem a ver com sua depressão? Tipo, é que a minha mãe evita muita coisa por causa da ansiedade, e fiquei pensando se não seria algo assim com você.

— Eu sei tanto quanto você — diz ele, dando de ombros. — Devo ter gostado em algum momento, sabe? Mas agora não consigo pensar em um momento em que eu estivesse feliz de verdade. Só quando era criança e podia ficar dando cambalhotas o dia todo.

Pensar nisso me faz rir.

— Aaahh, olha só o meu atleta! Vai ter que me mostrar o seu salto mortal um dia.

— Ah, então agora eu sou *seu* atleta?

Meu rosto fica vermelho e quente e ligo o ar-condicionado. Enquanto direciono todas as aberturas para mim, ele se inclina para frente, devagar, e me dá um leve beijo no rosto.

— Gostei de ouvir isso — diz ele. — *Seu*.

— Se bem que, pensando bem, é uma maneira meio antiquada de pensar nos relacionamentos. Estou sendo possessivo. Isso é tóxico, não é?

— Ei, Cal... — Ele ri. — Acho que você deveria passar menos tempo nas redes sociais.

Pegamos a Jordan Road, uma estrada silenciosa e poeirenta, sem luzes. Tudo é quietude. E a tensão de meus ombros diminui.

Eu deveria estar todo animado, puro fogo e romance, mas estou um pouco mais focado no tema de nossa conversa. Me sinto detestável. *Por que a falta de ambições profissionais de outra pessoa me deixa tão ansioso?*, eu me pergunto enquanto paro o carro no acostamento da estrada.

Leon finge se assustar.

— Ah! Então é aqui que você vai me matar?

— Bom, *é* uma estrada deserta, né? — observo. — Mas, como deixei as minhas armas em casa, acho que vamos só ter que dar uns amassos.

Em vez de se inclinar e me beijar, como deixei bem claro que ele deveria fazer, Leon sai do carro. Está um breu agora que desliguei o motor, e não dá para ouvir nada além dos grilos cantando. É como um bizarro tanque de privação sensorial.

Saio do carro e sinto uma brisa fria em minhas pernas. Bom, friozinho para o Texas. Inspiro fundo e expiro, expulsando todos os sentimentos ruins da semana passada.

Leon me leva para o meio da estrada – não que muitos carros passem por aqui –, e eu observo a área ao meu redor. Quando meus olhos se adaptam à escuridão da noite, vejo umas cercas velhas de madeira, separando hectares e mais hectares de terra de ambos os lados. Fazendas de gado, suponho, já que não parece que plantam muito mais coisas por aqui.

— E isto aqui — pergunto —, é *como* Indiana? Só que com fazendas diferentes?

— Não, é diferente — diz ele. — *Parece* diferente, sabe? Lá, a gente estaria cercado por campos de milho gigantes, ou fileiras e mais fileiras de soja. O vento faz tudo se mexer lá. Árvores gigantes, plantações... Tudo está sempre em movimento e vivo. Aqui tudo parece meio...

— Morto? — sugiro.

Ele não responde, por isso, concluo que acha isso também.

— Eu entendo. Nova York é viva de uma maneira muito diferente, mas aqui tudo parece tão sem sal. Simples, acho. Mas não odeio essa sensação.

Deixo meu olhar vagar. A única fonte de luz é de um grande complexo a uns oitocentos metros de distância. O brilho do centro espacial é meio assustador daqui, parece se aproximar. Como se fosse a única coisa que pudesse atrapalhar este momento calmo e perfeito.

Minha mente começa a processar algo que eu estava ignorando até agora. A rapidez com que Bannon foi apagado de nossas vidas.

— Mara Bannon foi embora esta semana — comento, apesar de parecer inútil dizer.

Leon percebe para onde estou olhando e resmunga em concordância.

— Foi rápido, acho. Nunca se sabe quando vamos voltar para casa. Fico imaginando quem vai supervisionar os dias de voluntariado da horta comunitária da NASA.

Ele se senta de pernas cruzadas na estrada vazia, então eu faço o mesmo. Estamos a um palmo de distância, mas sinto uma atração magnética emanando dele.

Quero estar mais perto que isso, apesar de estarmos praticamente nos tocando.

Quero ficar mais sozinho que isso, apesar de não haver ninguém por perto.

— Não quero perder você — digo. — Não... não gosto da rapidez com que as coisas mudam aqui.

— As coisas não vão mudar — diz ele, e se inclina para me beijar.

Mas meio que vão mudar, sim. A NASA vai anunciar os seis astronautas da Orpheu V e seus reservas a qualquer momento. Estão morrendo para conseguir uma boa publicidade depois do que aconteceu com Bannon – "morrendo" deve ter sido uma péssima escolha de palavras, considerando as circunstâncias –, querem restaurar um pouco da esperança perdida com a morte.

— E se eles não escolherem o meu pai para a missão, nem como reserva? Ele não está aqui há muito tempo; por que o colocariam nesse primeiro voo?

Leon parece desconfortável. Morde o lábio, como se isso o ajudasse a não dizer alguma coisa.

— Acho que ele vai ficar, no mínimo como suplente. Eu não me preocuparia com isso.

Seus olhos brilham ao luar, e noto certa turbulência em sua expressão. Eu deveria deixar para lá, mas não sou bom nisso.

— Algum problema? — pergunto.

O silêncio se expande entre nós. Sinto-o em meus músculos, em meu peito. A ansiedade leva minha mão para frente, e a pouso de leve em seu rosto.

— Não consigo parar de pensar nessas coisas — diz ele. — Poderia facilmente ter sido a minha mãe a não voltar da Flórida, e eu deveria estar aliviado, mas não sinto nada além de... é um peso do qual não consigo me livrar.

Ele desvia os olhos, mas mantenho os meus nivelados com os dele.

— Estou aqui para ouvir, se achar que isso ajuda. E não vou te interromper...

Seus olhos encontram os meus.

— ... Muito.

— Foi o que eu pensei — diz ele, com um sorriso travesso.

— Você já sentiu isso antes?

— Desde que me lembro... — Ele se afasta e se encosta no para-choque do carro. — Desculpa, não estou pronto para falar sobre isso. Achei que estivesse, mas não estou. É estranho...

— Tudo bem. Mas... saiba que eu estou aqui.

Ele sorri.

— Eu sei.

Ficamos assim cinco, dez, vinte minutos. Conversamos sobre nosso próximo ano letivo como se não houvesse dúvidas de que nós dois estaremos em Clear Lake City, nos formando na mesma escola ano que vem. Como se tudo não pudesse mudar de uma hora para outra. E é bom falar sobre o futuro. Posso ver um futuro aqui, em Houston, quem diria?

Desvio o olhar, e meus olhos pousam no centro espacial de novo. A missão começa na primavera.

— Esta talvez seja a última semana tranquila que vamos ter — digo.

Leon me observa com tranquilidade. Sinto todas as minhas emoções de uma vez, explodindo em meu coração, mas não sei o que ele está sentindo. Ele é calmo, eu sou frenético. Ele é agradável, eu vivo em pânico.

Mas sei que preciso dele agora.

O beijo é diferente. Começamos de leve e vamos aumentando a intensidade. Exponencialmente. Eu o aperto contra mim e ele joga os braços em volta do meu pescoço. Colo mais nele, até que nossas pernas estejam emaranhadas. A perna quente dele se enrosca na minha, me provocando arrepios. Eu estremeço quando o puxo para mim.

Estamos nos apertando, e não há nada em minha cabeça além do gosto dele. Sua língua desliza em minha boca, e eu enrosco a minha na dele. Gemo baixinho, porque tudo parece tão certo, tão perfeito...

Pouso a palma da mão em seu peito e, com um sorriso, vou fazendo-o se deitar no chão. Ele fica meio inquieto, então não faço nenhum movimento. Continuo só com os beijos. Continuamos celebrando nossa proximidade entre gemidos abafados e respiração ofegante.

E então, meu celular começa a vibrar.

E então, o celular de Leon começa a vibrar.

Somos obrigados a parar. Estamos sem fôlego, mas essas ligações simultâneas e inusitadas me abalam com força. Nossos pais sabem que saímos, não necessariamente que estamos fazendo *isto*. Olho o identificador de chamadas.

— É a minha mãe — digo.

— É a Kat — diz ele.

Atendemos e, ao mesmo tempo, gritamos um "Oi".

Meu peito se aperta enquanto minha mãe fala. Sua voz está cheia de empolgação, preocupação, pânico, e ela mal consegue pronunciar as palavras, que se misturam. Ela não diz nada com nada.

Kat é muito mais articulada, pelo visto, porque Leon afasta o celular de meu ouvido.

— A mamãe está na missão. Seu pai é o reserva dela. — Ele sorri debilmente. — Está acontecendo de verdade.

CAPÍTULO 17

As luzes da rua passam por meu carro enquanto atravessamos das fazendas rurais às casas suburbanas. A estrada plana e reta começa a ganhar curvas e o centro espacial desaparece de meu espelho retrovisor. Sinto que estou voando alto, mas olho o velocímetro e vejo que estou dirigindo abaixo do limite de velocidade. Meu corpo está me forçando a ir mais devagar, mas tudo parece rápido. Tudo parece apertado. Minhas mãos estão dormentes.

A mãe de Leon vai a Marte. Meu pai é suplente dela. Estamos muito, muito, juntos nessa. Nossas famílias estão emaranhadas em uma tradição fascinante e, aparentemente, antiga: uma compreensão tácita de praticar o mesmo trabalho, tanto para os astronautas quanto para as famílias. Em *Apollo 13* — o filme e, discutivelmente, na vida real —, Marilyn Lovell aconselhou uma Mary Haise, sobrecarregada a responder à imprensa com três palavras: Orgulhosa. Feliz. Entusiasmada.

Essa é a minha vida agora, e eu *estou* tendo todos esses sentimentos.

Estou orgulhoso de meu pai. Apenas seis semanas atrás, as coisas pareciam definidas. A única constante em minha vida familiar eram os gritos de meus pais. Mas isso foi raro no mês passado. E ele se tornou... útil? Motivado.

Estou feliz também, mas, em parte, por causa de Leon. O jeito como ele me faz sentir quando se senta ao meu lado e acaricia minha mão é demais. Estou muito apaixonado por ele, mas gostaria que houvesse alguma maneira de ficar com os pés no chão e pensar logicamente sobre tudo. Meus sonhos de voltar a Nova York e morar com a Deb estão desaparecendo depressa. Ele é o meu presente. Este é o meu presente.

E isso me deixa entusiasmado.

Mas também estou apavorado. Perdi quatro ligações de Deb esta semana para falar sobre o acidente e o que aconteceu, mas não posso encará-la. Não posso explicar a ela meus sentimentos sobre nada disso, e se ela assistiu a algum noticiário ultimamente, deve ter visto eu e Leon juntos. Deve saber que estou meio que *com* alguém, e deve saber que isso pode comprometer nossos planos de morarmos juntos.

— Não contei para os meus pais sobre a gente — diz Leon quando paramos em frente à minha casa, onde carros se alinham no meio-fio.

Dou de ombros.

— Acho que a mamãe descobriu na noite do acidente. Mas não conversamos sobre isso.

Um sorriso está estampado em seu rosto, e sei que no meu deve estar também. Paro o carro na rua e encontro Leon na calçada. Observamos minha casa, onde tudo mudou nos últimos vinte minutos. O destino de nossas famílias se encaixa neste momento de várias maneiras, e espero que permaneçam no mesmo caminho por um tempo.

Ele pega minha mão e entramos em casa. Ouvimos os vivas e aplausos, e é gostoso imaginar que são para nós.

Kat imediatamente nos encontra e quase nos dá um abraço.

— Gente, meu Deus, que bom que estão aqui. Todo mundo já está ficando bêbado, e estava começando a ficar muito vergonhoso.

— Casa legal — diz Leon. — Tem menos coisas retrô que a nossa.

— Ainda bem — digo.

Fazemos nossas rondas. Papai me dá um abraço apertado demais; seus olhos ainda estão marejados. Mamãe encara a situação com cansaço, e vejo sua ansiedade se instalando. Mas abre um sorriso agradável quando lhe dou um beijo no rosto.

— Pelo menos ele ainda não vai lá para cima — diz ela. — Ele faz parte de tudo, mas não vai voar ainda.

Não respondo, apenas lhe dou um abraço apertado. Ela sacode a cabeça, como se estivesse espantando os pensamentos ruins.

— Desculpa, você sabe como eu me preocupo. Está acontecendo tudo tão rápido! E agora, todos nós temos que ir à Flórida daqui a uns dias para ver o lançamento do satélite. É tão...

Dou uma risada.

— Acredite, eu entendo. Mas, hoje, vamos comemorar.

Ando pela sala desviando de taças de champanhe e astronautas bêbados. Há cerca de dez deles em minha sala de estar, e acho apropriado que estejam aqui, agora.

Nos projetos Mercury, Gemini e Apollo, os suplentes dos astronautas cuidavam de tudo para o qual a primeira linha não tivesse tempo – festas, eventos de imprensa etc. Faziam tudo enquanto esperavam, nos bastidores, sua chance de brilhar de verdade.

Depois que papai voltou do hospital, foi forçado a tirar uma folga, enquanto o resto da NASA tentava gerenciar o desastre. Ele passou esse tempo desencaixotando coisas do depósito. No meio da bagunça estava sua coleção de revistas *Life* – quase todas que cobriam a corrida espacial. Ele arrancou uma maquete da Apollo 8 e um retrato autografado de Jim Lovell, o comandante do quase desastre que foi a Apollo 13. Desnecessário dizer que aprendi muito sobre a história dos voos espaciais no tempo livre de meu pai.

Estava tudo ali. Uma obsessão secreta, um sonho secreto.

Olho para meu pai e sorrio, porque ele está conseguindo vivê-los.

Não sei de onde saiu tanto champanhe. Desta vez, nem refrigerante, nem salgadinhos, nem qualquer outra coisa. Foi tudo organizado de última hora, e eu os imagino limpando o estoque de champanhe da loja de vinhos pouco antes de fechar. Ou talvez a NASA tenha um estoque secreto e infinito em algum lugar.

Quando olho para Kat, ela acena com a cabeça em direção a meu quarto. Peço licença e a sigo, com Leon não muito atrás. Assim que fecho a porta, percebo que levei um garoto ao meu quarto pela primeira vez. Esse pensamento me faz suar um pouco.

Me sento na cama com Leon, enquanto Kat analisa minha coleção de cassetes.

— Você é esquisito mesmo — diz ela. — Quem ouve Nirvana? Além do meu pai, se acidentalmente aparecer em sua *playlist* dos anos noventa.

Apesar disso, ela tira o cassete da caixinha e o analisa. Depois de apertar alguns botões errados, abre o toca-fitas e coloca a fita ao contrário. Suspira de frustração quando finalmente coloca a fita do jeito certo. Aperta o play e espera.

— Por que não está tocando?

— Há um pouco de tempo morto antes de a fita começar. Espere.

Assim que digo isso, a música começa a pulsar nas caixas de som.

— Viu?

— Não entendo esse lance de fitas cassetes — diz ela. — Por que está tão quieto, Leon?

Quando ela diz isso, eu me viro para ele. Leon está olhando para seus sapatos, que estão apontados um para o outro. Parece meio incomodado, meio chateado, como se estivesse escapando de novo. Pouso a mão em suas costas e me impeço de perguntar se ele está bem. Ele sabe que estou aqui, se quiser conversar.

— Pergunta franca. Você já sentiu que não tem importância para ninguém? — diz ele. — Eu entrei naquela sala muito feliz por — ele faz uma pausa e se afasta — estar segurando a mão do Cal. E percebi que hoje, como todos os outros dias daqui em diante, ninguém dá a mínima. Queria que o papai ficasse surpreso, ou que a mamãe me desse um grande sorriso. Eu nunca tive um... sei lá o que somos. Sei que é o grande dia da minha mãe, mas não são todos o grande dia dela aqui?

— Mas você não gosta que ninguém dê a mínima para a gente? — pergunto, e o puxo para beijá-lo. — Podemos cuidar da nossa vida.

Kat ri.

— Acho que vocês têm sorte. Acho que, com dezesseis anos, ainda sou nova demais para que eles fiquem me enchendo com esse negócio de livros e o futuro.

— Mas eles nunca ligaram para o meu futuro. Eles meio que desistiram quando eu parei de fazer ginástica.

Kat me olha e logo baixa os olhos. Fico imaginando o que será que ela quer dizer, mas Leon interrompe, dizendo:

— Pode falar.

— Acho que desde que descobrimos a sua depressão, eles não querem pressionar você.

Kat está andando pelo quarto, mas não abaixa a voz quando diz "a palavra". Quando Leon ergue as sobrancelhas, tenho a impressão de que ela é a única que não hesita perto dele.

— Tipo, por acaso você ouviu a palavra "ginástica" nos últimos meses nesta casa? Eles estão com medo de ter pressionado você demais.

— Espera aí! Eles acham mesmo que a minha carreira de ginasta provocou a minha depressão? — O olhar de Leon é incrédulo. — Não é possível que eles achem que é assim que as coisas funcionam.

— Talvez eles achem que estavam piorando as coisas — digo.

Falo baixo, porque não quero defender os pais dele, mas não quero que ele tire conclusões precipitadas.

— Acho que a depressão foi piorando sozinha. Eu não tinha como controlar. Só que ficava mais óbvio na ginástica. Eu ficava cancelando os treinos, pareceria despreparado. Meu Deus, nos dias de folga, no verão passado, eu não conseguia nem sair da cama, muito menos ir treinar.

— Pensei que você havia gostado quando fomos ao ginásio aberto, mês passado — diz Kat.

— Gostei — diz ele —, mas fiquei só brincando. Estou em péssima forma, caí do cavalo com alças duas vezes antes de conseguir fazer um giro. Foi um desastre.

— Mas você se divertiu — digo. — Assim como quando dava cambalhotas quando era criança. Talvez você devesse fazer ginástica, mas por diversão. Procure uma equipe que faça competições menores. Não contrate um treinador. Não deixe mais os repórteres te chamarem de futuro atleta olímpico. Faça apenas o que achar certo.

Kat se senta ao lado de Leon, então ele fica entre nós. Estamos ambos hesitantes, mas respeitamos os limites dele. Nossos ombros se tocam.

— Assim que ponho os pés no ginásio, as câmeras estão em mim. A StarWatch acha que essa é a única coisa interessante sobre mim para relatar, e se eu deixar claro que não estou interessado em competições nacionais... vou decepcionar todo mundo.

Leon grunhe e se estica na cama; na *minha cama*. Uma parte de mim quer desesperadamente pedir a ele para passar a noite comigo, mas em silêncio me censuro, porque esse com certeza não é um pensamento apropriado para um momento como este.

— Mas eu não poderia voltar ao que era antes. Consegue imaginar como seria a minha vida? Treinar para competições nacionais sete dias por semana, com o peso do mundo nas costas?

Mais uma vez, sinto o desejo de abraçá-lo até que se sinta melhor. Mas penso no que ele me disse na primeira vez que o vi triste. Não consigo evitar essa vontade que tenho de tentar melhorar as coisas, de me envolver nisso quando não deveria.

Não sei como estar com Leon da maneira que ele precisa. Se ele precisar de espaço, vou respeitar. Se precisar de tempo, darei tempo a ele. Mas o aperto em meu peito ilustra minha luta, minha compulsão por consertar as coisas e torná-las melhores.

É isso que torna nosso relacionamento tão diferente de qualquer outro que já tive. É isso que o torna tão especial. Estou aprendendo, não consertando. Pela primeira vez, estou ouvindo – ou, pelo menos, tentando.

— Por que não diz para os seus pais o que disse para a gente? — pergunto. — Que você só quer treinar por diversão.

— Não vejo para quê. — Ele olha para Kat. — Eu sou a atração secundária aqui. A mamãe vai para Marte, só isso importa, nada vai ser sobre *a gente*.

Assim que essas palavras saem de seus lábios, um sorriso surge no rosto de Kat, e ela quase grita:

— Ora, eles que se fodam. Esta festa será para você, então. Venham cá. — Ela faz sinal para que nos aproximemos ainda mais e pega o celular. — Vocês já têm alguma foto juntos? Vamos tirar umas boas para celebrar o relacionamento... ou sei lá o que de vocês.

Nossos olhos se encontram.

— Relacionamento? — pergunto.

Ele sorri.

— Relacionamento.

Entre sorrisos e beijos leves, fazemos algumas poses pensativas e sérias, depois algumas alegres e radiantes.

— Vou bater só uma foto de beijo, porque é o máximo de fofura que eu vou aguentar agora. Façam valer a pena.

E fazemos.

CAPÍTULO 18

Durante os próximos dias, fazemos valer a pena... mesmo. Nossas famílias estavam tão ocupadas que era fácil escapar. Não que estivéssemos escondendo alguma coisa. Acordei todos os dias com a barba dele espetando meus lábios e uma vibração nas veias.

Curiosidade: sabia que as famílias dos astronautas vão de classe econômica para a Flórida, enquanto eles vão de jatinho? Não estou pedindo esmola, mas me parece meio injusto, já que meu pai é um *verdadeiro herói americano*!

Pois é, eu sei que é um exagero. Não, isso não me impediu de usar essa frase quando não quis tirar minhas botas fashion no *check-in* do aeroporto.

Enquanto estou deitado em três cadeiras na área de espera do aeroporto, reviso os e-mails que mandei a Leon na noite passada. Foram quatro, todos com *links* para testes vagamente condescendentes como "O que devo ser quando crescer?", além de alguns recursos de verdade para descobrir sua aptidão.

Quanto à escolha de faculdade, desenterrei quatro universidades muito promissoras, todas com equipes de ginástica. Pelo Instagram ou vídeos do YouTube deles que encontrei, ficou claro que focam mais na diversão do que em vencer competições.

Também mandei um teste de Casa de Hogwarts, porque quando disse a ele que era da Sonserina, ele disse, e eu repito: "Essa é a ruim, né?".

Em minha cabeça, é bem simples: ele está meio perdido agora, mas só porque não tem nenhuma direção, nenhum objetivo profissional. Não espero que ninguém saiba se preparar com antecedência como eu, mas há muita coisa que posso fazer.

Só que ele ainda não respondeu a nenhum deles. Como ajudar alguém que não quer ser ajudado?

— Ei, garoto.

Sorrio quando vejo que é a Kiara. Ela está de legging preta e botas marrons, um lenço infinito e gorro. É como se o estilo do Brooklyn transcendesse o calor opressivo do início de verão, mesmo no Texas. A ponta de seu celular rosa brilhante aparece em um bolso do peito da jaqueta jeans dela, o único toque de cor que ela aparentemente se permite.

Nossa, como sinto falta do estilo hipster do Brooklyn aqui no Quartel-general das Camisas Polo!

Seus olhos penetrantes me atravessam; ela inclina a cabeça docemente.

— Parece que alguém está tendo, me deixa adivinhar... problemas com garotos?

Dou um risada.

— Problemas das dez da noite. Preciso do meu sono de beleza.

Ela está com uma mala de mão, que parece conter apenas equipamento da StarWatch.

— Sabia que o grande Josh Farrow quase foi *demitido* por causa do seu vídeo? A NASA quase rescindiu o nosso contrato, mas recebemos apenas uma advertência. — Ela abre um sorriso rápido. — Acho que estamos sendo um pouco mais legais agora. Faz parte da nossa nova imagem.

— Com certeza. — Reviro os olhos. — Obrigado por me ajudar.

— Valeu a pena ver o Josh tão perturbado. Acho que toda aquela *fama...* e estou usando essa palavra bem levianamente... subiu à cabeça dele. Além disso, foi bom não estar de plantão o tempo todo. Não tivemos muito acesso aos astronautas desde que o seu vídeo viralizou. O jeito foi compartilhar alguns vídeos seus como parte da nossa cobertura. — Ela sorri. — Na verdade, qualquer coisa que dissermos sobre você atrai muita atenção para a gente. Foi divertido descobrir isso.

— Ninguém me pediu permissão — digo. — Claro, eu teria dado até para a StarWatch, mas por que ninguém pediu? Parece que sou um jornalista mais responsável que todos vocês. Sem ofensas.

— Não ofende, e eu não diria que somos jornalistas de verdade. Nosso nome é StarWatch. O programa de TV se chama *Shooting Stars*. Não somos exatamente uma rede de notícias a cabo de primeira linha.

Rio, tentando ignorar a irritação. Mas isso me incomoda. *Faça seu trabalho. Diga que quer usar os meus vídeos, tenha um pouco de integridade, mesmo se você for um programa de fofocas gourmet.*

— Não se prenda aos detalhes — diz ela. — Estou cuidando de você.

— Ah, é? Como assim?

— Mantive umas conversas com as grandes empresas de publicidade. Sabe o quanto eles estariam dispostos a te dar por um post patrocinado no seu canal?

— Já fui abordado por uma tonelada de empresas de publicidade. Eu poderia cobrar uns cinco mil por vídeo patrocinado. Essas pessoas são muito mão aberta com o dinheiro delas, e os meus seguidores estão mais ativos que nunca, já que tenho uma visão interna do projeto Orpheu. Mas não posso fazer isso com os meus seguidores — digo, desanimado. — Tenho certeza de que alguns não se importariam, mas e os mais fiéis? Já vi muitas contas no Flash se transformarem em máquinas de anúncios, não posso ser como elas.

— Então, qual é o seu objetivo? Tenho certeza de que posso ajudar de alguma maneira. Tenho contatos em Nova York, e todos estão fascinados com você e os seus seguidores. Voltei no fim de semana passado, tive uma longa conversa com os meus amigos sobre a sua carreira durante o almoço. A revista *New York,* a *Teen Vogue,* o programa *Today.* Possíveis estágios foram discutidos.

— Você me arranjaria um estágio na *Teen Vogue?*

— Se você quiser — diz ela. — Meu amigo da Condé Nast segue você há um tempo. Estão expandindo a área de vídeos ao vivo. A menos que você esteja bem demais aqui para voltar.

— Claro que vou voltar para o Brooklyn — digo. — Mas tenho dezessete anos, não posso simplesmente... ir. Pode acreditar, quero sair daqui. Assim que puder.

De preferência, sair daqui com Leon ao meu lado. Mas não digo isso, porque ela está estranhamente comprometida com minha vida.

Kiara pega meus dados de contato para encaminhar a seu amigo da Condé Nast, e finalmente embarcamos. Assim que me acomodo em meu lugar à janela, coloco um audiolivro. Tenho que voltar quatro ou cinco vezes antes de decolar, porque estou distraído demais. E como não funciona, fecho os olhos e adormeço.

Sei que reclamei da umidade do Texas, peço muitas desculpas por isso, porque a Flórida é literalmente um pântano. Mesmo tão tarde da noite. Mais que ver ou ouvir, eu sinto o Cabo Canaveral próximo. Depois de um curto trajeto em um carro preto, somos mandados a nossos quartos de hotel para dormir o que pudermos até o despertador matinal. Fico imaginando se todos os lançamentos – de satélites ou ônibus espaciais – são tão cedo. Penso em cobrir o lançamento amanhã, mas não vejo necessidade. Teremos as câmeras em cima de nós de qualquer maneira, pois a pequena, mas importante, antena chegará até o céu.

— Olha, a antena chegará a Marte alguns meses antes de nós, e entrará em órbita. Vamos interceptá-la quando chegarmos lá, e isso vai nos ajudar a triangular a nossa aterrissagem.

Agora que chegamos, papai está explicando isso em detalhes para mamãe, e minha atenção vai e vem. É interessante, então decido conversar com as pessoas que trabalharam no satélite e ver se alguma delas quer me dar uma entrevista.

O hotel da base tem uma vibe militar que não consigo identificar. As suítes são duplas, com uma cozinha pequena e dois quartos separados por uma sala de estar. Tudo é tijolo. Por dentro e por fora. Escolho meu quarto ao acaso, meus pais ficam com o outro, e eu caio na cama confortável.

Adoro a privacidade desta suíte. Minha porta tem chave e estou separado de meus pais por uma sala. Imagino dividir esta cama king size com Leon, sentir seu corpo contra o meu a noite toda... A ideia me empolga, mas também me assusta.

Há uma chance de conseguirmos. Leon não gostaria de dividir a cama com a Kat, de qualquer maneira, e seus pais estarão distraídos demais em seu próprio quarto para perceber. Fico ofegante enquanto a ideia passa por minha cabeça.

É arriscado demais.

Será? Nem meus pais nem os dele parecem nos notar, mesmo quando não estamos nos esgueirando por aí.

Antes que eu possa me convencer disso, saio da suíte. Kat está no corredor, segurando um balde de gelo.

— Tiveram um bom voo? — pergunto.

Eles pegaram o voo anterior, porque a NASA não conseguiu acomodar todas as famílias em um avião só. A maioria das famílias de suplentes estava no nosso, ao passo que as famílias da tripulação principal estavam na dela.

O cabelo de Kat está todo zoado, e nem preciso que ela diga uma palavra para saber que está pronta para dormir. Afinal, o lançamento é desagradavelmente cedo amanhã.

— Foi tudo bem. Eles já estão dormindo. Fui buscar gelo, porque preciso da minha água gelada. Claro que você não está nem aí para as minhas necessidades de gelo, desculpa, é que não estou muito ansiosa para voltar para o quarto.

— Está dividindo a cama com o Leon?

Ela resmunga.

— Ele ocupa a cama inteira! E é uma king size. Estou pensando em dormir no sofá.

— E se eu disser que tenho uma... solução alternativa?

Ela arregala os olhos e um sorriso surge em seu rosto. Olha para mim e para a porta de seu quarto. Vejo sua mente trabalhar depressa. Será que *ela* pode ficar encrencada?

— Eu faria qualquer coisa para ter uma cama só para mim. Vou dar um jeito. Limpe o caminho para ele entrar no seu quarto.

Meu ânimo melhora, mas não me precipito. Nem sei se é isso o que ele quer; se ele quer esperar para dividirmos a cama, ou se acha que não vale a pena arriscar. E na expectativa, fica claro para mim:

É o que *eu* quero, loucamente. Eu a seguro pelo braço antes que volte para o quarto.

— Só não o pressione, diga que ele não é obrigado a aceitar, tá bem?

— Acho que isso não será um problema. — Ela dá uma piscadinha.

Agora que estou sozinho, ando de um lado para o outro entre nossas duas portas. Meu coração bate forte, e sinto a dor se espalhar por meus ombros, braços e pernas. Estou em pânico. Ele poderia dizer não. Ou pior, e se ele disser sim por obrigação? Ou se eu forçar a situação, e formos pegos, e as câmeras da StarWatch aparecerem, e ele me deixar para sempre e...

A porta se abre.

Esqueço como se respira.

Até que seu sorriso ilumina o corredor inteiro.

— Oi. — Puxo-o para beijá-lo com firmeza. — Tudo bem para você?

— Está brincando? Eu faria isso todas as noites, se pudesse.

Meu coração despenca até meus pés e vou vertiginosamente até a porta. Deslizo o cartão-chave na fenda e estendo um dedo para Leon esperar. Não há ninguém na sala, tudo está silencioso, exceto pela minha respiração ofegante. Entro de fininho e vejo minha porta aberta e o quarto vazio. Faço um sinal para Leon entrar e ele passa correndo por mim. Minha pressão arterial aumenta quando fecho a porta e rezo para que ninguém entre.

Ele consegue.

Vou até o quarto de meus pais e os ouço conversando do outro lado. É uma conversa calma e baixa. Agora que reparei, não os ouço brigar desde o acidente. Entre o garoto em minha cama e a paz na casa, talvez fosse exatamente desse negócio de astronauta que a nossa família estava precisando.

Bato na porta e dou boa-noite. Ouço-os responder boa noite, amo você e todas as outras coisas obrigatórias dos pais, e vou para o quarto.

— Oi — digo.

Ele está sentado na cama, meio sem graça, com os pés apontados para dentro e os ombros caídos. Me sento ao lado dele e me inclino para beijá-lo. Ele tem gosto de menta – deve ter escovado os dentes antes de vir. Apago as luzes e entramos embaixo das cobertas.

— Estive pensando no que você falou para a Kat. Que não se sente importante. Digo, perto dos seus pais.

Não consigo formar as palavras direito, porque só posso pensar que *estou na cama com o Leon.* Mas não tivemos uma folga, não ficamos sozinhos desde aquele dia, e tenho que colocar isso para fora.

— Ah, é? — diz ele, e seu olhar intenso me pressiona.

— Tudo bem, vou falar. Você já esteve com uma pessoa que fez você se sentir pior? Mais sozinho? Eu não quero ser esse cara, quero aprender, mas sou meio que inepto para fazer as coisas direito em relação a você e...

Ele pousa um dedo em meus lábios e eu derreto.

— Não houve mais ninguém. Eu meio que namorei no sexto ano, mas isso não conta. Beijei algumas pessoas, meninas e meninos, mas nada sério. Nada como isto aqui.

— Ah... — É tudo que consigo dizer.

Isso me surpreende. Eu poderia escrever um livro dizendo como ele é atraente, como cheira bem, como é incrivelmente doce quando o conhecemos de verdade. Mas sou a primeira pessoa que ele encontrou digno de namorar.

— É engraçado — diz ele. — Bom, talvez não, mas em Indiana, a Katherine sempre namorou. Sempre. Papai tinha que levá-la aos encontros, uma loucura. Ela teve dois namorados desde que a gente se mudou para cá, mas eu não tive nenhum, até agora.

— Mas você é tão... — Tento pensar na palavra certa, mas fracasso.

— Sexy.

Ele dá um sorriso perfeito.

— Sou mesmo?

É nossa deixa; tiramos a camisa e eu puxo seu corpo para o meu. Sinto sua respiração em meu pescoço enquanto nossas pernas se enroscam. Somos uma mistura de línguas, dentes e calor, e quando me afasto para olhar seus olhos na penumbra, meu coração para. Estou aqui com esse cara! Não quero parar de beijá-lo nunca.

Não há nada que possa nos preparar para algo assim – o fogo e o calor pulsando em outro corpo em sua cama. Não importa o quão perto estejamos, o quanto nos apertemos com força, nunca é suficiente. Faz um mês que nos beijamos pela primeira vez e meu relacionamento já se transformou em uma necessidade que não pode ser saciada.

— Acho que te amo — diz ele.

Colo meus lábios nos dele e não os solto.

SHOOTING STARS
Temporada 2; episódio 11

ENTREVISTA EXCLUSIVA: neste episódio de *Shooting Stars*, a NASA se prepara para lançar um satélite no espaço. Antes do último episódio da temporada, semana que vem, aproveitamos para relembrar mais um ano na sede da NASA e trouxemos uma nova especialista (novo episódio vai ao ar em 15/07/2020).

— Olá, bem-vindos ao *Shooting Stars*. Sou Josh Farrow, e sentada à minha frente está uma nova convidada do programa. Ariana Rogers, CEO e fundadora do programa espacial JET-EX, bem-vinda ao estúdio.

— É um prazer estar aqui, Josh. Sinto que estou quebrando alguma regra tácita vindo ao seu programa; não que não trabalhemos em estreita colaboração com a NASA, claro. Mas vocês estão no bolso deles há alguns anos, não é?

— Sra. Rogers, com todo o respeito, acho que eles estiveram no *nosso* bolso. Somos apenas fãs da missão a Marte e dos fascinantes astronautas que dão vida a essa missão. O ângulo que ainda não mostramos é o da exploração espacial com financiamento privado. Se não se importa, vou direto às perguntas dos nossos telespectadores. Durante muitos anos, grupos de voos espaciais privatizados como o JET-EX foram vistos como adversários da NASA. Qual a senhora acha que é a razão disso?

— Pergunta interessante. No final, chegamos ao mesmo grupo de candidatos a astronautas, engenheiros e outros cientistas. Entendo essa percepção, mas acho que não vemos esse tipo de entusiasmo interno desde as primeiras décadas dos voos espaciais.

— É essa natureza competitiva que impulsiona esse entusiasmo? Claro que nos anos sessenta, os americanos estavam focados em vencer os russos na corrida à lua. Agora, talvez o sonho seja mais nebuloso, mas ainda há muita concorrência. E parece que talvez vocês sejam derrotados em Marte.

— Ah, Josh, não seja rude. Apoiamos a missão da NASA, e a única coisa que temos que eles não têm é o financiamento seguro. Após a morte de Mark Bannon, houve um momento em que eu pensei mesmo que o governo retiraria o financiamento das missões Orpheu. Afinal, perderam um de seus astronautas mais famosos e outros dois ficaram feridos. É o tipo de coisa que faz os legisladores colocarem o pé no freio.

— Seus recursos são financiados pela iniciativa privada?

— Sim. Corremos riscos calculados, como todo mundo, e sempre há a possibilidade de acionistas saírem, mas há muito mais fé em nós, mesmo da NASA. Estamos construindo e testando algumas peças que farão parte do lançamento da Orpheu v. Não é uma competição. Nós nos oferecemos para ajudar no planejamento da Orpheu vi e estamos procurando outras maneiras de colaborar no futuro.

— Isto é, se a NASA *tiver* um futuro.

CAPÍTULO 19

Q uando acordo, sinto o frio do ar-condicionado rastejar por meu corpo seminu. Pelos olhos semicerrados, vejo a silhueta de Leon ao meu lado, perto da cama. Ele puxa as cobertas sobre meus ombros e dá um beijo leve em minha testa.

Sai do quarto, e eu fico acordado só o tempo suficiente para ouvir o clique da porta externa, para ter certeza de que ele saiu sem ter sido visto nem ouvido. Um suspiro escapa do meu peito, e me sinto incrivelmente bem. Abraço seu travesseiro e inspiro seu cheiro, roubo o resto de seu calor da cama vazia e volto a dormir.

Ainda está escuro quando meu alarme toca. Como se fosse mágica, não só estou pronto para levantar, como também ansioso por isso. Estou pronto para meu primeiro de muitos lançamentos no futuro próximo. Esse satélite é pequeno, mas desempenha um papel importante em toda a missão – sem ele, os astronautas não conseguiriam pousar parte da nave na superfície marciana. Triangulação ou algo assim. Eu deveria ter prestado mais atenção quando papai explicou, mas, convenhamos, pais conseguem fazer qualquer coisa ficar chata.

Olho meu perfil, inundado de notificações de seguidores que estão animados com o lançamento. Todo mundo espera que eu cubra, mas, pela primeira vez, não quero cobrir essa história. Só quero compartilhar esse momento com Leon.

Sinto meu corpo leve, cheio de energia. Estou louco para ficar com ele de novo. Quero estar com ele o tempo todo.

Não respondi à sua confissão de amor, talvez, mas acho que sinto o mesmo. Nunca senti isso. Não posso controlar, e isso me assusta. Ele saiu do quarto há uns trinta minutos, mas já estou com saudades. Saudades de verdade. Um vazio corrói meu peito, e tudo que resta é o suave ardor, anseio, desejo.

Por fim, vou tomar banho e, antes que perceba, estou na sala de espera com minha família. Nosso horário de partida era 7h30, mas nem pensei em perguntar quando Leon deveria chegar. Só vejo algumas famílias. Somos todos civilizados uns com os outros, e sou obrigado a passar pela apresentação formal de alguns cientistas que conheci quando fiz entrevistas em vídeo para meus seguidores. Não o vejo, o que faz meu peito doer ainda mais.

Entramos em um carro preto e nos juntamos a uma caravana de veículos iguais, que deve ter uns quatrocentos metros. Esta parte da Flórida é... esparsa. Está úmido e pantanoso lá fora, mas a terra parece seca. Dá para contar as árvores pelas quais passamos no caminho.

Percebo que este é o tempo mais longo que passo com meus pais desde muito tempo. E uma velha pergunta incômoda volta à minha mente.

— Pai — digo —, posso te perguntar uma coisa sobre a StarWatch? Sobre o acidente do jatinho e o Mark?

Ele se endireita.

— Humm... claro — responde.

Tenho medo de que o que vou perguntar seja demais, e talvez que papai não queira pensar nisso, mas ele se volta para mim de forma aberta.

Então, respiro fundo e pergunto:

— Você já sentiu que a StarWatch estava *procurando* uma catástrofe? Estou tentando descobrir se eles estão do nosso lado mesmo ou não. Acho que nem eles sabem.

— Bom, quanto a eles estarem do nosso lado — diz ele, rindo —, acho que podemos dizer não com segurança. Eles só se preocupam com eles mesmos; com o ibope. Mas não acho que desejariam a morte de alguém por isso.

— Mas alguma coisa não bate — interrompo. — Eles foram tão solidários no início, influenciaram o projeto de lei que garantiu o financiamento para o resto do programa Orpheu ou seja lá o que for. Naquele *teaser* com o sr. Bannon, eles se esforçaram para fazer com que ele e todo o programa parecessem uma aposta segura. Chamaram a atenção como sendo os maiores apoiadores da NASA. E, agora, falam como se a NASA estivesse à beira do colapso e focando em...

Sou interrompido por seu suspiro.

— Cara, não sei. Aqueles primeiros vídeos eram meio cafonas. Eles jogaram dos dois lados, o projeto de lei era bipartidário, mas as pessoas eram *bipartidariamente* contra ele também. Sim, eu inventei essa palavra. De qualquer maneira — continua —, os republicanos não gostaram de que estivéssemos tirando dinheiro do orçamento militar. Os democratas temiam que, uma vez que esse dinheiro acabasse, a NASA recebesse fundos da área educacional e social. Por que explorar o espaço se podemos consertar o nosso sistema de saúde falido?

Uma onda de silêncio atravessa o carro. Boa pergunta.

— Pode deixar isso só entre a gente? Sem comentar no seu programa nem com os seus amigos? — pergunta papai, e eu concordo. — O final dos anos sessenta não foi um grande momento nos Estados Unidos. Estávamos em uma guerra sem fim e sem sentido que tirou muitas vidas. A promessa de Kennedy era a única coisa com a qual todos os lados do espectro político concordavam: que levaríamos um homem à Lua até o final da década. A StarWatch achou que o fervor poderia ser bom para eles, e aí acharam que poderiam replicá-lo no nosso clima político atual. A NASA só preencheu os cheques.

— Então, é daí que vem a decoração dos anos sessenta? É coisa da StarWatch?

— Pelo menos, foi o que o Mark me disse. É por isso que estamos nessas casas chiques com móveis de meados do século e toca-discos. E foi aí que entrou o vídeo da StarWatch, pintando o Mark Bannon como um verdadeiro americano; alguém que poderia unir o país após o desastre dos últimos anos.

Agora me dou conta.

— Eles têm muito poder?

— Acho que é por isso que estão tratando o seu pai tão mal — interrompe mamãe. — Eles achavam que o Bannon era o mais adequado para liderar a primeira missão.

— A StarWatch estava tentando puxar as cordinhas, por isso as coisas andam... estranhas com todo mundo. Seu programa não os ajudou, mas acho que nos colocou nas boas graças da NASA.

Saímos do carro e somos conduzidos a uma área cercada além da zona de lançamento do satélite. É muito pequena para um lançamento. Eu já sabia que íamos lançar um satélite mais ou menos do tamanho de um humano dentro de um tubo de metal gigante, mas não conseguia parar de imaginar grandes naves e lançamentos maciços.

À minha direita, atrás da multidão, a StarWatch está se preparando. Estão procurando os ângulos certos para nos filmar ao sol nascente. Fico imaginando reuniões na StarWatch, nas quais os produtores se perguntam por que as pessoas não assistem mais ao programa deles, e decidem que a resposta é virar o jogo e lançar uma nuvem escura sobre o programa espacial. É tudo um absurdo.

Quando entramos na área de observação, eles fecham a porta depois da cerca. Observo a multidão e olho para além do arame farpado.

Observo a cena e percebo que estou com algumas das mentes mais impressionantes do país.

E, pela primeira vez, incluo meu pai nisso. Vê-lo ali, respeitado por seus pares, respeitado inclusive por seu país, me faz sorrir. Tudo que eu pensava antes – as famílias nos aceitando, o país entediado com a gente – estava errado. Me afasto de meus pais e passo por filhos, cônjuges e astronautas bem-vestidos. De soslaio, vejo Grace apertando a mão de um sujeito de terno. Leon deve estar por ali. A contagem regressiva começou, mas quero chegar até ele primeiro. Empurro as pessoas e meu peito queima de expectativa.

Finalmente, encontro seu olhar e ele sorri para mim. Quando olho para a direita, vejo Kiara ajeitando a câmera atrás dele. Ela acena para mim, e sei o que ela quer.

O novo enfoque deles.

É a imagem perfeita. O assunto perfeito para revitalizar o minguante interesse no lançamento. Amor juvenil e lançamento de satélite. Estou ao lado dele, de costas para a câmera, com os rostos voltados para cima. Enquanto o satélite decola, entrelaço meus dedos nos dele e aperto.

É lindo, perfeito, até o satélite explodir no céu.

CAPÍTULO 20

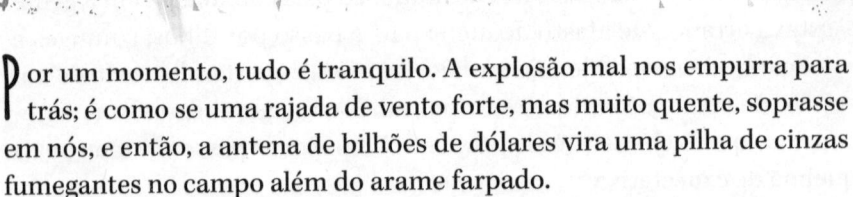

Por um momento, tudo é tranquilo. A explosão mal nos empurra para trás; é como se uma rajada de vento forte, mas muito quente, soprasse em nós, e então, a antena de bilhões de dólares vira uma pilha de cinzas fumegantes no campo além do arame farpado.

Passado o choque imediato, Leon solta minha mão e corre para chegar até sua mãe. As pessoas gritam ordens para mim, para voltar, para ir em direção à porta, para fazer... alguma coisa. Não consigo me concentrar, e todos estão indo em direções diferentes.

— Esse foi o último prego no caixão da NASA — ouço um dos astronautas dizer, alto o bastante para que muita gente ouça.

Será que é mesmo um revés tão grande?

Não consigo encontrar meus pais e nem Leon, porque me trouxeram de volta ao prédio. Murmúrios preocupados inundam o pequeno espaço do escritório, e alguns cientistas correm de um lado para o outro.

Não quero ficar sozinho agora, mas todos me deixaram. Ou eu os deixei.

Então, faço a única coisa que vai me acalmar e me fazer sentir que estou no controle. Pego o celular e começo a transmitir.

— Pessoal, aqui vai o que eu sei. São... oito e cinquenta da manhã. Acabamos de lançar a antena que ajudaria a direcionar a Orpheu V para um pouso seguro em Marte. O lançamento foi um desastre, pois explodiu alguns quilômetros depois de decolar. — Faço uma pausa para respirar, ofegante. — Todos os astronautas parecem preocupados, e alguns até sugeriram um atraso indefinido do programa. Vou procurar alguém que possa explicar por que a explosão aconteceu.

Olho para fora da câmera e tenho a impressão de ver minha mãe em um canto.

— Tenho que ir — digo. — Tenho que encontrar a minha família.

Corto a conexão e corro pelo piso frio, passo depressa por cientistas ainda parecendo baratas tontas, até encontrar minha mãe sentada em um banco. Ela olha para mim, e vejo o pânico em seu rosto. Ainda está fresco; ela vai precisar de tempo para realmente entender o que acabou de acontecer.

— Estamos bem — digo. — Pelo menos, estamos todos bem.

— Não posso mais passar por isso. — Ela sacode a cabeça. — Seu pai quase morre em um acidente de jatinho e o primeiro lançamento que já vi na vida se transforma em uma explosão! Como alguém pode lidar com isso?

Vou dar um jeito. Vou dar um jeito.

— Vamos voltar para o hotel. O papai está aqui?

— Ele teve que ir. Todos os astronautas foram.

A caravana de carros pretos está parada em frente ao prédio, então, entramos em um e dou o nome do hotel ao nosso motorista. Mamãe se acalmou um pouco; acho que tirá-la de lá deve ter ajudado. Mas isso não impede que o pânico tome meu corpo.

Algo parece errado. Tudo parece errado.

Quando voltamos para o hotel, só o que quero fazer é ir para a cama e respirar Leon um pouco mais. Mas mamãe vai tomar banho, então vou até a porta da frente e bato algumas vezes. Ninguém atende. Bato mais forte.

A porta se abre e Kat sai.

— Ei, tudo bem? — pergunto.

Seu rosto me diz a resposta antes que ela fale qualquer coisa.

— Não. Na verdade, não.

— Posso ver o Leon? Se ele quiser, claro.

— Não, bom... sim. Ele só está perplexo pelo que aconteceu.

Não digo nada, mas ela me deixa entrar. Vou direto para o quarto deles. Ele está de costas para mim, sentado na cama e abraçando os joelhos.

— Há algo que eu possa fazer? — pergunto. — Sei que você está superchateado, mas você está... preocupado com os voos futuros, com a raiva em cima da NASA? Ou...

— Estou triste — diz ele, de um jeito que me deixa triste também. — Tipo, eu sei que parece infantilidade, mas estou muito triste. É uma sensação de desesperança, como um grande buraco no meu peito que está me devorando aos poucos por dentro. É assim sempre que algo ruim acontece, mas também quando as coisas boas acontecem. Ontem à noite — ele abaixa a voz — foi maravilhoso, mas mesmo quando eu estava lá, abraçando você, essa neblina estava sobre mim. Você estava tão perto de mim, e eu estou loucamente apaixonado por você, mas isso não resolve. Nada resolve.

Eu me sento na cama, a uma distância razoável dele. Sua mandíbula está apertada e as sobrancelhas franzidas.

— Eu vou te ajudar no que puder. Juro. Faço qualquer coisa. Quer que eu te ajude a procurar um terapeuta? Minha mãe acabou de encontrar um de quem gostou, que atende on-line, mas deve haver consultórios por aqui também. Sei que tentei te beijar na primeira vez que vi você chateado, mas quero te ajudar de uma maneira que funcione de verdade.

Eu me seguro para não dizer que o amo também, mesmo querendo. Porque, porra, eu o amo. Eu o amo tanto, mas não posso dizer isso agora. Não posso dizer isso como uma tentativa de acabar com sua tristeza. Ele merece muito mais que isso.

Dou um beijo em seu joelho.

— Que foi isso? — pergunta ele, rindo.

— Já que não posso beijar os seus lábios porque poderia parecer insensível, e não consigo *não* te beijar agora, achei que um beijo no joelho seria a coisa menos romântica do mundo, e aí não seria visto como eu tentando fazer você se sentir melhor.

Ele se inclina por sobre os joelhos e me dá um beijo na boca.

— Correndo o risco de parecer bem clichê — diz Kat —, vocês dois poderiam arrumar um quarto que, de preferência, não seja o meu?

Viro a cabeça para ela e reviro os olhos.

— Tudo bem, já vou.

Leon acaricia minha nuca.

— Não quero ser pessimista, mas você sabe que as coisas podem mudar, não é?

— O que você quer dizer? — pergunta Kat.

— Eles podem cancelar a missão. A mamãe ou o seu pai, Cal, podem ser demitidos. Qualquer coisa pode acontecer, e aí a gente teria que ir embora.

— Eu não vou deixar você — digo, mesmo sabendo das possibilidades. — Não temos informações suficientes para pirar ainda. Vamos aproveitar o que temos. Confia em mim.

— Eu confio em você — diz ele, ainda olhando para baixo.

Suspiro e me levanto. Quando vou sair, Kat me dá um abraço rápido e vai se sentar ao lado do irmão.

SHOOTING STARS
TEMPORADA 2: CONTEÚDO ON-LINE

ATUALIZAÇÃO AO VIVO: fiquem ligados às 11h, quando Grace Tucker falará conosco pelo celular de Cabo Canaveral, Flórida, sobre a recente explosão que pode fechar as portas da NASA para sempre.

— Grace, quero começar dizendo como é doloroso que a Orpheu Twenty... Desculpe, são dezenove agora... tenha que lidar com as consequências disso. Pode nos explicar o incidente?

— Bom, Josh, estamos mantendo uma perspectiva positiva. O satélite era necessário para a missão, mas me disseram que já está sendo planejado o lançamento de um secundário que também funcionará, só não nos dará todas as leituras que esperávamos. Mas tudo bem. O importante é descobrirmos o problema que causou a explosão e que todos estão em segurança.

— Posso fazer uma pergunta ousada?

— Nunca impedi você antes.

— Ha-ha! É justo. Nossos telespectadores adoram a sua franqueza, Grace. A NASA tem financiamento para construir e lançar outro satélite? A última informação que tivemos foi de que o programa já estava com um orçamento apertado.

— Podemos manter a Orpheu V, mas precisamos assegurar que o governo não volte atrás na promessa de financiar o projeto completo. Não vamos a Marte só para dizer que fomos. Precisamos de mais recursos para construir uma base flexível no planeta, onde possamos continuar a fazer pesquisas. No futuro, poderíamos encontrar uma maneira de tornar Marte habitável, claro, mas o mais importante é que poderíamos aprender mais e descobrir como Marte se tornou o que é hoje e mitigar esse processo na Terra. O primeiro passo em Marte será um grande momento, mas os demais mudarão todo nosso futuro para melhor.

— Se não se importa, tenho mais algumas perguntas dos telespectadores sobre o financiamento. Primeiro...

— Se quer falar de financiamento, por que não chama seus amigos da JET-EX de novo? Obrigada pela oportunidade de falar, mas tenho que ir. A todos os telespectadores, espero que saibam o quanto o seu apoio significa para todos os astronautas, cientistas, engenheiros e todas as outras pessoas da nossa equipe, de Houston a Flórida. Todos nós agradecemos sinceramente o seu interesse durante todos esses anos. E, Josh? Seremos *sempre* a Orpheu Twenty. Lembre-se disso.

— Muito bem, fique ligado no final da temporada do programa mais assistido da StarWatch, *Shooting Stars.* Você não vai querer perder.

CAPÍTULO 21

Desde que voltei para casa, minha vida tem sido privada de conversa. Leon não está a fim de falar comigo, nem com ninguém, pelo visto. Mamãe ainda está se recuperando da explosão, e o fato de não vermos e nem falarmos com papai há três dias é alarmante para todos nós. Pelo menos ela pode mergulhar no trabalho. Kat tem feito mais aulas com ela ultimamente. Fazem qualquer coisa para se distraírem, para se desligarem, encarando as telas e esperando o tempo passar.

Mas eu não tenho esse privilégio.

A NASA está em pânico, isso é evidente. Segundo a última notícia, papai ainda estava na Flórida, em reuniões o dia todo para ver o que poderia ser recuperado dos destroços. Ele e Grace, além de uma equipe de engenheiros, têm a tarefa de descobrir como pousar sem a antena, para o caso da NASA não conseguir o financiamento para construir uma nova.

A StarWatch prometeu a todos um especial revitalizante hoje à noite – que será extremamente interessante para os telespectadores.

Olho meu celular; vejo algumas curtidas e comentários chegando. A maioria é de meu vídeo pós-explosão, que está chegando a um milhão de visualizações. Não há muitos vídeos por aí sobre as consequências imediatas, e o meu é o mais fácil de incorporar a uma matéria ou a uma reportagem ao vivo.

Passei de transmitir quatro ou cinco vezes por semana para abruptamente não postar nada por três dias, mas não tenho muito a dizer. Está tudo uma merda. Estamos todos na merda.

Quando o celular toca, por um momento fico animado, pensando que é o Leon. Mas não é... é a Deb. Sinto um alívio nostálgico percorrer meu corpo e atendo.

— E aí, tudo bem? — digo.

— Finalmente atendeu ao celular! Eu ia deixar uma mensagem de voz... — ela faz uma pausa — com o meu novo endereço.

Sinto meu estômago gelar.

— Seu o quê?

— Pois é. Minha família foi despejada, então fiz as malas e fui embora. Não tenho crédito nem dinheiro para alugar um lugar de verdade, mas o meu primo mora em Rockaway e tinha um sofá sobrando. Assim que o colega dele se mudar, daqui a alguns meses, vou ficar com ele. Achei que você deveria saber.

O pânico toma conta do meu corpo. Ela era meu plano B. Se as coisas ficassem muito ruins, ela deveria estar lá quando eu voltasse para o Brooklyn.

— Mas você ficou sabendo da explosão? Com isso e a queda do jatinho, talvez a gente volte antes do que eu pensava. Você não quer mais morar comigo?

Há um silêncio pesado.

— Cara, meus pais não têm mais casa. Você me trocou pelo Texas, depois insinuou que talvez nunca mais voltasse. Sem contar que não nos falamos há duas semanas. Não fale como se tudo girasse ao seu redor, só desta vez.

Outra pausa, e então:

— Quer saber, não importa. Vou te mandar o endereço. A gente se vê por aí.

Silêncio.

Quando a linha é cortada, solto um gemido. Eu tinha um plano. Era um plano B, mas era um plano. E agora esse plano se foi.

Uma pontada de culpa fere meu peito. Uma vez que minha mente se livra do pânico, percebo o que acabei de fazer. Como fui idiota! Vou me desculpar por mensagem, mas isso me parece mesquinho, então ligo para ela.

Depois de três toques, cai na caixa postal.

Ligo de novo e cai direto na caixa postal.

Fico amuado. Me sento na cama com a música pulsando em meus fones de ouvido, abafando o resto do mundo. Deb e eu já passamos por brigas piores que essa, e sei que vou poder me desculpar assim que ela se acalmar. Pego o celular para ver se ela mandou mensagem, e quando vejo que não, mando uma mensagem para Leon para ver se ele e Kat querem assistir ao final de *Shooting Stars* comigo. Em poucos segundos, recebo uma resposta:

Oi, desculpa, é que a mamãe está em casa, aí vamos ficar em família hoje à noite. Mas a gente pode falar por mensagens durante o programa.

A princípio, fico desapontado, mas, de repente, preocupado. Grace voltou da Flórida, mas não tivemos notícias do papai. Saio do quarto e vou encontrar minha mãe, que está ao mesmo tempo mexendo uma sopa que fez para o almoço e jogando em seu DS.

— Teve notícias do papai? — pergunto.

Ela me olha, cansada, e tenho a sensação de que teve notícias dele. E não são boas.

— Ele está ocupado — diz.

Está fechada de novo, frustrada. Isso me lembra da época de antes.

— Como assim? A mãe do Leon já está em casa. Por que o papai ficaria lá mais tempo?

Ela pensa e sacode a cabeça.

— Meu amor, eu não sei mesmo. Mas ele não tem tempo para explicar nada, está sob uma tonelada de pressão.

Percebo que, ou mamãe está escondendo algo de mim, ou está muito preocupada com uma futura briga com ele.

De qualquer maneira, a situação é confusa.

Volto para meu quarto e ligo para o papai. Direto na caixa postal. Ligo para Leon logo em seguida.

— Você conversou muito com a sua mãe esta semana? — pergunto sem nem dizer oi.

— Tipo, um pouco. Mas esse é o normal.

— Meu pai ainda não voltou, e a mamãe está muito estranha. Não sei se ele estava especialmente estressado quando falou com ela ou se aconteceu alguma coisa.

— Todo mundo está estressado, mas não dá para fazer mais nada agora. A NASA precisa ver se vão ter que adiar o lançamento ou se vão conseguir manter o cronograma, e durante a próxima semana, descobrir se as pessoas ainda gostam da gente e tal. — Uma pausa. — Você está bem?

Minha pausa é mais longa, mas logo me recupero.

— Eu? Sim, claro. Não se preocupa.

Arde em mim o medo de que ele note a fraqueza em minha voz, a preocupação em minhas inflexões cortadas. Eu é que conserto as coisas. Sou imperturbável, despreocupado. Minha determinação é como uma rocha, caramba.

Mas a rocha está quebrando. Está rachada e gasta, e eu sei disso. Mas se papai voltar para casa e as coisas ficarem bem de novo, poderei aguentar.

— Calvin? — diz ele.

Um suspiro escapa de meus lábios. Sinto as lágrimas brotando, mas nem sei por quê. Está tudo bem. Está tudo bem. E digo:

— Está tudo bem.

Ele ou acredita em mim ou para de insistir no assunto. De qualquer maneira, fico aliviado. Digo tchau e desligo, e imploro à tensão que pare de apertar meu peito.

Fones de ouvido, eu me conserto para poder voltar a consertar o mundo.

São oito da noite. Papai ainda está sumido, mas a mamãe não parece preocupada. Será que ela acha que ele ainda está na Flórida? Ele ainda poderia estar lá?

Minha mãe e eu nos sentamos no sofá com a televisão sintonizada no *Shooting Stars*. Ela está aconchegada com uma manta de tricô e eu estou olhando o celular, lendo comentários.

Quando levanto os olhos, Josh Farrow está começando o programa. Está de terno azul elegante, um pouco mais bem-vestido que o habitual. Vejo algo familiar em seu olhar; aquele brilho malandro está de volta a seus olhos. É o oposto de quando o vi pela última vez, saindo correndo da casa dos Tuckers, cheio de vergonha e raiva.

— Uma explosão devastadora, amor adolescente, uma reviravolta chocante: a atualização sobre os astronautas começa esta noite.

Ele começa com o básico, mostrando algumas fotos do satélite antes do lançamento e explica brevemente seu propósito. Mas faz essa parte com pressa, em tom monótono. Como se estivesse forçando seus ouvintes a ficar entediados.

— Ele acha que ninguém liga para essas coisas — digo. — É meio insultante para todo mundo.

— Acho que o seu pai sempre gostou dos dois lados; do drama e da ciência.

— Tudo com moderação, acho.

Josh narra o lançamento com todos os detalhes ao lado de imagens de vídeo e, de repente, vejo Leon e eu. Nossas mãos entrelaçadas. Sorrio e olho para minha mãe para ver sua reação.

— Você sabia que eles estavam filmando vocês? — pergunta ela.

— Eu os vi — digo. — Kiara disse que estavam tentando mudar a imagem deles, procurando uma história feliz. Achei que isso ajudaria no ibope e no interesse pelo projeto.

— E o Leon sabia?

Engulo em seco. A maneira como ela me olha faz parecer que isso não foi algo obviamente bom. Mas ela não sabe como ele se sente. Que ele nunca foi o centro das atenções na família, na vida.

Ali na TV, é ele; não sua mãe, nem sua família. *Ele.*

— Acho que sim — digo, e meu celular vibra bem quando a explosão balança o vídeo.

Leio a mensagem de Leon:

Hã?

Imediatamente, a imagem é cortada. Josh Farrow dá um passo à frente e explica brevemente a explosão, emburrecendo tudo para seus telespectadores.

Eles repetem a explosão três, quatro, cinco vezes. Passam-na em câmera lenta.

A seguir, mostram o depois. Astronautas, famílias, repórteres correndo no caos, e a câmera se aproxima de mim. Estou com meu celular, atualizando meus seguidores do Flash.

— Após a explosão, o superstar da mídia social Cal Lewis entrou em contato com seus seguidores pelo FlashFame. Sim, vocês devem ter notado que isso é recorrente para o jovem sr. Lewis, cujo alcance aumentou de quinhentos mil para *um milhão e duzentos mil* seguidores desde que começou a cobrir as missões da NASA e entrevistar os cientistas e astronautas.

— O que isso tem a ver? — pergunto, olhando para mamãe.

Ela apenas olha para a tela, confusa.

— Desde o momento em que Cal entrou na grande cidade de Clear Lake City, parece que está manipulando seus entrevistados, para não dizer seus seguidores. Como o astronauta Mark Bannon disse uma vez: "A missão Orpheu V a Marte é uma jornada bonita, mas desafiadora". E nós, da StarWatch, sempre focamos em mostrar os desafios, tanto técnicos quanto interpessoais, dentro dessa missão.

O rosto de Josh está sombrio, e parece que meu coração parou de bater. É um argumento enviesado, e não faz sentido. Claro que estou sempre procurando maneiras de aumentar meus seguidores, mas faço isso contando coisas que interessem às pessoas.

— Nossa convidada desta noite é a nossa Kiara Samuel, produtora assistente do *Shooting Stars*. Kiara, conte para a gente sobre o que andou pesquisando nas últimas semanas.

Ela limpa a garganta e olha para a câmera; seu olhar perfura minha compostura.

— Analisando as reportagens de Cal — diz Kiara —, sua autenticidade salta aos olhos. Mas, quando o conheci, vi um lado dele que é, no mínimo, preocupante. Por exemplo, no último dia de voluntariado na horta comunitária de Mara Bannon... não sabíamos que seria o último dia dela, claro... ele reclamou bastante comigo, disse que era horrível, que fingiria estar doente da próxima vez. Mas assim que a câmera foi ligada, todo o seu comportamento mudou. Eu atribuí isso ao clima quente, mas fiquei pensando na desonestidade dele.

Suspiro quando um calafrio me percorre. O brilho nos olhos de Kiara, a confiança e bravata de todo esse programa... Josh está acertando as contas, e Kiara está lá com ele.

— Deixe-me interromper, Kiara; alguns jornalistas tendem a, digamos, brincar com a verdade; é um grande desafio em nosso ramo e algo que nós, da StarWatch, sempre tentamos evitar ao máximo. Às vezes ficamos aquém — diz ele, olhando para a câmera e rindo —, mas nós tentamos. Bom, quero saber mais sobre as razões que o Cal tem para fazer isso com o programa espacial. Para quê?

— Bom, temos um vídeo que responderá a essa pergunta.

> Já fui abordado por uma tonelada de empresas de publicidade. Eu poderia cobrar uns cinco mil por vídeo patrocinado. Essas pessoas são muito mão aberta com o dinheiro delas, e os meus seguidores estão mais ativos que nunca, já que tenho uma visão interna do projeto Orpheu.

Eu me lembro de que, no aeroporto, o celular no bolso da camisa dela era o único toque de cor em toda sua roupa. O que eu não sabia – o que eu *não tinha como* saber – era que a câmera estava ligada.

Josh entra na conversa.

— Ouvi dizer que talvez ele não tenha essa visão interna por muito tempo, correto?

— Certo de novo, Josh.

Minha mãe passa o braço em volta de mim. Pega o controle remoto, mas eu puxo sua mão para trás. Preciso ver isso.

A StarWatch reproduz um trecho de vídeo atrás do outro.

> Você me arranjaria um estágio na Teen Vogue? [...]

> Claro que vou voltar para o Brooklyn [...] Pode acreditar, quero sair daqui. Assim que puder.

— Cal ainda não comentou se continuará fazendo seus vídeos no FlashFame ou se fechou um acordo para vender sua conta à Condé Nast. De qualquer maneira, parece que Cal Lewis aproveitou tudo que podia dessas missões: viralização, novos seguidores, acordos com influenciadores e talvez até uma carreira.

— Não foi... nossa conversa não foi assim — digo.

Não foi desse jeito. Claro que quero voltar ao Brooklyn um dia, mas os telespectadores não sabem o que me mantém aqui nem o que me atrai de volta.

Meus seguidores vão pensar que estou tentando pular do barco e monetizar o canal com anúncios ou pior. O BuzzFeed queria melhorar meu alcance, mas uma empresa de mídia maior como a Condé Nast *comprar* minha conta? Essa mentira de Josh é quase plausível.

Leon, Kat... eles vão pensar que estou tentando fugir deles o mais rápido possível, apesar de serem duas das maiores razões de eu querer ficar.

— É muita coisa para absorver, Kiara — prossegue Josh —, mas acho que vale a pena mencionar: esse é o mesmo sujeito que nos jogou na lama enquanto nos preparávamos para o episódio de homenagem a Mark Bannon, que nunca foi ao ar.

O que Kiara me disse no aeroporto ecoa em minha mente: *qualquer coisa que dissermos sobre você atrai muita atenção para a gente.* Pois é, estão chamando atenção para eles. E a narrativa deles foi trabalhada com perfeição. Eu sou o vilão. A StarWatch existe há décadas; sua base de fãs é grande e leal. E eu comecei a fazer vídeos há poucos anos.

Meu estômago revira, acho que vou vomitar. Não só Kiara foi lá e me atacou, como também me usou durante semanas, e para quê? Para me afastar do território da StarWatch? Para cair nas graças de Josh Farrow?

Ela foi uma lufada de ar fresco, moradora do Brooklyn como eu, presa no meio do Texas. Mas acabou mostrando que não é nada parecida comigo. Lágrimas se juntam em meus olhos, mas não vou deixá-las cair.

Depois de ver o horror se desenrolar à minha frente, sinto um alívio com o intervalo comercial. Tento ligar para Leon imediatamente. Cai direto na caixa postal. Fico em pé e ando de um lado para o outro, e isso é o máximo que consigo convencer meu corpo a fazer.

— Meu amor, esses programas de fofocas fazem essas coisas — diz mamãe. — Eles não foram justos com a nossa família desde o início. Vai ficar tudo bem. Quer que eu chame um dos outros astronautas? Ou talvez você deva falar com o Leon. Aposto que todos eles têm histórias como essa.

Suas palavras não estão me ajudando, e me sinto mal por ignorá-la, mas o que aconteceu pode ser muito, *muito*, ruim. Tão ruim que a matéria da StarWatch pode ser a primeira coisa que apareça no Google quando pesquisarem meu nome. Isso poderia acabar comigo para sempre.

Mas não posso perder o controle.

A rocha endurece de novo. Estou bem. Estou bem.

Ouço um barulho de chave na fechadura e, por um breve momento, descongelo quando vejo meu pai. É extraordinariamente reconfortante ter os pais por perto quando a vida vira um desastre. Mas o olhar dele está vidrado, fico me perguntando se ele estava chorando. Fico me perguntando se ele já chorou alguma vez. Ele entra feito um furacão.

Vejo em meu celular as notificações começando a se acumular no FlashFame – sei o que estão dizendo. Não consigo ler e não consigo formar uma resposta coerente com rapidez o bastante. Olho para mamãe com o rosto atingido pelo pânico.

Ela está dividida entre papai e eu. Está decidindo qual consolar e qual deixar sozinho lidando com as próprias emoções. Sei quem ela vai escolher. Não serei eu, porque estou sempre bem. No controle de meu temperamento, de minhas emoções.

Mas quero gritar e dizer que preciso dela. Que *não* estou bem. Que minha rocha está toda rachada e estou caindo aos pedaços. Mas não vou fazer isso. Meu peito se aperta. Não posso fazer isso.

Mudo de expressão. Respiro. E ela segue papai até o quarto.

O programa volta; estou tão atordoado que quase me esqueço de prestar atenção. *Por favor, abandonem o assunto,* imploro.

Em termos lógicos, posso explicar tudo para Leon e mostrar que não estou louco para ir embora. Isso não é incorrigível. Ele vai entender que minhas palavras foram tiradas de contexto. Sei que ele vai acreditar em mim, e não em um idiota como Josh Farrow – ele *tem que* acreditar em mim.

Então, penso em meus seguidores, que tenho desde minhas primeiras reportagens. Tenho certeza de que eu era estranho e a qualidade do vídeo era uma merda, mas eles ficaram. Eles vão saber que não é questão de querer ganhar uma grana, como disse a StarWatch. Posso equilibrar minha carreira com meu conteúdo – conteúdo *gratuito* –, e eles me apoiarão a cada passo. Não é?

Posso dar um jeito.

Posso dar um jeito.

— Agora, vamos passar ao mais interessante.

Gemo. A personalidade de Josh me causa dor física.

— Temos um vídeo vazado direto da boca de Todd Collins, da equipe de relações públicas da NASA.

O vídeo está embaçado, mas é inconfundivelmente daquela primeira festa. Daquela em que conheci Donna Szleifer e Mark Bannon. Da noite em que eu conheci Leon de verdade. Na realidade, a filmagem parece estar intencionalmente borrada, para parecer mais intrigante e secreta.

— Estamos muito satisfeitos por ter Calvin com a gente — diz Todd. — Ele será uma grande soma à equipe.

Aperto os olhos, sem realmente entender o que isso significa. Ele disse algo legal sobre meu pai. Muita gente disse naquela noite. Ele está conversando com Mark Bannon e, pela multidão esparsa, isso aconteceu muito antes de chegarmos à festa.

— Ele é um bom piloto, pelo que ouvi dizer — diz Mark gentilmente. Todd ri.

— Não, não. Eu não estava falando desse Calvin... Tá, dele também. A Donna e eu conseguimos a entrevista para ele. Ele tinha uma boa experiência, mas não era nenhum destaque. Mas a Donna reconheceu o nome do filho imediatamente. Sabíamos tudo sobre os vídeos do FlashFame do garoto e estávamos procurando um jeito de fazer com que os jovens se interessassem por nós. Então, imploramos à NASA para dar uma chance a ele, e trazer o Cal Jr. para cá e todos os seguidores dele para nós. Isso já impulsionou muitas redes sociais nossas.

Há silêncio enquanto o âncora deixa a mensagem penetrar a cabeça dos telespectadores.

— Está bom de drama ou querem mais? — pergunta Josh para a câmera, deixando escorrer veneno de seu sorriso. — Quantos candidatos mais qualificados foram recusados só porque o filho desse cara era bom em redes sociais?

Kiara sacode a cabeça.

— E quem poderia imaginar que enquanto o Cal Jr. estava sugando a NASA para construir a sua marca, a NASA também o estava usando? De qualquer maneira, são notícias preocupantes e é uma história que pretendo acompanhar de perto.

Mara e Kiara insinuaram isso, mas eu não dei ouvidos: quando o ibope da StarWatch cai, eles aumentam o dramatismo. E está claro qual é o propósito de todo esse programa. Eles querem que pareça que todos estão abandonando o projeto, que era falho desde o início. Que ninguém é confiável.

Eles querem que a NASA desmorone, e querem cobrir tudo.

CAPÍTULO 22

Espero a gritaria começar, mas nada acontece. Um silêncio sinistro enche a casa, então corro para meu toca-fitas e ouço a fita que já está colocada.

Os vocais de Dolly ecoam em meus fones de ouvido, mas não resolve. Nada vai me fazer parar de pensar nos eventos da última hora. Eu conseguia esquecer a irritação, e meus pais, e seus gritos constantes, mas a situação agora é tão ruim que nenhuma briga poderia resolver.

Imagino meus pais sentados na cama, olhando para a parede, incrédulos diante do que a NASA acabou de revelar.

Eles enganaram meu pai o tempo todo, e a culpa foi minha.

Estou encalhado. Queria fazer algo para ajudar, mas não sei nem por onde começar. Parece impossível. Tiro os fones de ouvido e deixo o silêncio azedar meu estômago. Nenhuma música serve. Nada está certo.

O que preciso mesmo é ouvir a voz de Leon. Mas ele não vai me ouvir, como fica evidente por minhas dez ligações ignoradas. Eu o imagino triste, ou com raiva, ou um pouco dos dois, e meu coração dói.

Pego o celular, esperando que a décima primeira vez seja a mágica.

— Cal.

A voz calorosa e reconfortante de Leon se foi, e meu peito quase explode de tensão. Queria tanto ouvir a voz dele... mas não assim.

— Preciso falar com você — digo. — Preciso explicar.

— É mesmo?

E agora consigo ouvir. A frieza e a dor em sua voz.

— Ficou bem claro desde o início, isso seria temporário. Você sempre quis voltar para Nova York.

Suspiro.

— Não sei se é verdade.

— Mas você disse isso.

— Tudo bem — digo. — Eu queria voltar. Desde que cheguei aqui, queria ir embora. Mas quando passei a pensar neste lugar como um lar temporário, percebi que não era tão ruim. E daí, conheci você e a Kat, e todas as outras famílias. E achei que poderia ajudar a NASA com os meus vídeos, e... sim, imaginei que construiria o meu portfólio, mas...

— Você mesmo disse, quando a gente... — ele hesita — se beijou pela primeira vez. Você disse que não poderia estar com alguém com um pé dentro e outro fora, mas você mesmo não estava inteiro aqui.

— Com você, eu *sempre* estive inteiro — digo com voz áspera e baixa. Preciso que ele entenda pelo menos isso, mesmo que não escute mais nada dessa conversa. — Estou dividido, tá bom? Ela disse que poderia me dar a oportunidade dos meus sonhos, que poderia me levar de volta para lá. Mas no fim estava mentindo para conseguir umas frases de merda de mim. Mas tenho muita coisa aqui para querer ficar.

— Olha, toma um tempo para descobrir. — Ele suspira. — Eu te amo, mas quando ouvi você dizendo aquelas palavras, fiquei paralisado. Pensar em você me deixando, indo embora de Clear Lake City, me aterroriza. Tipo, não consegui atender às suas ligações, porque pensei que você me diria adeus.

— Desculpa — digo.

É tudo que consigo dizer.

— Não posso esperar que você faça de mim a sua prioridade número um. Mas ser a prioridade número dois, três ou quatro de todos é muito difícil para mim. — Sua respiração vem em rajadas irregulares ao telefone. — Pode me dar... dar a *nós*... um tempo?

Suas palavras me provocam um arrepio. *Um tempo?* Quanto tempo, exatamente? Posso continuar mandando mensagens ou ele vai cortar a nossa comunicação para sempre? Como vou saber quando posso falar com ele de novo?

Será que um dia poderei falar com ele de novo?

— Eu... — Não consigo pronunciar as palavras. As lágrimas estão vindo, acho que posso segurá-las. — Tudo bem. O que for necessário para você.

Depois que desligamos, eu me esparramo no tapete do quarto, porque o movimento é melodramático o suficiente para mostrar o quanto lamento por mim mesmo.

Sei que Leon não é perfeito. Sei que eu não sou perfeito. Mas, de alguma maneira estranha, parece que somos perfeitos juntos. E é claro que não quero deixá-lo.

Quase pulo quando recebo uma mensagem, na esperança de que seja ele, mas é apenas Deb me mandando seu novo endereço.

Quando Deb se tornou *apenas* Deb? Ela era meu mundo; passávamos todos os dias na escada de incêndio planejando nosso futuro e xingando nossos pais irritantes.

Ela ficou magoada com minha partida, percebo isso agora. E isso só me faz lembrar de todos os outros que magoei. Tanta merda é culpa minha... Tantas pessoas queridas com problemas, e não posso ajudar nenhuma delas. Não posso ajudar mamãe com sua dor e ansiedade nem dizer ao papai que sinto muito por ser a única razão de seus sonhos terem se tornado – temporariamente – realidade. Não posso dizer a Leon que não vou desaparecer, que não serei como os pais dele, que o fazem se sentir tão solitário. Não posso dizer a Deb que ela sempre foi maravilhosa para mim e que nunca a abandonei. Que podemos voltar ao normal e tudo ficará bem.

Me sento ereto e sem querer bato o ombro na cômoda.

— Eu conseguiria — digo em voz alta.

Procuro o novo endereço dela no Google e o mapeio. Vinte e quatro horas. É um grande gesto, mas daria certo. Posso dormir no carro e deixar uma mensagem no celular da mamãe para que ela não se preocupe. Teria que ouvir uma tonelada de merda do papai, mas ele mal usa o carro, pois pega carona com a Grace para o trabalho.

Estou inquieto, com uma sensação ruim no estômago. Sei que é uma péssima ideia, mas se eu puder mostrar a pelo menos uma pessoa que pode contar comigo... Se eu puder... consertar alguma coisa, acho que conseguirei seguir em frente.

Saio do quarto e pego as chaves do carro penduradas na porta. Apago as luzes e me largo no ar quente de Houston. Está dezoito graus no Brooklyn agora. Se a temperatura se mantiver, estará fresquinho quando eu chegar lá, daqui a uns dois dias. Talvez eu devesse ter pegado um casaco.

Ao volante, sinto um pouco do poder voltar à minha vida. Abro o aplicativo de trânsito no celular e vou embora. Quanto mais me afasto daquela cidade horrível, mais relaxado me sinto. Já aperto menos o volante. Finalmente, consigo respirar de verdade.

Mas minha respiração vai ficando mais pesada, mais irregular.

Estou quase sozinho na estrada. Mas o bom de dirigir no meio do nada, a trinta quilômetros de Beaumont, no Texas, é que há muito espaço para eu encostar. Como mal consigo enxergar através das lágrimas que embaçam minha visão, faço exatamente isso.

Meu peito arfa, encosto a testa no volante. Desligo a música e imploro à noite silenciosa que me mantenha calmo. Meus ombros estão tão tensos que começo a tremer. De leve, a princípio, depois mais forte. É como estar ao ar livre no meio de uma tempestade de neve ou pular em um lago gelado. O frio rasteja por meu corpo, embora não possa estar menos que vinte e três graus no carro. *

Três coisas ficam bem claras: não tenho como consertar ninguém. Não quero deixar Houston, nem agora nem nunca. E eu realmente o amo pra caralho.

Os soluços vêm rápidos e fortes, e solto o cinto de segurança para poder abraçar meu estômago. Eu me sentiria envergonhado se não estivesse todo arrasado. O buraco que cresce em meu peito dói fisicamente. Não consigo respirar, não consigo existir. Não consigo continuar.

Esse não é o jeito certo de melhorar as coisas. É apenas uma fuga.

Pelos vinte minutos seguintes, fico enrolado em mim mesmo no banco do motorista e alterno entre um ofegar pesado e um soluçar leve. Não consigo me controlar. Nem sei a última vez que chorei. Tipo, chorei de verdade.

Quando finalmente me acalmo, saio do carro para me livrar do cheiro de lágrimas. Olho para as estrelas e sinto uma brisa refrescante soprando em mim. Quero aproveitar, mas não posso. Agora não. Preciso voltar. Não posso fugir.

CAPÍTULO 23

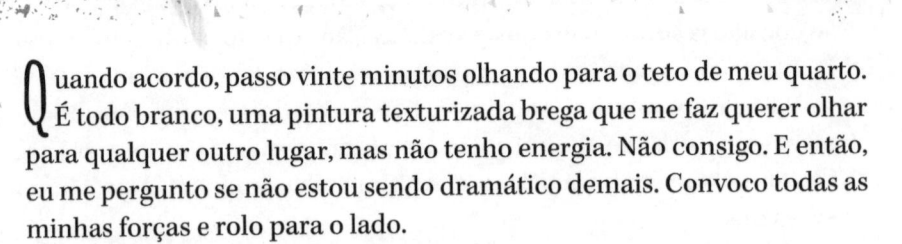

Quando acordo, passo vinte minutos olhando para o teto de meu quarto. É todo branco, uma pintura texturizada brega que me faz querer olhar para qualquer outro lugar, mas não tenho energia. Não consigo. E então, eu me pergunto se não estou sendo dramático demais. Convoco todas as minhas forças e rolo para o lado.

Pego o celular.

Não que eu me surpreenda, não tenho notificações. Ninguém me procurou. Leon não fala comigo desde aquela ligação. Vejo os comentários, todos de pessoas perguntando sobre a revelação da StarWatch. Sério, não dá para acreditar que estão chamando aquilo de revelação, como se eu fosse alguém sobre quem valesse a pena fazer uma revelação.

Muitos deles pensam que eu me vendi.

Alguns pensam que estou "usando aquele cara" para ficar mais famoso.

Mas todos eles são justificados pelo meu silêncio. Meu número de seguidores ainda está aumentando, apesar dos muitos comentários com pessoas dizendo que estão deixando de me seguir. Quero mandar uma mensagem para Leon e dizer o quanto o amo, mas não posso fazer isso.

Há uma batida na porta.

— Entre — digo, rouco.

É meu pai.

— Imagino que você viu.

— Vi.

Nunca fomos muito de conversar, mas ultimamente isso tem mudado.

— Olha — digo. — Eu não acredito naquilo. Quem consultaria o pessoal de redes sociais para contratar alguém tão importante? Acho que eles estão muito cheios de si, apesar das campanhas de mídia horríveis deles.

— Não importa mais — diz ele, e acho que é sério. — Acho que não vamos ficar mais aqui muito tempo. Estão fazendo grandes cortes, e eu nem acho que a sua... fama vai me ajudar com isso.

— Mas e o lançamento?!

Ele sacode a cabeça e olha para baixo. Quase nem precisa falar.

— Foi cancelado. Ligaram para cada um de nós hoje de manhã; não conte aos seus amigos da internet nem a ninguém. Não é oficial ainda. Mas não vão querer um piloto se não tiverem nave para pilotar.

— Lamento, pai.

— Não. — Ele sai do quarto. — Foi divertido por um tempo, e não me arrependo de nada. Estou orgulhoso de você, sabia? Você fez muito pela NASA. Eu só gostaria ter a chance de ver essa missão até o fim.

A porta se fecha e me imagino encaixotando tudo de novo. Voltar era tudo o que eu queria, mas agora preciso ficar.

Pela NASA.

Por Leon.

Por mim.

Em um mês (inferno, em uma semana), Leon e eu podemos estar a centenas de quilômetros de distância um do outro. E eu sei que, de qualquer maneira, *tenho* que vê-lo de novo. Ligo para ele e cai direto na caixa postal. Ligo para Kat logo em seguida e ela atende imediatamente.

— Oi, Cal. — Ela faz uma pausa. — Você está bem?

Procuro as respostas automáticas em minha cabeça. Estou bem. Tudo bem. Não se preocupe comigo. Mas... não estou. Então, pela primeira vez, sou honesto.

— Na verdade, não. Como está o Leon? Preciso muito falar com ele.

— Ele... também não está bem. Mas posso ver se ele quer falar com você.

— Diga que chego daqui a alguns minutos, que podemos dar uma volta e conversar. Se ele não quiser, vou entender. E diga que... — *Eu o amo,* concluo em minha cabeça. Mas não digo. — Nada não. Diga o que eu disse, tá bom?

— Pode deixar. Espero que ele converse com você.

Eu sorrio.

— Eu também.

Parado em frente ao armário, sinto uma onda de excitação inundar minhas veias pela primeira vez em dias. Tento escolher algo simples, mas também quero ficar bonito. Não como se estivesse me esforçando muito... portanto, com certeza nada de chapéu de John Mayer. Houston ainda não está pronta para isso.

Acabo vestindo meu jeans cinza com botinhas marrons e uma camisa xadrez vermelha. Olhando no espelho, vejo o sorriso crescer em meu rosto. Meu Deus, que saudades do meu próprio sorriso!

Começo a descer a rua. A cada casa que passo, minha respiração fica mais pesada. Meu peito dói. Quando passo pelo poste onde nos encontramos depois que Bannon morreu, as lágrimas voltam.

O calor e minhas lágrimas se juntam para sugar toda a umidade de meu corpo. Me sinto tonto. Fraco. Decido ser o mais clichê possível e me sento no meio-fio perto da sarjeta.

De repente, não estou mais sozinho. Olho para cima, esperando ver Leon, esperando que ele possa me ajudar a me recompor.

Mas é a Kat.

— Oi — diz ela.

— Ah, oi. Desculpa.

Peço desculpas por minha fraqueza, mas nada poderia expressar tudo o que sinto de verdade.

— Estou indo fazer aula de programação com a sua mãe.

Ela se agacha ao meu lado e passa o braço em volta de meu ombro. Eu estreito os olhos.

— Aula de programação? A mamãe nem está em casa, acho que ela foi dar uma volta no parque. As coisas andam meio estressantes.

— Tá, tudo bem. Vim ver como você está, porque você é meu amigo. — Ela estende a mão para mim. — Venha, vamos andar um pouco.

Por algum milagre, encontro energia para ficar em pé. Ela passa o braço pelo meu e saímos andando.

— Eu não vou deixá-lo — digo finalmente. — Pelo menos, não se eu puder evitar.

— Eu sei. E acho que ele também não. Ele me pediu para dizer que ainda não está pronto, seja lá o que isso signifique. Mas ele te ama.

Fungo.

— Ele pediu para você dizer isso também?

Ela sacode a cabeça. Fecho os olhos com força, implorando para que as lágrimas não venham.

— Não, mas é óbvio. Olha, não sei bem o que devo dizer, mas o terapeuta dele o ensinou a ser autossuficiente, tipo, não depender dos outros para determinar quando está feliz ou triste. E acho que talvez você precise descobrir a mesma coisa antes de vê-lo de novo.

— Eu não... — Mas me detenho, porque sei que é exatamente isso o que faço.

Fico com raiva quando meus pais estão com raiva. Fico feliz quando Leon está feliz. Carrego o fardo de todo mundo.

— Acho que é mais fácil falar que fazer — digo, mas sorrio, e ela também. — Viu?

Rimos, e eu me sento no meio-fio em frente à minha casa. Dou um tapinha ao meu lado algumas vezes, de um jeito estranho.

— Eu também amo o Leon — digo. — Ainda não disse isso para ele e não quero que você diga nada, mas... é verdade.

— Que bom! Então, espero que vocês resolvam essa merda toda logo para que possamos voltar a estar juntos.

— Um ponto discutível, se todo mundo for expulso daqui.

— Se a NASA não houvesse tratado isso como um reality show, eles não teriam estragado tudo. — Ela aperta os punhos. — Maldita StarWatch.

— Maldita StarWatch.

Faço uma pausa quando me dou conta. Fico em pé e ajudo Kat a se levantar. É como se eu levasse um choque elétrico quando tudo se encaixa.

— Na verdade, tenho uma ideia.

SHOOTING STARS
TEMPORADA 2: CONTEÚDO ON-LINE

ATUALIZAÇÃO AO VIVO: fiquem ligados às 13h15 enquanto entrevistamos a representante da Câmara dos EUA Halima Ali, que discutirá seu novo projeto de lei para interromper o financiamento governamental do projeto Orpheu.

— Boa tarde a todos. Sou o apresentador do *Shooting Stars,* Josh Farrow, e é uma honra receber a representante da Câmara dos EUA Halima Ali, de Maryland. Como devem se lembrar, ela foi a mais aberta opositora à alocação de fundos do governo para a NASA. Congressista Ali, é um prazer tê-la conosco hoje.

— Obrigada por me receber. Admito que fiquei meio surpresa pelo próprio Josh Farrow me convidar para esta entrevista.

— Gostamos de ter todos os lados da história, e um lado dessa jornada da NASA que não abordamos muito está de volta aos noticiários. Todo mundo quer saber: a senhora acha que o governo vai retirar o financiamento do projeto Orpheu?

— Espero que sim. Não quero ser rude, eu entendo as repercussões de tudo isso, mas os fundos podem ser aplicados em muitos projetos mais importantes.

— Congressista, a senhora acha que as viagens espaciais são importantes?

— Acho que todas as formas de descobertas são profundamente importantes, pois nos trouxeram aonde estamos hoje. Mas os meus eleitores não confiam que a NASA está usando o financiamento com sabedoria. Mostraram isso várias vezes. Eu me preocupo; desculpe por dizer isso, mas acho que enviar seis das pessoas mais brilhantes dos Estados Unidos a Marte só pode acabar em desastre.

— Também conversamos com a JET-EX, como a senhora deve ter visto. O que acha de projetos espaciais com financiamento privado? Isso incomoda menos?

— Sempre vou pensar que esse dinheiro poderia estar indo para algum lugar mais importante. A infraestrutura dos Estados Unidos está desmoronando, e estamos tentando construir uma base em Marte? A educação está severamente subfinanciada; nossos tribunais são subfinanciados. E juro que não é uma vingança pessoal, mas alguém tem que bancar o advogado do diabo aqui. Alguém precisa desafiar esses ricos idealistas para ter certeza de que não estão fazendo isso por fama ou atenção. Poderíamos voltar ao financiamento do governo um instante?

— É claro!

— Como vocês sem dúvida já sabem, estou copatrocinando um projeto de lei que retiraria grande parte do financiamento desse projeto, e a votação preliminar é amanhã. A NASA ainda seria capaz de operar, mas não correremos esse risco.

— Interessante. E se esse projeto de lei for aprovado?

— Há boas chances de passar no Senado. Acredito que esta é a nossa hora de acabar com isso e deixar a exploração para a JET-EX ou quem quiser ocupar seu lugar. Isso não resultaria em grandes demissões, e a NASA poderia focar de novo em coisas que estão afetando nossos cidadãos agora: questões climáticas, por exemplo.

— Bom, quero agradecer a senhora por ter vindo até aqui tão em cima da hora. Foi uma conversa animadora, e nós da StarWatch acompanharemos de perto a situação. Se me permite ser honesto... pelo andar da carruagem, talvez a terceira temporada de *Shooting Stars* aconteça na sede da JET-EX.

CAPÍTULO 24

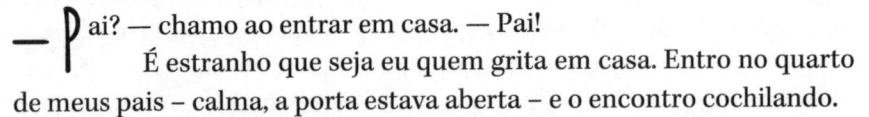

— Pai? — chamo ao entrar em casa. — Pai!

É estranho que seja eu quem grita em casa. Entro no quarto de meus pais – calma, a porta estava aberta – e o encontro cochilando.

— Pai! — grito. — Preciso da sua ajuda.

Explico brevemente a situação para ele. Ele demora alguns segundos para registrar meu pedido, mas algo deve fazer sentido, porque ele pula da cama e me manda sair do quarto enquanto corre para o armário.

Com ele já devidamente vestido, entramos no carro. Abro as janelas e voamos pelas estradas rurais que levam ao centro espacial. Quando passo pelo local onde Leon e eu nos beijamos, sinto uma pontada de culpa no peito.

Entramos no estacionamento quase deserto depois que papai mostra sua identidade. Assim que estacionamos, saio correndo.

— Preciso de uma pessoa que trabalhou no satélite — digo a papai. — Além disso, um dos principais astronautas que a StarWatch acharia chato entrevistar, e vou procurar o Brendan para falar sobre a missão e o que acontecerá com a equipe dele se for cancelada.

Papai ergue o polegar.

— Pode deixar!

Nós nos separamos, ativo o temporizador de vídeo do Flash. Prefiro o ato ao vivo e impulsivo de gravar algo que não seja ensaiado demais. Mas tem que dar certo.

Minha primeira parada é o laboratório onde Brendan trabalha. Chamo seu nome e ele olha para mim com os óculos pendurados no pescoço.

— Ah, oi — diz ele. — Andei assistindo às suas reportagens e fiz alguns vídeos meus. Ainda não sei usar direito o aplicativo, mas já tenho uns seguidores.

— Quer um pouco mais? — pergunto.

Explico que quando eu entrar ao vivo com ele, posso promover sua página e os seguidores que gostarem poderão começar a segui-lo. Ele sorri, muito ansioso, e eu o alerto para não parecer arrogante demais. Como ficou provado por todo o *hate* que recebi desde que a história da StarWatch estourou, a internet é uma fossa, e ele terá sorte se não viralizar.

— Comece nos dizendo no que está trabalhando agora. Daí, vou levar você a fazer a transição para falar sobre o que significaria para a sua equipe e para o país o fim desta missão.

Ele começa hesitante, como se ainda não estivesse acostumado com a câmera, mas quando se aprofunda no novo projeto em que sua equipe está trabalhando – que ajudará a transportar as amostras de solo e rochas com exposição mínima à nossa atmosfera –, ele brilha. Ele não fala com suavidade, não é natural diante da câmera, mas é verdadeiro e real. E se importa mesmo com a missão.

Foi por isso que os Estados Unidos o amaram da primeira vez, e é por isso que vão amá-lo agora.

Agradeço a ele e programo o vídeo de cinco minutos para ir ao ar às 21h05, logo após a minha introdução ao vivo. Quando pego o corredor, vejo Carmela correndo em minha direção.

— Seu pai me contou o que está acontecendo! Venha, a gente pode mostrar aos seus amigos da internet a sala de testes do ônibus espacial.

Abro um sorriso. Ela se importa muito com a missão. Como todo mundo.

Ao entrar na sala, ela aponta para sua estação. Mas aponto a câmera para ela.

— Ah não, Calzinho. Eu não.

— Vamos lá — digo. — As pessoas querem ver os bastidores e adoram os funcionários daqui. Adoraram o Brendan.

— Brendan é jovem!

— Vamos! — imploro, ainda rindo.

— Tá bom. Pegue este lado do meu rosto.

— Dê aos espectadores uma autobiografia rápida sua — digo —, e depois, pode mostrar a cabine de teste, tudo bem? Aja como se todos os americanos estivessem assistindo. Três... dois... um...

— Olá para todos vocês! Sou a Carmela e tenho que agir como se todos os americanos estivessem assistindo. Na verdade, conto com isso. — Seu olhar é de autossatisfação; encontrou seu lugar, e a paixão em sua voz me faz inclinar para ouvi-la falar. — Moro aqui no Texas, nos Estados Unidos, porque os meus pais arriscaram tudo para imigrar do México pouco antes de eu nascer. Um a cada seis texanos é imigrante e tenho orgulho de fazer parte dessas estatísticas. Meus pais, que me incentivaram a seguir os meus sonhos e apoiaram os meus estudos, ficariam orgulhosos de saber não só do meu trabalho, mas do quanto amo o que faço.

Noto a confiança impulsionar sua história. A StarWatch raramente vinha aqui e, quando vinha, nunca lhe dava espaço para falar. Me lembro de quando cobri a eleição. Quando encontrei uma maneira de amplificar minha voz.

Ela passa a um tom mais didático, detalhando os testes que executa enquanto aponta todos os recursos da cabine de teste. Entra e começa a mostrar aos espectadores todos os botões.

— E não contem para ninguém que eu falei, mas não há ninguém mais rápido que o sr. Lewis para tomar essas decisões. Lanço para ele todos os problemas que criei e ele quase sempre os resolve. Tive que dificultar o jogo para derrubá-lo.

Puxo os ombros para trás, fico mais ereto. Mais confiante. Mesmo que nada aconteça e a missão seja descartada, papai poderá ver o que as pessoas acham dele. E mesmo que esteja frustrado, talvez possa saber que era mais do que digno para o trabalho.

Ela detalha alguns testes que faz e explica por que ajudarão na missão a Marte. Pergunto por que é tão importante não adiar.

— Porque eu preciso de um emprego, e eles não vão precisar de mim se não houver um voo para o qual me preparar. — Ela sorri para a câmera. — Mas falando sério, Calvin, você deveria saber disso mais do que ninguém. É importante demais para os astronautas e para toda a equipe. É algo que ninguém nunca fez antes. Quanto a mim, acho que Marte pode ser habitável um dia. Talvez não na nossa geração, talvez nem na sua, mas nunca saberemos se não dermos esses primeiros passos.

Uma mensagem de meu pai ilumina a tela do celular:

Venha à 4501 quando terminar aí em cima. O cara do satélite aqui adora falar sobre antenas.

Termino a gravação com Carmela e a programo para as 21h15 de hoje. Faço um mapa mental de meu programa. Se eu espalhar os vídeos e fizer uma introdução e um encerramento para cada um, levará cerca de uma hora, com um tempo de inatividade mínimo. Essa enxurrada de vídeos curtos pode ser considerada *spam* por meus seguidores, mas valerá a pena se pelo menos alguns assistirem, ou compartilharem, ou se forem compartilhados por outras mídias.

Mas não quero me antecipar.

Em poucos minutos, estou no quarto andar, vasculhando as salas em busca da 4501. Encontro. Estava esperando uma grande oficina, com máquinas meio quebradas espalhadas, mas é um escritório comum. Mesa de madeira, prancheta de desenho, um Mac grande.

— Ah, Cal. Este é o Kyle; ele projetou a antena.

— Sinto muito pela... você sabe. — Faço um gesto de explosão com a mão e arregalo os olhos.

Ele sacode a cabeça.

— É uma droga! Já projetei dez antenas antes, e a maioria dos lançamentos foi cancelada. Essa foi finalmente construída, e era para ser a minha primeira no espaço. E aí, como você disse. — Ele imita meu gesto. — Sem falar no que isso significa para a Orpheu V.

— Espera, você poderia explicar um pouco mais sobre isso para a câmera? A StarWatch não explicou direito qual era o propósito da antena, você poderia falar disso também.

— Tem certeza? — Ele olha de mim para meu pai e vice-versa. — Normalmente, quando eu falo sobre a antena, todo mundo acha uma chatice.

Dou risada.

— Se ficar chato, eu corto você, mas tenho certeza de que não será o caso.

Então, ele fala, e eu não o interrompo.

Vou de sala em sala. Converso com os técnicos de propulsão que descobriram a causa da explosão, levo os espectadores a um modelo inicial do ônibus espacial Orpheu V e entrevisto uma mesa redonda cheia de engenheiros.

— E agora você. — Aponto a câmera para meu pai. — Pode começar.

— O quê? Você não...

— Pai, já estou gravando.

Ele desvia o olhar, todo nervoso e vermelho, mas eu apenas sorrio. Ele é um piloto espacial que voa à velocidade da luz, mas é sempre meio engraçado ver seu pai todo constrangido quando é o centro das atenções.

— Tudo bem, sou o Cal Lewis. Pai. E sou o piloto suplente da missão Orpheu V. Nasci nos anos oitenta, mas minha mãe nunca jogava fora uma revista desde os anos cinquenta, aí cresci lendo artigos antigos da *Life* sobre as missões Mercury Seven e as missões Gemini e Apollo. Vi os primeiros designs de trajes espaciais que faziam a gente parecer um bule gigante, e tinha que passar por uns nove anúncios de cigarro para chegar a alguma coisa sobre um astronauta. Eu era obcecado e sempre senti que pertencia a este mundo.

Ele fala sobre sua carreira, sobre a época em que foi piloto da força aérea e que teria se contentado em trabalhar na Delta até se aposentar.

— Mas eu soube da entrevista. Vi que a NASA estava tentando recriar o espírito e a energia dos anos sessenta. E aqui estou.

— Você acha que a NASA conseguiu? — pergunto. — Eles recriaram esse espírito e energia?

Ele ri e sacode a cabeça devagar. Vejo as engrenagens girando em sua cabeça enquanto ele pensa em uma maneira de responder.

— Não, não conseguiram mesmo. Olha, aquele espírito nunca morreu. Ninguém nunca acordou um dia achando que naves espaciais são coisa chata. A NASA tentou enfiar isso goela abaixo dos Estados Unidos trazendo de volta o drama dos anos sessenta e a falsidade da família "perfeita". — Seu olhar flutua acima da câmera para encontrar o meu, e ele sorri. — Todo mundo sabe que não existe família perfeita. Mas quando isso não deu certo, a StarWatch aumentou o drama, e quem poderia culpá-los? Eles só querem ibope.

Ele faz uma pausa, e por um breve momento tenho medo de que ele encerre com esse tom sombrio. Mas ele desvia o olhar da câmera e respira fundo.

— Mas há muita coisa com o que se preocupar além do drama. Chegaremos a Marte, e não porque estamos competindo com a Rússia, desta vez; estamos trabalhando em conjunto com a Rússia, o Canadá, o Japão e muitos países da Agência Espacial Europeia. As pessoas sempre me perguntam qual é o sentido disso, e eu não tenho essa resposta. Mas acho que se você ouviu todas as histórias que o Calvin captou aqui, entenderá que o sentido é diferente para cada pessoa, e elas estão bem, cada uma à sua maneira.

Suas bochechas ficam vermelhas quando ele percebe que foi bastante sentimental. Então, ele pega o celular de minha mão e o aponta para mim. Mas eu sei o que quero dizer. Estou pensando nisso há muito tempo.

Sorrio para a câmera, limpo a garganta e começo.

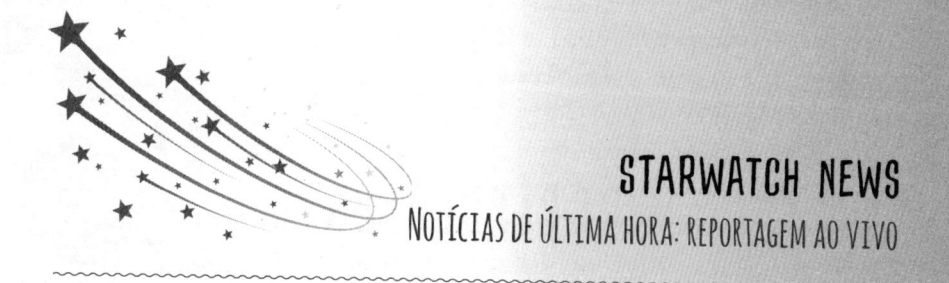

— Aqui é o Josh Farrow, do *Shooting Stars*. Estou entrando ao vivo dos estúdios do *StarWatch News* com notícias de última hora sobre o projeto Orpheu. Fomos informados de que Cal Lewis Jr. planejou seu próprio especial para hoje à noite, cobrindo a quase condenada missão Orpheu v. Espera-se que o vídeo vá ao ar às 21h, e não fazemos ideia do que ele tem na manga. Mas, pelos comentários na página dele, podemos dizer que seus fãs, embora a maioria pareça não ter idade para votar, estão muito curiosos. Nossos especialistas dizem que pouca coisa pode ser feita neste momento. A votação da Câmara de amanhã está praticamente decidida, mas dê a sua opinião na nossa enquete on-line: Cortar a NASA ou manter a NASA? Vamos ver o que os nossos espectadores acham.

CAPÍTULO 25

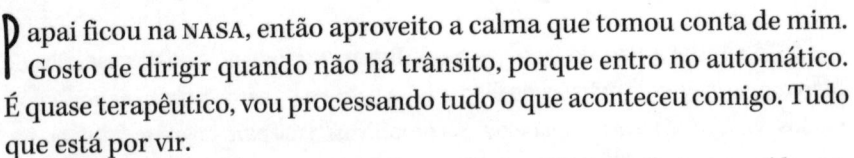

Papai ficou na NASA, então aproveito a calma que tomou conta de mim. Gosto de dirigir quando não há trânsito, porque entro no automático. É quase terapêutico, vou processando tudo o que aconteceu comigo. Tudo que está por vir.

Paro perto de uma pitoresca fazenda de gado para fazer um vídeo ao vivo no meio da rua, dizendo aos meus seguidores para que entrem às nove da noite para ver um especial de uma hora sobre como salvar a missão Orpheu V. Encerro o vídeo e retomo meu passeio, curtindo a paisagem. À luz do dia, há algo muito bonito no Texas. É mais lento, mais silencioso e tem mais espaço para respirar do que no Brooklyn.

Nossa, como sinto falta do Brooklyn! Mas me sinto bem aqui. É muito melhor do que eu pensei que seria. Sinto um frio na barriga quando penso em Leon, no sabor de seus lábios, no corpo que me faz sentir perfeitamente seguro e relaxado quando estou enroscado nele.

Apesar dos meus planos, da minha interminável organização de esboços em minha cabeça, não sei o que o amanhã trará. Não sei como será o resto do ano. Estarei aqui ao sol ou me escondendo em minha escada de incêndio na sombra do meu prédio? Estarei nos braços dele de novo, ou encontrarei outra pessoa... um dia? Uma sensação de inquietação borbulha, e eu aperto o volante com força para me manter sob controle.

Preciso saber como estar bem o tempo todo. Preciso ser capaz de ver os cinquenta caminhos que minha vida pode seguir e estar perfeitamente contente com cada um deles. Mas há apenas um caminho agora que me parece bom: o que me mantém aqui, com Leon. E Kat, e os outros astronautas, e a missão Orpheu V.

Quando abro a porta de casa, mamãe olha para mim do sofá.

— Ah, meu amor, a Kat me contou o que você estava fazendo. Sente-se.

Me sento.

— É tudo que posso fazer. Acho que vai ajudar.

Ela passa o braço por minhas costas e eu fico tenso. Sacudo a cabeça, ainda pensando em todas as direções que minha vida poderia tomar, e isso me deixa nervoso e frenético. Respirar é um desafio, e aperto os dentes com tanta força que minha mandíbula começa a doer.

— Quero que tudo seja melhor — digo. — Sei que não posso consertar as pessoas, mesmo que eu tente muito. E acho que tudo bem, mas isso eu posso consertar. Sei que eles se importam muito com a missão. Eu só...

— Calvin, para. Não é sua responsabilidade se preocupar com a missão, ou com o trabalho do seu pai, ou com as pessoas em sua vida que precisam ser consertadas, como você diz. Ninguém está quebrado. Nada está quebrado.

Mas isso não é verdade: eu estou quebrado. Estou aqui em pedaços neste sofá e tudo é muito difícil.

— Não tente consertar as pessoas. Consertar dá uma sensação de permanência, de algo absoluto. Como se não houvesse espaço para erros. Foque em deixar as coisas melhores. Seus vídeos podem não mudar a opinião dos Estados Unidos sobre a missão, mas vai torná-la melhor. As pessoas vão saber a verdadeira história da Orpheu V, quer ela saia ou não do papel. — Ela se inclina para olhar em meus olhos. — Isso deve ser comemorado.

— Obrigado — digo.

Suas palavras ficam em minha mente e a tensão em meu peito começa a diminuir. Não sei se é isso o que realmente importa, ou se tudo vai parecer fútil amanhã se ninguém estiver nem aí. Mas entendo o sentimento dela. Será importante para mim. Será importante para muitas pessoas da NASA.

Pelo menos isso vou conseguir.

Quando me levanto, vejo uma caixa com coisas de jardinagem novas aberta em cima da mesa da cozinha.

— O que é isso? — pergunto. — Você está... fazendo jardinagem?

— Não ria — diz ela —, mas eu tenho ido ao parque onde ficam as hortas. Aquele em que trabalhamos logo depois que nos mudamos para cá.

Sem pensar, resmungo, relembrando aquele dia de terra e suor.

— Odeio aquele lugar.

— É legal. Os arbustos não são tão retorcidos e estranhos quanto os que a tia Tori plantou, mas ainda precisam de algumas podas. — Ela enxuga uma lágrima furtiva. — Enfim, encontrei a mulher que administra a cozinha que faz comida com os produtos da horta, e ela disse que ninguém substituiu a Mara. Então, eu me ofereci como voluntária.

— E isso significa que...

— Você vai fazer muitas colheitas neste outono. Aliás, suas pimentas estão indo bem.

Finalmente chego a meu quarto e vejo uma fita nova: *Heart...* da banda Heart. Não sei quem é nem por que isso está em meu quarto, mas coloco a fita e aperto o play. Quando ouço *If Looks Could Kill*, a poderosa voz do rock dos anos 1980 atravessa meus fones de ouvido, junto com os acordes de guitarra e sintetizador. Elas são incríveis. Aumento o volume, até que a guitarra gemendo começa a fazer minha cabeça doer.

Abro os olhos e vejo mamãe encostada na porta. Tiro meus fones de ouvido.

— Onde conseguiu isso? — pergunto.

— Não fui eu. Uma pessoa veio trazer hoje. Ele não sabia se era bom, mas eu disse que Heart é fantástica. Parece que a encontrou no porão, mas eles não colecionam. — Ela sorri e vai saindo. — Ele arranjou um monte de desculpas para trazer isso, mas acho que a razão era só uma: queria fazer você se sentir um pouco melhor.

Escuto o resto do álbum. E no final, mamãe tinha razão; não estou consertado, mas estou um pouco melhor. Me sinto recarregado, animado. Andei adiando pensar que ele estava aqui em minha casa, na esperança de me ver e me dar um presente. O que significa que ele talvez esteja começando a confiar em mim e no que temos.

Ainda não mandei uma mensagem para ele, porque não sei o que dizer além de "obrigado!", o que parece pouco demais. Tenho que ir vê-lo.

Eu consigo. Vou vê-lo hoje à noite.

Às 20h50, toco a campainha da residência dos Tucker. Depois de uma cuidadosa análise, estou vestindo uma camiseta simples com decote v, jeans de lavagem ácida, tênis *slip-on* bege e o chapéu. O imenso chapéu de safári John Mayer para o qual Houston ainda não está nem remotamente pronta.

Mas eu estou pronto.

Kat abre a porta e dá uma risadinha ao me ver.

— Para — digo. — Nada de piadas com o chapéu. É *fashion*.

— Que bom que finalmente o colocou. Achei que o havia deixado no Brooklyn; já o vi em muitos vídeos seus. — Ela faz uma pausa. — Ah, e a sua mãe acrescentou o código ao seu aplicativo?

— Sim, ficou perfeito. Brinquei com tudo a tarde toda, é muito fácil de usar.

Ela dá de ombros.

— Eu só queria ajudar.

— E aí... posso falar com Leon? Isto é, se ele quiser me ver.

— Cal. — Ela coloca as mãos em meus ombros. — Ele me fez parar em uma venda de garagem para comprar fitas cassete. Ele quer ver você.

— Achei que ele havia encontrado a fita no porão.

— Ele mentiu, porque dizer que foi a uma venda de garagem para comprar algo para você seria meio patético.

Puxo Kat e a abraço, e ela tem que se desviar de meu chapéu. Com o polegar, ela aponta para trás dela, para a porta corrediça que atravessei naquela noite quando finalmente consegui ficar a sós com Leon. Perfeito.

A grama estala sob meus pés enquanto contorno a casa. Leon está olhando as estrelas e a fatia de lua que dá para ver da lateral. Enfio a mão na sacola e tiro a garrafa de champanhe que roubei da dúzia ou mais que meus pais têm. Quando a rolha estoura, ele olha para mim.

— O que estamos comemorando? — pergunta.

— Nós dois — respondo, com um sorriso. — Nossa, que brega! Que tal... o fato de que eu consegui juntar uma hora de conteúdo em um dia só, sem planejamento, e vivi para contar?

— A Kat me contou o seu plano. — Leon me dá um meio sorriso e eu me sento ao lado dele. — Foi... muito legal. Merece uma comemoração.

— Então... saúde!

Levo a garrafa à boca e tomo um gole da espuma amarga.

— Ah, e obrigado pela fita — digo. — Não fazia ideia de que a sua mãe tinha tão bom gosto para música.

Ele ri, nervoso.

— É, quer dizer, sei lá. Acho que ela gosta, mas nem devia saber que a fita ainda estava ali... no porão.

Deixo a mentira passar, por enquanto. O brilho da lua se mistura com a luz da varanda e me cega por um instante. Tomo um gole e passo a garrafa para ele.

— Acho que a Kat vai interromper a gente — digo —, mas quero te mostrar uma coisa.

Pego meu celular, abro o aplicativo e encontro quinhentas mil pessoas esperando que eu comece. Literalmente, meio milhão de pessoas olhando para uma tela em branco. É um bom sinal, mas vamos ver se eles ficam.

— Quer participar? — pergunto, e ele quase cai da cadeira de tão rápido ao se afastar. — Brincadeira!

Viro a câmera para mim e a adrenalina inunda minhas veias. Estou no controle. Mesmo que não esteja no controle de mais nada, estou no controle disso. Respiro fundo e clico em LIVE.

— Olá, eu sou Cal, nem acredito em quanta gente está aqui agora. Se continuarmos assim, vamos ultrapassar as visualizações daquele episódio da StarWatch. Falando em StarWatch, queria começar pedindo desculpas.

— Eu me ajeito na cadeira para poder ver Leon sobre a tela do celular. — Estou mesmo dividido. Passei toda a minha vida no Brooklyn e sempre achei que o meu futuro estava em Nova York. Ainda quero voltar, mas amo este lugar aqui também. E um dia, quando eu conseguir um estágio ou emprego ou qualquer outra coisa, não vou parar de usar o FlashFame. Nunca vou postar anúncios. Alguns de vocês estão comigo desde o início, e espero que não deixem que um erro, que uma citação fora de contexto, de um episódio do *Shooting Stars* estrague tudo. Lamento muito por isso.

"Como vocês devem ter notado, fiquei chocado com o alcance. Estamos em um momento muito crítico da missão Orpheu V; o interesse está diminuindo, tivemos dois grandes contratempos: a perda de um de nossos astronautas em um acidente de jatinho e de um satélite importantíssimo. Precisamos que as informações verdadeiras sejam divulgadas, agora mais que nunca. Precisamos de conscientização.

Durante a próxima hora, vocês verão entrevistas com uma seleção diversificada de astronautas, cientistas, engenheiros etc. Eles vão falar sobre seus trabalhos, sobre por que a Orpheu V é tão importante. Por que não podemos desistir agora. Espero que assistam e compartilhem."

Respiro fundo e expulso todas as sensações ruins.

— Obrigado por me seguir — digo e faço meu apelo final aos Estados Unidos.

CAPÍTULO 26

— Olá, sou o Brendan. Vocês viram o meu último vídeo aqui quando falei sobre terra. Na verdade, quase um milhão de pessoas me viram falar sobre terra. Isso sempre foi fascinante para mim, mas a minha opinião é suspeita.

— Estudei engenharia química na Universidade de Dayton e logo depois comecei a trabalhar na NASA. E, para mim, é difícil explicar por que tudo isso é importante. É como me perguntar por que a gravidade é importante. Suas raízes estão na história de outros planetas, do nosso. Não sabemos que tipo de vida houve em Marte, se é que houve, mas sabemos que água em estado líquido corre por lá. Sabemos que o planeta está vivo, cheio de matéria orgânica. O que Marte fez de errado? Quando e como se transformou no deserto que é agora?

"Meu papel é de uma pecinha no quebra-cabeça geral. Temos cientistas aqui que estudam os padrões climáticos de Marte, alguns que vão descobrir que a vida vegetal pode crescer no solo de lá. Bioquímicos que vão testar o ar e exploradores que vão reunir os materiais e nos darão as melhores fotografias jamais vistas daquele planeta. Enfim, espero que vocês compartilhem isto. Tive a sorte de conseguir o emprego dos meus sonhos, e não quero perdê-lo. Temos muito trabalho a fazer."

Enquanto ele fala, olho para Leon. Seus olhos brilham enquanto assiste ao vídeo, e um leve sorriso se atreve a surgir no canto dos seus lábios.

— Acha que vai dar certo? — pergunta ele entre goles de champanhe. — Tipo, de verdade?

— E agora? — digo. — Não posso fazer mais que mostrar às pessoas o que elas desconhecem graças à NASA e à StarWatch.

Há alguns minutos de tempo morto após o vídeo, e vejo a contagem de seguidores cair um pouco. Estamos com um milhão e trezentos mil espectadores ao vivo, graças a muitos compartilhamentos iniciais.

Quando Carmela preenche a tela, não consigo deixar de sorrir.

— Fico com ciúmes, a mamãe trabalha com ela o dia todo.

— Eu também. Sendo sincero, queria que ela tivesse um canal no FlashFame.

A luz do meu celular reflete no rosto dele; quero beijá-lo. A urgência em meu peito pesa, faz meus braços doerem tanto que fica difícil segurar o aparelho. Sem querer, meu braço abaixa. Leon pega o celular de mim e puxa sua cadeira para mais perto, sem tirar os olhos da tela.

Cruzo as mãos no colo, sem saber exatamente o que fazer, se posso chegar perto dele...

E então, seu ombro toca o meu. É um toque pequeno e insignificante, mas estremeço. Arrepios percorrem todo o meu corpo, se originando daquele leve toque no ombro. Pressiono meu ombro no dele um pouquinho e curto o momento.

Quando o vídeo muda, ele se recosta, segura o celular com uma das mãos e desliza a outra por minhas costas, então eu me enrosco nele tanto quanto meu chapéu comicamente enorme me permite. De repente, seu cheiro está em meu nariz de novo, e estou enroscado nele naquele quarto de hotel, com seus lábios em meu pescoço e minha mão em seu rosto.

— Ela é maravilhosa — diz. — Mamãe sempre me conta das vezes que ela acaba matando a equipe toda com seus joguinhos sádicos.

— Pelo visto, ela não consegue enganar o meu pai. — Reviro os olhos, achando graça, mas ele olha para mim.

— É mesmo. Ouvi a mamãe dizer para o papai que estava preocupada, com medo de que a NASA os trocasse de lugar, fizesse o seu pai liderar a Orpheu V, em vez de a Orpheu VI.

— Espera aí — digo —, o papai não vai liderar missão nenhuma.

— Cal, se a gente chegar à Orpheu VI, o seu pai irá para Marte. Não há dúvida nenhuma sobre isso.

Eu me recosto e olho para o céu. Um pedaço da lua é visível e, de repente, me sinto sobrecarregado. Parece que alfinetes estão cutucando meu corpo todo. Minha respiração fica pesada, me sinto tão pequeno e Marte está tão longe... longe demais.

Cinquenta anos atrás, quando pousamos na Lua, havia dezenas de astronautas, esposas e Astrokids sentados nestes mesmos gramados, olhando para o mesmo céu. A lua devia parecer muito mais distante, literalmente impossível. Mas conseguimos, e vamos conseguir de novo.

— Tipo, eu nunca pensei nisso. Você fica preocupado com a sua mãe?

— Não. Vai ser estranho não vê-la durante dois anos. Tipo, não é uma quantidade normal de tempo para ficar longe da família, e quando ela voltar eu estarei... em outro lugar, acho. Fazendo outra coisa.

Depois de alguns minutos de tempo morto, o projetista de antenas Kyle assume o show. Ele fala bastante sobre o projeto da antena que explodiu.

— O que não se fala por aí é que a antena seria multiúso; teria sido útil para o pouso, como vocês sabem, mas também nos daria as leituras meteorológicas mais claras que já existiram. Teria sido colocada na órbita de Marte cerca de três a seis meses antes de os astronautas chegarem, e isso nos daria uma visão mais clara do estado meteorológico do planeta.

Olho para o canto inferior direito do celular e dou um tapa no braço de Leon quando vejo os números.

— Quatro milhões, e subindo!

A regra geral é que, se você obtém mais visualizações do que a quantidade de seguidores que tem, está em uma boa posição. No momento, estou em uma *posição muito boa*.

A porta corrediça da esquina se abre, escondo o champanhe debaixo da minha cadeira. Mas é Kat. Seu celular ecoa a voz de Kyle, e seu rosto irradia uma expressão tipo "meu Deus!".

— O *New York Times* compartilhou o seu *link* no Facebook — diz ela. — Parece que a CNN e outros também, mas não consigo nem acompanhar todos. E os vídeos estão muito bons.

— Entendo por que você acha isso — diz Leon. — Entendo por que o Cal e eu achamos isso, mas por que as pessoas comuns ligariam para isso?

— Nossa, Leon, estamos em uma seca tão grande de informações verídicas que as pessoas estão famintas. — Ela sorri. — A StarWatch é entretenimento, mas ninguém nunca gostou da NASA por ser entretenimento. Ninguém escreve histórias de ficção científica baseadas em fofocas.

— Pessoas como Josh Farrow não entendem — digo —, nunca entenderam. Mas os meus vídeos sempre contiveram informações sem enrolação. Consegui a maioria dos meus seguidores cobrindo a eleição, e grande parte deles não tinha idade suficiente para votar. As pessoas dão valor a essas informações, mas é difícil encontrá-las em meio a tantos caça-cliques e *fake news*. — Olho um segundo para Kat. — Eu só não queria que a NASA entrasse em colapso por causa disso.

Kat se senta ao nosso lado. Entrego a garrafa, e ela toma um gole ansioso. Se inclina para frente e seca o champanhe que escorreu pelo queixo. Assistimos ao resto do vídeo de Kyle em completo silêncio enquanto o técnico de foguetes fornece algumas teorias para a explosão e razões pelas quais algo assim não poderia acontecer em um lançamento tripulado.

— Espero que seja suficiente — digo, depois que todos os outros vídeos são reproduzidos.

Ninguém diz nada, nem precisam. Aproximam-se enquanto meu rosto toma conta da tela.

Minha expressão ainda tem o sorriso leve e a personalidade confiante, mas há algo mais real nisso. Menos roteirizado, apesar de eu nunca ter usado um roteiro. Menos preparado, até.

Cru, emotivo e real.

— Este é o nosso apelo — digo. — A NASA é uma grande organização com uma história às vezes difícil, todos sabemos disso, mas a StarWatch e alguns membros de sua equipe de comunicação nos transformaram em atração de circo. Sim, existe drama. É um ambiente competitivo, estressante, e há tantos tipos de gente aqui que não falta assunto nas festas! Mas desconsiderar tudo de bom dessa missão para focar no ruim é irresponsável e, sendo sincero, antiamericano.

"Se você dá valor a essa missão, precisa mostrar agora. Há um *link* na minha página com todas as ferramentas de que você precisa para fazer a sua voz ser ouvida. Com um toque, você pode compartilhar esses vídeos, entrar em contato com a NASA ou com seus representantes, tudo graças a um código genial e rápido desenvolvido pela Katherine Tucker. Manifestem-se. Digam a quem queira ouvir que essa missão não pode perder o financiamento, e que vocês estão investindo para nos levar a Marte. Estamos tão perto!

Mais uma vez, obrigado por me seguirem, obrigado por compartilharem e tenham uma boa noite."

A imagem desaparece e, em seu lugar, entram *links* para compartilhar ou reproduzir o vídeo. Fecho meu celular e olho de Leon para Kat. Inspiramos e expiramos fundo, juntos. Kat pega minha mão e eu pego a de Leon.

É o último momento de paz que poderemos curtir por muito tempo.

— Vou voltar, acho — digo. — Estou nervoso demais para ficar sentado aqui.

Kat se inclina e me dá um grande abraço.

— O que você está fazendo é incrível. Vou compartilhar com todo mundo que eu conheço. Não vamos cair sem lutar.

Leon ainda não diz nada, mas me dá um sorrisinho. Ainda há muita coisa entre nós para ser conversado. Eu mostrei tudo que podia, mas preciso dar tempo a ele. Não posso forçá-lo a se sentir melhor, não posso forçá-lo a tomar decisões sobre sua vida. Não posso continuar tentando consertar as coisas, ainda mais porque ele não está quebrado.

Mas me inclino e colo meus lábios nos dele, de leve. Ele não se afasta, mas não responde muito. Fechamos os olhos, e eu deixo meus lábios lá. Tempo suficiente para trazer de volta a sensação de confusão ao meu peito, o friozinho à minha barriga.

E melhora um pouco.

CAPÍTULO 27

Assim que acordo pela manhã, olho o celular. Na verdade, fiz isso em sete ocasiões durante a noite, quase de hora em hora. Não consigo acompanhar as notificações. Comentários, compartilhamentos, curtidas, visualizações, todos esses números e palavras passam voando pela minha tela.

Redes sociais são um espaço estranho, ilhado pelos seguidores que se tem. Mas tenho comentários de meus seguidores normais, além do pessoal do vovô Facebook, dos nerds do ensino médio, dos engenheiros da faculdade, um número impressionante de gente sem noção e todos os outros. É impressionante, é lindo, é... é notícia nacional.

Ser compartilhado no Facebook pelo *New York Times* é uma coisa, mas acordar com meu nome sendo citado na *Times* é outra: "Astrokid pede aos americanos que salvem a NASA da morte por caça-cliques".

Começo a ler o artigo, mas chega uma ligação. Atendo e a voz perfura meu tímpano com seus gritos de entusiasmo.

— Você é famoso! — diz Deb. — Tipo, famoso DE VERDADE desta vez.

— Não é verdade. A NASA é famosa; minha conta está só sendo compartilhada.

— Não é só a sua "conta". Seu rosto está me encarando na *Page Six* agora. Estão falando sobre a sua conta no FlashFame. É tudo o que você sempre quis. Sabe como vai ser fácil transformar isso em uma carreira de verdade?

Dou uma risada.

— Veremos. Eu me contentaria com recuperar meu estágio no BuzzFeed neste momento.

— Eles vão ter que brigar por você. Meu Deus, Calvin, se você salvar essa missão, pode literalmente mudar o curso da história.

Essa frase faz eu me remexer na cama. Sou um sujeito de dezessete anos, de bermuda amarelo-vivo e uma camiseta de Dolly Parton, todo descabelado. Acho que não sou capaz de mudar nada.

— Tá bom, Deb, isso é meio esmagador para mim. A gente pode falar de outra coisa?

— OUTRA COISA?

Quero tocar no assunto de nossa última ligação e da briga que acabou com ela desligando na minha cara; do nó em meu peito que nunca se desfez... mas não digo nada. Fui egoísta e egocêntrico e fiz tudo girar ao meu redor.

— Literalmente qualquer coisa. Vamos fingir que não mudei o curso da humanidade. — Então, falo sobre ela. — Como está sendo morar com o seu primo?

— Tudo ok — ela resmunga, vencida. — Não é ruim. Meus pais ainda estão chateados por eu ter saído de casa, mas começamos a nos falar ao telefone de vez em quando, acho que nem tudo está perdido. O colega do meu primo se muda daqui a duas semanas, estou tentando me certificar de que tenho dinheiro para pagar o aluguel. Andaram reduzindo as minhas horas no trabalho, mas ok. — Ela suspira. — Tá bom, é melhor que só ok.

Uma ideia surge em minha cabeça, e sinto uma onda de empolgação pulsar em mim. É a maneira perfeita de dar a Deb uma parte de mim.

— Escuta — digo —, por que você não cria uma conta no FlashFame? Você pode ativar a aba de doações; poderia fazer vídeos e isso ajudaria você a pagar o aluguel.

— Não sou exatamente uma personalidade da internet como o grande Calvin. Ah, estamos fingindo que você é ser um humano comum, esqueci. — Ela ri. — Mas eu tenho uma conta, só nunca uso.

— Bom, me avisa se for usar. Sei que os meus seguidores de Nova York não gostaram de eu não fazer mais os vídeos de fim de semana. E foi você quem me ajudou a encontrar muitas daquelas coisas.

Ela hesita, mas noto que está avaliando de verdade, mesmo sabendo o quanto é avessa às câmeras. Sei que não é porque ela está desesperada por dinheiro ou atenção, mas talvez uma parte dela tenha mudado com essa grande reviravolta na vida.

— Quase fui até aí de carro ver você — admito. — Sequestrei o carro do papai e quase saí do Texas, até que percebi que era uma idiotice. Desculpa pela maneira como agi antes.

Ouço sua risada.

— Também estou com saudades. Mas não precisa se preocupar comigo. As coisas entre a gente sempre vão estar bem, mesmo que o seu plano ridículo de salvar todo o futuro dos voos espaciais funcione ou fracasse espetacularmente. Mesmo se você ficar no Texas para sempre ou voltar para o Brooklyn, onde é o seu lugar, onde você se encaixa.

— Eu me encaixo aqui também, por incrível que pareça.

Pausa.

— Meu Deus, você usou aquele chapéu gigante em público, não é?

— Sem comentários.

— Calvin, eu juro. John Mayer não sustentou esse *look*, você também não.

— Sem comentários.

— Tudo bem, volte para sua fama e salve o país. Vou ficar sentada aqui sacudindo a cabeça por um tempo.

— Sem comentários. — Faço uma pausa dramática. — Te amo, Deb.

— Pois é. Te amo também.

Desligamos e me sinto totalmente normal pela primeira vez nas últimas vinte e quatro horas. Ouço o álbum da Heart de novo, e lembrar de Leon e Kat discutindo para parar em uma venda de garagem aleatória para procurar fitas de bandas de que ele nunca ouviu falar quase me faz rir alto.

Mantenho o pânico fora do peito tirando os fones de ouvido e andando pelo quarto. Meu futuro é um ponto de interrogação. E acho que tudo bem. Mas, meu Deus, eu quero ficar. É uma agonia como das provas finais, dia de eleição e consulta ao dentista, tudo junto.

Estou começando a receber mensagens de números que não conheço, e alguns que conheço sim – velhos parentes que me criticavam pelo tempo que eu passava no celular agora me parabenizando pela menção no *New York Times*. Solicitações de jornalistas estão chegando sem parar por mensagem privada. Quero responder a todos, mas o grande volume está me deixando louco.

Saio do quarto e encontro minha mãe na sala. Me sento ao lado dela, respiro fundo.

— Acho que sou famoso.

— Também acho. — Ela ri. — Papai e eu assistimos ao seu programa. Eu ainda não entendo muito do FlashFame; as crianças chamam apenas de Flash? Mas parece que muitas pessoas gostaram do que você disse.

— Estou sobrecarregado. Tenho um milhão de perguntas da imprensa para responder, e um monte de conhecidos estão saindo da toca para me parabenizar. Meu rosto está na *Page Six*, pelo visto. Por que as pessoas se interessam tanto por mim?

Ela abaixa o controle do jogo e dá um tapinha em minha canela.

— Meu amor, não me leve a mal, mas não é tanto por você que estão interessados. É pelo que você está lutando. A NASA, a exploração, a ciência. Você é o rosto que eles podem dar à causa, então deixe que façam isso. Você é a esperança.

Eu vou concordando junto com suas palavras. Isso meio que faz sentido. Não sou eu, é a missão. Também tenho certo mérito, mas talvez eu possa ignorar isso por enquanto.

— E sobre as perguntas da mídia, a NASA tem um departamento de comunicação que adoraria responder por você. Por que não pede ajuda para eles?

A dor em meu peito fica um pouco mais gerenciável.

— O papai pegou carona com a Grace hoje?

— Pegou, você precisa do carro?

Tiro da carteira o crachá de visitante do centro espacial – aquele que me ajudou a construir apoio ao projeto Orpheu e permitiu que tantos cientistas brilhantes finalmente tivessem voz.

— Acho que é hora de ir lá e ver se a NASA quer consertar a sua terrível campanha de comunicação.

Pessoas não podem ser consertadas, mas em péssimas campanhas de comunicação eu posso dar um jeito.

Corro para o chuveiro e me visto para a ocasião. Calças e botas marrons escuras, uma camisa xadrez verde e marrom discreta, e uma gravata laranja vivo. Deixo o chapéu em casa.

CAPÍTULO 28

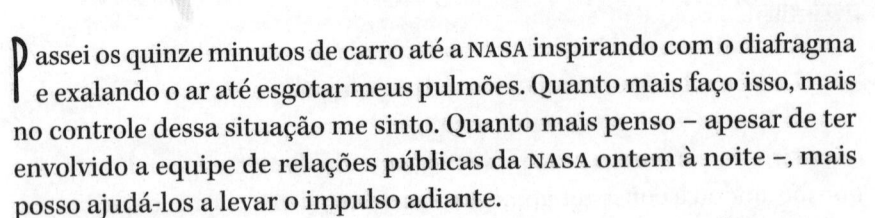

Passei os quinze minutos de carro até a NASA inspirando com o diafragma e exalando o ar até esgotar meus pulmões. Quanto mais faço isso, mais no controle dessa situação me sinto. Quanto mais penso – apesar de ter envolvido a equipe de relações públicas da NASA ontem à noite –, mais posso ajudá-los a levar o impulso adiante.

Mostro meu crachá de visitante para o guarda; ele me deixa entrar depois de uma boa olhada para meu rosto. Ele me encara por mais um segundo, mas sigo adiante antes de entender o motivo. Encontro uma vaga mais ao fundo. Há muita gente ali hoje; nunca vi o estacionamento tão cheio.

Quando estou entrando, vejo uma grande van de notícias na entrada. Só que não é de notícias. É a StarWatch.

A ficha cai e me faz parar. Penso em me esconder no carro até eles irem embora, mas talvez o encontro deva acontecer. Talvez eu precise confrontá-los pela última vez, comparar visualizações e censurar Kiara por ter me gravado às escondidas e fazer meu relacionamento parecer uma manobra para ganhar uma vantagem nesse negócio.

Quando vou passar pelas portas da frente, vejo um movimento atrás da van. Uma mecha de cabelo tingido de preto voa na brisa quando Kiara joga uma mala pesada na van. Dou às minhas pernas o comando de correr em direção a ela. Para acabar logo com isso.

— Kiara. — Estou a uma distância segura da van, da garota que ainda está curvada na parte de trás.

Ela fica paralisada por um segundo, e então, suavemente, ergue os ombros. Como sempre, sou pego desprevenido pelo estilo dela – camisa jeans bem grande sobre uma camiseta transparente com decote v profundo.

Fazemos contato visual e me sinto novecentas vezes menos confiante. Seu sorriso é fácil e calmo, e eu me pergunto como ela pode ser uma pessoa tão horrível e não se incomodar. Aperto os punhos e aproveito a oportunidade para falar primeiro.

— Você não deveria ter feito aquilo. Eu não sabia que estava sendo filmado.

— Meu querido, você está sempre sendo filmado comigo, portanto, tome cuidado com o que diz.

Dou uma risada.

— Pode usar todos os trechos de som que desejar *desta* conversa. Ou já chega de drama para esse seu programa? Talvez você possa fabricar mais ou fazer parecer que eu estou tentando usar você para impulsionar a minha carreira.

— Bom — diz ela, dando de ombros. — Sua carreira parece estar indo muito bem agora, com oito milhões e quinhentas mil visualizações. E não se preocupe, garoto, você ganhou. Pode acreditar, meu chefe foi retirado da missão Orpheu V, e estamos tentando alinhar a nossa próxima tarefa.

— Se juntando à JET-EX? — pergunto.

— Não, não. Eles estão do lado da NASA. Estão até falando em ajudar a financiar um novo satélite e o lançamento. Aí estamos desempregados.

— Estou tentando sentir pena de você — digo —, mas é muito difícil.

— Sabe, eu me formei em Jornalismo como a melhor da turma. Eu tinha muita experiência, exemplos de matérias ótimos. E era ingênua, como você.

Fico em silêncio, porque não sei se ela está tentando me irritar ou se está falando sério.

— Eu entendo — diz Kiara. — Você é bom demais para a StarWatch, para os sites de fofocas, blogs, ou seja lá o que for que esteja passando pela sua cabeça agora. Você vai entender um dia.

Ela bate a porta de trás e pula no banco do motorista.

— Mesmo que eu acabe trabalhando em um programa como o da StarWatch — grito por cima do ronco do motor, mesmo sem saber se ela pode me ouvir —, sempre vou tratar as pessoas que entrevisto como *pessoas*.

Acho que é isso.

Meus pés me levam para longe da van; odeio a sensação de que as coisas ficaram mal resolvidas. Mas talvez a vida real seja assim mesmo. Não é como com a família ou amigos, com quem passamos tanto tempo que somos obrigados a fazer as pazes. É possível terminar relacionamentos de trabalho em um acorde dissonante, o que faz a gente se sentir nojento e errado.

Passo por Josh Farrow quando entro e ele nem me nota. Se isto fosse um filme, ele chamaria minha atenção ao passar pelo corredor, e talvez desse um aceno cúmplice com a cabeça, ou cumprimentasse com sarcasmo. Mas ele apenas olha para o celular, com uma carranca que o faz apertar os lábios. Já deve estar acertando os detalhes de seu próximo projeto que vai arruinar a vida das pessoas.

Quando entro na sala de Donna Szleifer, todo mundo meio que congela. Todd Collins, diretor de relações públicas, está lá, e uma cadeira vazia está puxada para fora – onde Josh devia ter sentado até pouco tempo.

— Calvin — diz Donna, com um olhar atordoado surgindo no rosto. — Entre, entre.

— Bom... Estávamos justamente falando de você.

Todd fecha a porta atrás de mim, e os dois me olham com expectativa.

— Vocês têm acompanhado o sucesso dos meus vídeos na imprensa? — pergunto.

— Sim, temos. Também conseguimos que a AP distribuísse um comunicado de imprensa que fizemos.

— E... o que é isso? — pergunto.

— Ah, desculpe — diz Todd. — A AP, Associated Press, é um tipo de serviço ao qual as empresas de notícias locais e nacionais podem redirecionar matérias ou onde podem publicá-las. É uma boa maneira de conseguir visualização local, a AP cuida disso. Temos cerca de seiscentas redes de notícias aqui, com matérias locais, e incluímos vídeos, assim é possível que algumas emissoras também repliquem.

— Socialmente — interrompe Donna —, você tem algumas das personalidades científicas mais famosas do mundo, que chamamos de influenciadores, compartilhando os seus vídeos.

— Donna — digo, rindo —, eu sei o que são influenciadores.

Ela continua como se eu não houvesse dito nada.

— Muito tráfego vem dos sites de notícias, ainda mais para adolescentes, que estão muito mais familiarizados com a plataforma FlashFame.

— Isso vai salvar a missão? — pergunto, já esperando que riam de mim ou me tratem como uma criança que não entende coisas complicadas.

— Talvez. — Todd coça a cabeça. — Não é uma certeza, mas a Câmara dos Deputados já adiou a votação para hoje à noite para que possam classificar todas as mensagens de voz e e-mails que chegaram ontem. O momento é bom e temos muitas pessoas engajadas.

— Mas temos uma reunião do conselho hoje à noite — diz Donna —, que também pode encerrar o projeto Orpheu. Muitas pessoas acham que os riscos são altos demais.

— Tudo pode acontecer — responde Todd.

Suspiro. Tudo parece ir contra o verdadeiro conceito de NASA. O risco faz parte de um voo espacial ou, que inferno, de qualquer exploração. Mas concordo com a cabeça, de qualquer maneira, sabendo que há muitas pessoas que precisam pesar muitas variáveis, e eu não sou uma delas. Já fiz a minha parte.

Agora é esperar.

— Quando é a reunião? — pergunto.

— Daqui a três horas.

— Ok. Minha sugestão é a seguinte: tenho cerca de setenta e cinco solicitações de entrevistas no meu e-mail. Posso aceitar algumas, se precisar, mas eu não conheço nem metade desses periódicos. Posso enviá-las para você? Posso dar entrevistas, mas acho que isso é coisa da NASA. Não quero ser eu o foco. A ciência é o foco. *Sempre* foi o foco.

Donna parece tão satisfeita que é capaz de explodir. Suas mãos estão entrelaçadas, como se ela estivesse no meio de uma oração intensa – e talvez esteja; afinal de contas, estamos no Texas.

— Mande para mim — diz ela. — Fico com todos os blogs e redes sociais. Todd, faça a sua equipe dividir o resto.

Durante a hora seguinte, fico indo e voltando entre a sala da assessoria de imprensa e a de Donna, acompanhando os novos compartilhamentos e a sensação geral. Donna me mostra uma tonelada de ferramentas que lhe permitem ver quantas pessoas assistiram ao vídeo, mais quantas gostaram o bastante para enviá-lo a alguém, além de uma centena de outros dados que me deixam meio nervoso por viver nessa era digital, mas grato também. E fico feliz pela NASA ter alguém como Donna, que, embora esteja exausta na maior parte do tempo, sabe mesmo o que está fazendo.

No final, Donna e Todd montaram uma apresentação em Power Point incrível, com trinta notícias importantes para mencionar na reunião e grandes sorrisos no rosto. A energia e a eletricidade das primeiras missões de astronautas estão de volta, correndo nas veias de todos.

Aceno com a mão quando saio da sala e vou para o carro. Entrego meu crachá de visitante para o segurança ao sair. Não precisarei mais dele, mesmo que a missão continue. Posso finalmente focar em meu próprio caminho, ou melhor, descobrir qual eu quero que seja.

CAPÍTULO 29

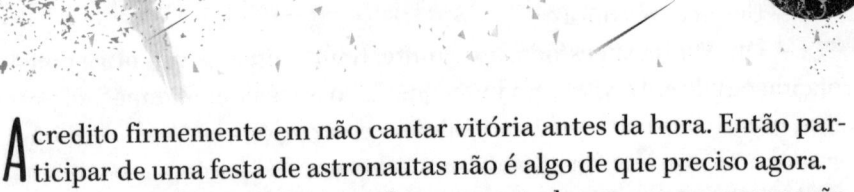

Acredito firmemente em não cantar vitória antes da hora. Então participar de uma festa de astronautas não é algo de que preciso agora.

Sei que as famílias dão uma festa quase toda semana por uma razão ou outra, mas uma festa especificamente hoje parece uma má ideia. A votação foi adiada; a reunião do conselho está acontecendo neste momento. Em breve, saberemos se a missão Orpheu v foi arquivada ou salva; por enquanto, só podemos especular.

As perguntas giram em minha mente enquanto meus pais e eu chegamos à festa e entregamos um prato de *crudités* e *homus* para Grace, que organizou tudo. O estoque de mais de duas dúzias de garrafas de champanhe é impressionante. Grace se aproxima, enquanto eu admiro as garrafas, e sussurra:

— Vou ficar de olho nessas garrafas, nem tente.

Eu me viro para encontrar seu olhar e a vejo sorrindo. Ela dá uma piscadinha e vai embora. Uma brincadeirinha, que mostra que ela não tem ideia das garrafas que já roubamos. Não vejo Leon nem Kat por perto, e antes que possa encontrá-los, sou empurrado para conversas com todo mundo.

Mamãe e papai querem que eu fique por perto, ainda mais porque eles não podem responder a nenhuma pergunta sobre meu perfil do Flash, porque são velhos e não entendem nada disso.

Mas eu permito, só desta vez.

Alguém pousa uma mão firme em meu ombro, eu me volto e vejo Mara Bannon sorrindo para mim, e logo me puxa e me dá um abraço esmagador. Olha para mim como as mães perfeitas do cinema olham para seus filhos: cabeça inclinada, sorriso mal contido.

— Cal, seus vídeos me deixaram tão feliz que tive que vir até aqui para te dizer isso pessoalmente. Sabe quanto tempo fazia que eu não sorria de verdade? Vendo a sua mensagem poderosa e tão cheia de esperança... o Mark teria ficado absolutamente arrasado se a missão fosse cancelada, em parte por causa dele. Agradeço muito por ajudar.

— Obrigado, sra. Bannon — digo e a deixo me dar outro abraço.

— Fiquei furiosa quando vi como a StarWatch começou a tratar você. Assisti à cobertura deles e, juro, por mim aqueles dois foram os piores humanos do planeta.

— Sem dúvida — digo. — Não faz diferença, eu sei, mas a produtora não foi sempre ruim. Ela me ajudou a expor o Josh Farrow quando ele tentou fazer você... voltar para o chão.

Penso em Kiara – as duas faces de Kiara – e torço para que o lado bom vença. É possível ser jornalista, mesmo de um blog ou programa de fofocas, e ainda ser uma boa pessoa. Ela pode estar cansada, e eu posso ser ingênuo, mas isso tem que ser verdade.

— Bom, de qualquer maneira — diz ela —, compartilhei seus vídeos com todos os meus amigos, e eles ficaram muito felizes por ver algo positivo sair da NASA. Tudo tem sido inútil ultimamente, mas vai melhorar. Sempre digo isso a todos.

— Espero que sim — digo, e recebo um terceiro abraço esmagador antes que consiga escapar.

Volto para meus pais. Papai está conversando com um dos astronautas da Orpheu V, e mamãe está só ali, esperando, com uma taça de champanhe na mão, sorrindo e ouvindo.

— Obrigado por sugerir que eu fosse à NASA — digo. — Eles foram muito úteis. Acompanharam os compartilhamentos dos meus vídeos e cuidaram das entrevistas e tudo mais.

— Esse é o trabalho deles, meu amor. São profissionais da área. Você é profissional na área de reportagens. Cada um tem que explorar seus pontos fortes.

— E obrigado por ajudar a Kat com o site. Não sei como vocês fizeram isso, mas muitos senadores e membros do Congresso anunciaram oficialmente apoio à missão hoje. Isso não significa que a Câmara não votará pelo corte do financiamento, mas, pelo menos, mexemos com eles.

— Não olhe para mim. — Mamãe dá de ombros. — A Kat fez quase tudo.

Vou dizer algo, mas esqueço completamente o quê. Porque parados à porta estão Donna e Todd, e eles parecem saber de alguma coisa.

Todos os rostos se voltam aos poucos para eles.

Chegou a hora.

— Posso contar? — pergunta Donna a Todd, enquanto Grace levanta a agulha do toca-discos.

Tudo fica congelado por um minuto, até que ele dá um leve aceno de cabeça, e Donna limpa a garganta.

— Acabamos de sair da reunião do conselho. Todos os diretores estavam de acordo, e cada um fez um discurso para dizer por que a Orpheu V deveria ser mantida. Até mostramos trechos do vídeo do Cal, que passou de vinte e cinco milhões de visualizações em menos de vinte e quatro horas.

Ela respira fundo e solta o ar quase assobiando. Do mesmo jeito que eu faço quando estou meditando.

— E depois de horas de discussão e análises, temos orgulho de dizer que o conselho aprovou a continuação do projeto Orpheu.

— Além disso — interrompe Todd —, conversamos com a representante da Câmara Halima Ali, que está disposta a trabalhar conosco para garantir que os fundos sejam usados de forma adequada. Ela deixou claro que seu projeto de lei não teria os votos suficientes para ser aprovado e que cancelaram a votação. O que significa...

Donna o interrompe, gritando:

— A Orpheu V está de volta!

Eu me perco nos aplausos, gritos e respingos de champanhe. Mamãe me entrega sua taça para eu tomar um gole comemorativo, e quase rio de seu desconhecimento. Mas bebo mesmo assim, e começo a entender por que as pessoas comemoram com champanhe. Ele me dá ânimo, celebra minha própria energia, e logo estou gritando junto com os outros astronautas.

Uma coisa que não faço é pegar o celular. Ninguém mais conhecerá este momento. Nunca estará em um livro de história. Nunca estará nos noticiários ou em uma edição da *Time* para que as crianças do futuro apontem e imaginem como foi viver neste momento agora, nesta época em que – por um maravilhoso momento – tudo estava perfeito.

O olhar de Leon encontra o meu do outro lado da sala. Kat está apertando seu pai com tanta força e alegria que acho que ele vai desmaiar, mas todos estão pulando. Grace está com o rosto manchado de lágrimas – eu estaria chorando também se soubesse que, com certeza, vou para Marte. Ela puxa a camisa do filho e o abraça. Cola sua bochecha na dele, e meu coração derrete.

Mamãe vem até mim e solta um grito de alegria; puxa papai e eu e nos abraça apertado.

— Não acredito! — digo.

Mamãe se afasta para olhar para mim e cutuca papai com o ombro.

— *Nós*, sim.

Meus olhos estão de volta nos de Leon; nossos sorrisos vão se alargando e percebo que há uma coisa que ainda não está perfeita. Essa pecinha do quebra-cabeça está faltando, e vou fazê-la se encaixar.

CAPÍTULO 30

O barulho da celebração desaparece enquanto vou até ele. Minha visão se estreita, a multidão abre caminho, e eu escapo por pouco de ser atingido pelo estouro de uns champanhes sendo abertos. Mas nada disso importa agora.

Só o que me importa é ele.

Durante os passos que nos separam, sinto um calor subindo por dentro. Meus sentidos parecem umedecidos, mas aguçados ao mesmo tempo, e o surrealismo da situação me faz sentir tão perfeitamente bem que marcho até ele, coloco a mão em sua nuca e lhe dou um beijo leve.

É a sensação mais simples do mundo. Duas bocas mal se tocando, mas meu corpo quase convulsiona de calafrios. Suas mãos me envolvem de leve e me puxam para mais perto. As pessoas ainda estão gritando, falando alto, a música está bombando, e percebo que estamos dando uns amassos em público; mas não consigo parar.

As emoções vão morrendo ao redor; consigo erguer o rosto e olho diretamente para aqueles lindos olhos castanhos. Tenho que me conter fisicamente para não deixar meu amor por ele assumir o controle.

— A gente pode conversar? — pergunto.

— Claro. Lá atrás?

Sacudo a cabeça.

— Vamos dar uma volta.

Atravessamos a multidão; eu o conduzo porta afora e desço os degraus até a rua deserta. Há nuvens no céu, dando à noite uma sensação suave, uma luz fria que cobre árvores e casas. Entrelaço meus dedos nos dele e aperto.

Descemos por uma rua lateral que leva a um beco sem saída, onde há algumas casas de cada lado obscurecidas por arbustos. Há apenas um poste de luz nesta rua, mas é o suficiente para lançar seu brilho sobre a calçada. Eu me sento de pernas cruzadas na faixa amarela da rua, ele faz o mesmo.

— Desculpa — digo. — Sei que fui um merda com você.

— Desculpa também. Fiquei tão apavorado de pensar que você ia embora que piorei as coisas. Fiquei muito mal, pensando que estava apaixonado por alguém com quem eu nunca poderia ficar.

— Mas mesmo que eu fosse para Nova York, a gente poderia ter ficado junto. Eu te mandei um e-mail...

— É exatamente isso — interrompe. — Você queria que a gente ficasse junto nos *seus* termos. Eu poderia fazer faculdade em Nova York. Poderia fazer um dos seus dez cursos, entre aspas, ideais para mim. É legal você ter tudo planejado, mas eu não poderia viver assim. Ainda não consigo.

— Só de pensar que alguém não sabe o que quer fazer da vida, minhas mãos ficam suadas. Fica literalmente difícil respirar quando penso que você não sabe nada sobre o seu futuro e não tem nenhuma urgência de descobrir. Sei que isso não é legal, nem muito esclarecedor — digo. — Tá bom, nada esclarecedor. Mas eu gosto de planejamento. Os planos podem mudar, tudo bem, mas não ter um plano me apavora.

— Voltei a treinar. Toda semana, às vezes duas vezes por semana. E, pela primeira vez, estou fazendo o que eu quero fazer. Fiquei pensando sobre o que você disse, que eu precisava canalizar aquele menino dando cambalhotas, e estou fazendo isso.

— Leon, que coisa boa!

— E conheci um treinador lá que...

Interrompo.

— Mas você acabou de dizer que estava só se divertindo!

— ... que me ofereceu um emprego, para dar aula de ginástica para crianças de cinco a sete anos. E me dei conta de que, trabalhando assim, todos os dias seriam dias de cambalhota. Tenho certeza de que terei que lidar com os pais ansiosos, como os meus, mas é o trabalho paralelo perfeito. E sem a StarWatch por perto, sinto que posso ser só eu mesmo.

— Estou tão feliz por você! — Jogo meus braços ao redor dele. — E... e a faculdade?

— Olha, você tem que confiar que eu vou descobrir — diz Leon. — Talvez não hoje, nem quando terminar o ensino médio, mas um dia vou saber.

— Tudo bem — digo. — Vou te apoiar em tudo que você escolher fazer e quando escolher.

— Preciso que você me apoie *agora*. Preciso que me aceite como estou agora e não pense que estou quebrado.

Seguro suas mãos e concordo. Não para fazê-lo se sentir melhor, mas para mostrar a ele que posso apoiá-lo. Que estou tentando e aprendendo, e farei o que puder para estar ao seu lado.

— Contei para os meus pais como eles me faziam sentir — diz ele. — Tentei ajudá-los a entender a minha depressão, e parece que me ouviram. Conversamos muito sobre você. Eles gostam muito de você, e... de nós dois.

Um sorriso surge em seu rosto, e é tão perfeito que inconscientemente estendo a mão e a pouso em sua bochecha. Meus olhos observam seu rosto – seu queixo, seu cabelo, suas orelhas... Ele está tão bonito neste momento; não quero nunca esquecer esta imagem. Como ele está. Como eu me sinto.

— Te amo — digo. Não porque ele precisa ouvir, mas porque eu preciso dizer. — Te amo muito, Leon.

Ele me beija tão rápido que de repente minhas costas estão na calçada. Eu o puxo mais e nos beijamos. Beijamos. Beijamos como nunca antes: um vai e vem de ternura e aspereza, de peso e leveza, de profundidade e superficialidade. Minhas mãos percorrem todo o corpo dele; ele é meu. Uma pequena parte de mim não quer que acabe, mas outra ainda maior mal pode esperar pelo que está por vir.

Eu, Calvin Lewis Jr., não tenho ideia do que está por vir. E não poderia estar mais feliz.

CAPÍTULO 31

Eu deveria ter ficado com meu crachá de visitante. A NASA está fazendo o possível para consertar o estrago da campanha de comunicação e redes sociais deles, mas me pediram para continuar cobrindo os lançamentos e entrevistando cientistas. Claro, vai dar credibilidade ao meu currículo estar tão ligado à NASA, mas não vou fazer isso por muito tempo. É hora de eu ir atrás de novas histórias e entrevistar pessoas diferentes – encontrar minha voz de novo, mantendo minhas raízes no FlashFame.

Devagar e sempre, Brendan está ganhando seguidores, e a NASA poderá usá-lo para tomar meu lugar depois que eu for embora. Seus *check-ins* diários e atualizações semanais com diferentes cientistas da missão começaram a ter bastantes visualizações. Pelo menos não vou deixá-los na mão.

Estou sentado à mesa de meu pai, no espaço de trabalho aberto que os suplentes compartilham, com os pés apoiados em uma cadeira. Enquanto espero que estejam prontos para eu começar o vídeo, olho meu feed. Sorrio quando aparece o vídeo de Deb. Clico nele e observo enquanto ela anda de costas pelo West Village.

— Sou a Deb Meister, ou *a Debmeister,* se preferirem. Não? Tá, deixa pra lá. Bem-vindos à minha atualização de Nova York. Sei o que estão pensando: Nova York é cheia de assassinatos e crianças desaparecidas, e nada dessa merda muda. ERRADO. Estou aqui para mostrar dez coisas fantásticas, divertidas e bizarras que vocês poderiam fazer no sábado, começando com a número um...

Sua versão bastarda de minhas atualizações me faz rir tanto que quase engasgo. Mando uma mensagem para ela depois e a lembro de que ela tem muita integridade jornalística para defender, e ela responde com um *emoji* mostrando o dedo do meio. Uma graça. Mas ela está com quase dez mil seguidores, e suas atualizações são fantásticas, divertidas e, sim, esquisitas também. Ela está recebendo doações para ajudar no aluguel, e seus pais começaram a lhe mandar um pouco de dinheiro para tapar buracos, para compensar tudo que tiveram que pegar dela ano passado.

Nem consigo imaginar como seria doloroso pegar o dinheiro de uma filha, mesmo que ela fosse a única que tivesse renda estável. Mas desde que seus pais se recuperaram, não deixam mais o dinheiro estragar tudo.

Ela está muito feliz. Dá para notar isso nos vídeos e na voz dela. E talvez um dia possamos realmente dividir um apartamento de merda em Coney Island, reclamando de como é longe de Manhattan. Estou comentando, dizendo que amo os vídeos dela quase tanto quanto a amo – porque estou me sentindo muito brega agora –, quando meu pai acena para mim.

Carmela está conduzindo papai para dentro da cabine, e Grace me pede para instalar a câmera em algum lugar onde eu possa facilmente passar entre a câmara de simulação e as mesas abertas. Aperto o *play*.

— Esta é nova — digo. — Você tem duas câmaras de simulação agora?

— Esta é para a seis — diz ela.

Abaixo a câmera.

— Como assim?

— A Orpheu VI. Vem depois da V, não é?

Um sorriso está estampado em meu rosto enquanto vejo meu pai entrar na cabine. A cabine *dele*. Ele testa algumas alavancas e botões, provavelmente observando as diferenças entre as duas espaçonaves. Grace pousa a mão em meu ombro.

— Acho que ela vai tirar um dos propulsores desta vez — diz ela. — O Calvin vai dar um jeito, fica olhando.

Começa a simulação. É um simulador de pouso; papai está olhando para uma tela que se assemelha ao pedaço de solo marciano em que a Orpheu VI pousará. O local foi triangulado e deve ter as condições perfeitas para o pouso. Liso, nivelado, com solo firme. É claro que todos estão esperando que algo dê errado na simulação. Mas o solo está se aproximando cada vez mais na tela.

Dou um zoom e pego uma gota de suor escorrendo pela testa de papai. Ele está empurrando o controle para a direita, mais forte do que a nave normalmente aguentaria. Começa a ofegar, seu olhar parece laser. Ele está em estado de concentração total.

— A nave está inclinando — diz ele. — O propulsor esquerdo está morto, acionando o reserva.

Alguns momentos se passam.

— O reserva está morto, preparem-se para uma aterrissagem difícil.

Sua voz é calma e estável; ele aperta botões que eu nem sabia que existiam. Seus movimentos são fluidos.

E a ficha cai mesmo, depois de todo esse tempo: meu pai é um astronauta, porra!

Aterrissagem.

— Aterrissamos — diz papai. — Qual foi o estrago?

— Brilhante, Calvin, simplesmente brilhante. Sua equipe levou algumas pancadas na cabeça, mas só isso. Bravo! — diz Carmela. — O que foi que eu disse? Seu pai é impossível. Ele vai manter todos muito seguros daqui a alguns anos.

— E você vai continuar tentando me matar até lá.

— Senhor, esse é o meu trabalho — diz ela, e todos rimos.

Encerro o vídeo e o vejo ser compartilhado e visto milhares de vezes em poucos minutos. Sites de notícias instantaneamente pegam meus vídeos agora, e a fome por informações sobre o programa Orpheu é insaciável. A StarWatch se foi há muito tempo e todo mundo está tentando ser a fonte de notícias que a substituirá.

Passo o resto do dia gravando vídeos de mais cientistas e astronautas em seu habitat natural e os guardo para mais tarde. Meu número de seguidores está quase nos níveis de celebridades de verdade, mas as pessoas começaram a me deixar em paz. Todas as perguntas da imprensa para mim vão direto para a NASA e, a princípio, não dou entrevistas. "Eu sou o entrevistador", costumo dizer, "não o contrário".

Embora Leon ainda não tenha tomado uma decisão sobre a faculdade ou o mundo real – tudo bem para mim, de verdade (mentira, mas estou *tentando*) –, tenho uma lista de dez faculdades para me candidatar. No topo da lista estão a Universidade de Nova York, claro, a de Columbia e a de Ohio. Mas vou me candidatar também a faculdades do Texas, Califórnia e toda a Costa Leste. Leon está me ajudando a ser mais impulsivo, e isso está me fazendo manter meu leque de opções aberto. Sou flexível, tranquilo.

Ou talvez não.

Talvez eu nunca seja tranquilo, mas é o meu jeitinho. O mais importante é que estou começando a perceber quando isso me impede. Ficar tão focado em uma cidade ou em um futuro específico pode acabar em frustração. Por isso, vou deixar a tranquilidade para outra pessoa.

Depois que terminamos, por volta das 17h30, papai e eu vamos para o carro e voltamos pelas estradas rurais. Faz semanas que ele não sai tão cedo, basicamente desde que a NASA decidiu manter o lançamento dentro do cronograma. Abro as janelas, e o ar frio inunda o carro. O outono está chegando, estou louco para poder usar minha coleção de blusas de lã. Já aceitei que nunca vou poder usar meu casaco, por causa do calor sempre presente, mas está quase quatorze graus hoje, o que, para mim, é motivo para tirar as blusas de lã da gaveta.

— Cal — diz meu pai —, obrigado por tudo. Sei que fui um tanto egoísta, fiquei sobrecarregado de trabalho e não tive tempo para pensar em como vocês estavam lidando com isso. Nem perguntei se você estava disposto a se mudar para cá.

— Eu teria dito não se você me desse escolha. Se me desse outra opção que não fosse aqui, eu teria aceitado imediatamente. — Coço a nuca. — Mas teria sido o pior erro que eu já teria cometido.

CAPÍTULO 32

Quando paramos em frente à nossa casa, papai faz sinal para que eu fique no carro. Paro com o cinto de segurança na mão e olho para ele, confuso. Ele sacode a cabeça em resposta.

— Pensei em sairmos para jantar hoje — diz ele. — Não conseguimos sair e conversar, nós três, desde que tudo aconteceu. Na verdade, desde que nos mudamos. Vou ver se a mamãe topa.

— Tudo bem se ela não topar — digo depressa. — Espontaneidade não é com ela.

Nem comigo, acho.

— Eu sei — diz ele. — Se ela não quiser, tudo bem. Faremos outra coisa.

Que estranho... não de uma maneira ruim, mas... peculiar. Algo tão sem importância como isso teria desencadeado uma briga quando morávamos no Brooklyn. Será que ele está começando a entender minha mãe?

Enquanto espero, cruzo as pernas e começo a mandar mensagens para Leon, como tenho feito basicamente em qualquer tempo livre desde a semana passada. Uma estrela do FlashFame desempregada que não está mais tentando salvar a humanidade com seus vídeos tem muito tempo livre.

Quer vir aqui hoje à noite?, pergunta ele.

Depois de literalmente não pensar, decido que quero muito ir lá hoje à noite. Nós nos encontramos na casa dele com mais frequência, ainda mais porque o quarto dele é bem maior que o meu. Temos que manter a porta aberta quando estamos lá – a ignorância dos pais dele é adorável –, mas eu mal falei com meus pais sobre Leon, embora eles obviamente saibam (não são cegos). Convidá-lo para vir à minha casa significaria ter essa conversa. Isso significaria que minha mãe ficaria toda estranha e o convidaria para jantar, e as coisas continuariam estranhas até o fim dos tempos.

A casa dele é muito melhor. Respondo à mensagem:

Talvez eu saia para jantar com meus pais, mas ligo depois.

É muito gostoso o jeito mundano de nossas conversas ultimamente. As coisas são mais fáceis agora. Claro, quando eu o vejo, tudo é fogo, paixão, beijos e toques, mas há um lado vovô em mim que adora ficar com ele vendo um filme ou qualquer outra coisa.

Papai volta, e presumo que ele vai só acenar para eu entrar depois de uma tentativa fracassada de ser espontâneo. Mas ele continua andando, com mamãe logo atrás. Saio e passo para o banco de trás, e damos uma volta juntos pela primeira vez desde que nos mudamos para cá.

— Comida mexicana? — pergunta papai.

Concordamos com a cabeça e em poucos minutos estamos no restaurante mais próximo, com uma margarita gigante na frente de papai e uma cesta igualmente grande de batatas fritas à minha frente.

— Isso é muito bom — diz mamãe, provavelmente pela quarta vez.

Me sento mais reto, olhando de um para o outro.

— Alguma razão especial para isso? — pergunto, cauteloso.

— Sabe aquele terapeuta que me atende por vídeo? — diz mamãe.

Faço que sim.

— Bom... nós, ou seja, eu e papai, encontramos um que trabalha especificamente com... problemas de relacionamento.

— Ah. Hum. E o que há de errado com o relacionamento de vocês? — pergunto, embora meio que saiba a resposta.

— Acho que você sabe — diz papai. — Estamos aprendendo, cerca de dezesseis anos depois do que deveríamos, a lidar com os conflitos entre a gente. Sua mãe e eu somos diferentes, reagimos às coisas de forma diferente, e estamos tentando entender as nossas diferenças.

— Sim — digo com um sorriso —, vocês dois são muito diferentes.

— Muito — diz mamãe antes de beber um gole da margarita de papai. — E começamos a perceber o quanto isso estava te afetando. Você ficava trancado no quarto, ou no andar de baixo com a Deb, ouvindo música ou postando vídeos no Flash. Achamos que você tentava ignorar a situação.

— Eu poderia ter dito que isso me incomodava, acho.

— A gente deveria saber — diz mamãe. — Não é responsabilidade sua resolver o que acontece com a gente. É assunto nosso, e vamos começar a encarar. Graças a uma pequena ajuda.

Dou a volta na mesa e aperto os dois em um grande abraço. Sei como é difícil procurar ajuda, desde que mamãe começou a controlar sua ansiedade. Mas também sei o quanto ela se sente melhor por causa disso.

As pessoas não estão quebradas, e terapeutas não poderiam consertá-las, se estivessem. Mas talvez alguém possa tornar as coisas um pouco melhores, ou ajudá-los a ser um pouco mais felizes.

— Amo vocês dois. E fico feliz por estarem fazendo terapia.

Me sento e volto a comer batatas fritas quando vejo um pequeno cassete ser passado para mim.

— O que é isto? — pergunto.

— Depois do nosso primeiro encontro, seu pai gravou esta fita para mim. Foi no final dos anos noventa. Fiquei muito empolgada, nenhum namorado jamais havia me dado uma fita, mas eu não tinha toca-fitas.

— A qualidade deve ser terrível. Eu gravei do rádio, antigamente se fazia assim. Queremos que você fique com ela.

Abro a caixinha e vejo uma fita branca simples com um coração. Isso me faz derreter, e o presente me faz precisar ver Leon.

— Talvez dar uma fita cassete a alguém de quem você gosta seja um bom sinal — diz mamãe, abrindo mais seu sorriso. — Se é que você me entende.

— Quer falar com a gente sobre o Leon? — diz papai.

— Temos que convidá-lo para jantar. De que tipo de comida ele gosta?

— Ai, meu Deus — digo. — Parem! Vocês me envergonham!

— Essa é a nossa função — diz mamãe, enganchando o braço no de papai.

Mamãe e papai decidem ir ao cinema depois do jantar. Eu recuso, explicando que pretendia ficar com Kat e Leon hoje à noite. Então, depois que nos enchemos de enchiladas, me deixam na casa deles.

Estou em frente à casa dos Tuckers esperando que as luzes traseiras do Corolla desapareçam na rua. Meu coração dispara quando pego o celular e ligo para ele.

— Oi! Já está vindo? — pergunta Leon.

— Não — digo, olhando para a porta da frente. — Já estou aqui fora. E tenho uma proposta.

O friozinho da noite entra por baixo de minha blusa de tricô, o que me agrada. Faz muito tempo que não sinto frio.

— Meus pais foram ao cinema.

Há uma pausa; o silêncio do outro lado da linha é ensurdecedor.

— Ou seja, minha casa está vazia.

— Eu sei o que você quis dizer. Venha para os fundos, vou dar uma escapada.

A excitação percorre meu corpo, e cada parte de mim, *disso*, parece certa. Quando chego ao quintal, ele está lá, com o luar brilhante suavizando sua pele.

Ele passa o braço em volta de mim enquanto serpeamos pelo caminho arborizado que liga nossas casas. Penso em como ele me ajudou a escapar dos repórteres no primeiro dia, em como estava um gatinho sentado no balanço ao lado do meu, como tudo foi estranho e assustador.

Passo o braço ao redor da sua cintura. Há um momento de desarmonia enquanto tentamos seguir o passo um do outro, e é meio estranho, mas acabamos achando o ritmo.

— Nem acredito que faz poucos meses que você se mudou para cá — diz Leon.

— É, parece que foi ontem que eu estava salvando sozinho toda a NASA.

Ele me encara.

— Tudo bem, tive uma ajudinha.

Ele me dá um beijo no rosto e eu coro de verdade.

Embaraçoso.

— Eu deveria ter te ajudado mais — diz ele. — Desculpa, meu amor, eu estava muito focado em mim.

Inclino meu peso para ele e por um momento esqueço como formar palavras.

— Vamos parar de pedir desculpas? Eu amo a NASA e fico muito feliz por ainda estarmos aqui, mas estou pronto para seguir em frente, falar de coisas novas, pensar nos próximos passos.

— Próximos passos? — diz ele, rindo. — Sempre planejando as coisas.

— Sério, chega de pedir desculpas. Te amo.

— E eu te amo.

— E isso é tudo — digo. — *Tudo* que importa.

Paramos diante da porta da minha casa vazia. Ele me olha e coloca uma das mãos de cada lado da minha cabeça. Nossos lábios se encontram, de novo e de novo, até que fica difícil saber qual língua é de quem, qual respiração pertence a quem.

Seu rosto está colado no meu enquanto pego minha chave e destranco a porta dos fundos – um feito do qual fico extremamente orgulhoso – e atravessamos a casa escura. Respirando um no outro. Bem juntinhos.

Eu o levo para meu quarto e aperto o *play* no toca-fitas. A fita que ele comprou para mim começa a rodar. Levo meus lábios aos dele de novo...

E a música começa.

EPÍLOGO

Lançamento da Orpheu V
Cabo Canaveral, Flórida, oito meses depois

Menos de três minutos para o lançamento.

— Não sei o que fazer com as minhas mãos — digo. — O que faço com elas?

A pergunta foi séria, mas ninguém responde. É uma experiência surreal. Estou acostumado a estar diante das câmeras, é meio que minha praia. Mas isso quando era meu celular. Agora, tenho uma câmera de verdade apontada para mim. E toda uma equipe de produção para editar meu vídeo. Ah, e os seguidores multimilionários da *Teen Vogue live* para agradar.

Ajeito o microfone preso a meu rosto e seco o suor das minhas mãos em minha camisa de cambraia. É uma manhã amena de primavera, o que significa que está uns vinte e seis graus (ameno para o Texas, pelo menos), mas minhas mãos estão geladas.

— Três, dois, um — diz o cara da câmera —, no ar.

— Estou aqui em Cabo Canaveral, Flórida, e se não deu para perceber pelo foguete gigante atrás de mim, estamos prestes a lançar uma espaçonave hoje. O lançamento da Orpheu V acontecerá em... quanto tempo? Dois minutos. Os astronautas Grace Tucker, Amira Saraya, Stephanie Jonasson, o dr. Guarav Jeswani, Joseph Sedgwick e Lloyd Osborne estão na nave e só tocarão o solo da Terra de novo daqui a quinhentos e oitenta e dois dias. São quase dois anos no espaço e em Marte. Está ficando barulhento aqui à medida que nos aproximamos do lançamento, então, vamos alternar os feeds e esperar pela decolagem.

Uma câmera permanece em mim, mas eu me viro para a espaçonave. Há três partes distintas: o módulo marciano, que transportará toda a tripulação da órbita para a superfície de Marte; os propulsores, que tiram a espaçonave da órbita da Terra e se desprendem pouco depois; e o módulo de comando, que abrigará a tripulação por quase dois anos no espaço. Estamos muito longe, mas o ronco do motor sacode o chão sob nossos pés. As famílias, astronautas suplentes e convidados especiais estão sentados em arquibancadas à minha direita, mas uma corda fina me separa do resto. Estou na área da imprensa.

E tenho um crachá para provar, que diz Cal Lewis, *Teen Vogue*.

Algumas semanas depois que a transmissão que ajudou a salvar a missão Orpheu foi ao ar, uma editora da Condé Nast entrou em contato comigo. Como dá para ver, Kiara passou mesmo minhas informações para ela, com uma recomendação. A editora disse que queria que eu ajudasse na nova programação ao vivo. O que significa que, em vez de trabalhar em *fast food* ou varejo como todos os meus novos amigos da escola, posso dizer que sou um repórter de verdade. Mais um sinal de como tudo isso é surreal.

Observo a multidão, mas ainda não o vejo. As famílias dos astronautas da Orpheu V entraram e saíram de entrevistas e *briefings* o dia todo. Finalmente, vejo Kat, que está encostada em seu pai, com lágrimas nos olhos. Mas onde está *ele*?

Recebo uma mensagem:

Sei que você está meio ocupado, mas posso te mandar uma coisa?

Olho em volta, procurando Leon, me perguntando de onde ele está mandando mensagens, e começo a ficar preocupado. Mando de volta um breve *Ok* e espero. Imediatamente, como se estivesse esperando minha resposta, ele envia uma imagem. É uma captura de tela. Quando abro a imagem, vejo que é o site da Universidade do Texas, com uma carta de aceitação. Fui aceito meses atrás, porque estou arrasando, mas ele não me disse que havia se candidatado.

Ele disse que tomaria uma decisão e se candidataria a alguma faculdade se e quando estivesse pronto, e eu disse que o apoiaria, independente de qualquer coisa.

Não terminei o que vim fazer aqui. Vou ficar no Texas por vários motivos. Por um lado, a Faculdade de Jornalismo de Austin é uma das melhores do país. E a missão de papai está marcada para daqui a dois verões, e eu não quero ir embora. Quero estar aqui para todos os altos e baixos do treinamento – não bem aqui, mas perto o bastante para poder chegar aqui se alguma coisa emocionante acontecer. Quero estar perto das famílias dos astronautas e ainda frequentar as festas. Vou acabar voltando para Nova York um dia, mas, por enquanto, estou bem no Texas.

Que coisa, estou *feliz* no Texas!

Sinto uma mão quente em minhas costas e dou um pulo.

— Leon — digo. — Você não pode entrar aqui, amor.

— Acho que eles não podem me expulsar. A vantagem de ser um Astrokid no dia do lançamento é que todos tratam você como se fosse superfrágil.

Como fizemos milhares de vezes nos últimos nove meses, nós nos beijamos. Nós nos beijamos com todos os altos e baixos de um relacionamento atrás de nós, e à nossa frente também. Não sei o que o futuro nos reserva, mas não me interessa enquanto estiver aqui. Aqui, com ele.

— Você entrou na Texas? — pergunto. — Nem me disse que havia se candidatado.

— Queria fazer uma surpresa. Ou não contar nada caso não conseguisse.

Pouso a mão em seu ombro.

— Suas notas são melhores que as minhas.

— Mas não sou famoso.

Bom argumento. Fazer o último ano em outra escola é uma experiência estranha. Tentei ficar na minha, concluir meus estudos, fazer novos amigos e ver Leon e Kat sempre que tivesse a oportunidade. Mas todo mundo já me conhecia. Quem não me seguia no Flash, havia ouvido falar de mim graças ao vídeo que salvou a NASA. Se as pessoas ficaram intimidadas ou me acharam metido, não disseram nada. E baixei a cabeça e me dediquei às únicas coisas que me importavam: ser jornalista de verdade e estar com Leon.

— Você não deveria voltar para o seu pai? — pergunto.

— Prefiro ficar aqui, se você não se importa.

Não me importo. E ele está certo, nenhum jornalista vai expulsá-lo daqui. Até o cinegrafista da *Teen Vogue* se agacha para capturar nossa imagem.

Começa a contagem regressiva. Vai de cinquenta segundos a quarenta, trinta, depois de um em um até chegar aos últimos dez segundos. O ronco do motor fica mais alto. Ensurdecedor. Mas não posso tapar os ouvidos nem os olhos. Prendo a respiração, e Leon segura minha mão. Ele aperta com força, e eu aperto de volta.

— Te amo — grito em seu ouvido.

A terra treme debaixo de nós, e Leon perde o equilíbrio. Ele se encosta em mim e eu o seguro firme.

A espaçonave sobe, devagar no início, depois cada vez mais alto, até que se reduz a uma luz pequena, mas vibrante, perfurando o céu já reluzente. Fecho os olhos e me forço a gravar este momento na mente, a capturar a esperança, os sonhos, a felicidade.

Levo a mão de Leon aos meus lábios e lhe dou um leve beijo. E entramos em uma nova era.

NOTA DO AUTOR

Caro leitor,

Como tenho um certificado de nerd, sempre fui fascinado pelos relatos da corrida espacial e das missões que se seguiram. Li dezenas de memórias de astronautas/engenheiros, assisti a todos os documentários que pude encontrar e costumo invadir lojas de antiguidades em busca de revistas *Life* da época. De certa forma, a pesquisa que fiz para esta história remonta mais de uma década.

Embora a ciência e a tecnologia por trás das missões Mercury, Gemini e Apollo sempre tenham me encantado, uma coisa sempre me chamou a atenção no fundo dessas histórias. As famílias de astronautas inesperadamente se tornaram celebridades daquela época, enfeitando capas de revistas e dando entrevistas para veículos de notícias nacionais. Isso significava que as esposas e filhos dos astronautas tinham que estar impecavelmente bem-vestidos, polidos e prontos para receber, sem saber se seus maridos ou pais voltariam para casa vivos naquela noite. Em *O espaço entre nós*, quis capturar essa tensão enquanto também mostrava uma história de amor homossexual contemporânea.

Como tantos escritores, sempre gostei de ler. Da série de diários de ficção histórica *Dear America* à assustadora série de ficção científica *Animorphs* e, claro, o mundo de *Harry Potter*, nada nunca me bastava. Meus gostos estavam sempre mudando, e no ensino médio eu me vi adentrando os mistérios atraentes dos quarenta livros de Agatha Christie que estavam disponíveis na biblioteca de minha escola, tudo no período de um ano. Sendo um garoto *gay*, quieto e no armário, que vivia em uma vila agrícola em Ohio, os livros eram tudo para mim.

Mas mesmo no mundo da ficção – o espaço seguro que construí para mim –, nunca consegui me *ver* nesses livros. Claro, eu podia me identificar com Hermione sendo perseguida por ser a sabichona – pois é, eu era assim –, mas nunca vi um garoto *gay* na capa de nenhum livro. Minha experiência não estava nas páginas, e parecia que nunca estaria. Mas agora há muitos livros fantásticos nas prateleiras com *gays*, e tenho a sorte de poder escrever os livros de que eu mais precisava quando era adolescente.

Obrigado por ler este livro.

Tudo de bom,
Phil Stamper